Wunderbare Fahrten und Abenteuer der kleinen Dott

Band I

Tamara Ramsay

Wunderbare Fahrten und Abenteuer der kleinen Dott

Illustrationen von Alfred Seidel

Band I

Berlin 2020

Berlinica

Wunderbare Fahrten und Abenteuer der kleinen Dott
Band Eins

Tamara Ramsay
Covergestaltung, Ilustrationen und Karte: Alfred Seidel
Foto Alfred Seidel: Karl-Heinz- Koch / Foto Tamara Ramsay: privat
Herausgeber und Lektorat: Eva C. Schweitzer

ISBN Band I: 978-3-96026-036-3
ISBN Band II: 978-3-96026-037-0
ISBN Band III: 978-3-96026-038-7

Gaudystraße 7
D-10437 Berlin

Gedruckt in der EU
Leicht gekürzte und sprachlich modernisierte Neuauflage.

www.berlinica.com
blog.berlinica.com

Wir danken Steffen Vollmar vom Kunsthaus Stuttgart für die Zuverfügungstellung der Zeichnungen.

Tamara Ramsay wurde 1895 in Kiew geboren. Ihr Vater entstammte einem schottischen Clan, ihre Mutter hatte russische, deutsche und dänische Vorfahren. Nach dem Tod des Vaters zog sie mit ihrer Mutter nach St. Petersburg. Die Revolutionswirren brachten beide nach Berlin, wo sie Pädagogik studierte und die *Kleine Dott* schrieb. Im Zweiten Weltkrieg flüchtete sie mit der Mutter nach Vorarlberg. Nach dem Krieg arbeitete Ramsay beim Union Verlag in Stuttgart, wo auch die dreibändige Dott-Ausgabe erschien. Sie starb 1985 in Mühlacker nahe Stuttgart.

Alfred Seidel, 1913 in Breslau geboren, war als junger Mann Theatermaler. Im Zweiten Weltkrieg verlor er ein Auge. Nach dem Krieg schuf er für sich eine neue Existenz als Künstler in Stuttgart. 1946 beauftragte ihn Tamara Ramsay damit, die *Kleine Dott* zu illustrieren. Seidel, der auch mehr als achtzig Kirchen gestaltet hat, starb 2001 in Schorndorf.

INHALTSVERZEICHNIS

Die Drei-Mondhörnerstadt

Renneferre

Johannisnacht

Die kleine Dott

Es war einmal ein kleines Mädchen, das hieß Dorothea. Sie war zwölf Jahre alt und die Älteste unter drei Geschwistern. Weil sie aber so klein und zierlich war, wurde sie im ganzen Dorf nur die kleine Dott genannt.

Ihre Eltern besaßen ein Bauerngütchen nahe dem Ufer des Rambower Sees, im Westen der Prignitz. Es war ein bescheidenes Gütchen, gerade klein genug, dass sie es allein bewirtschaften konnten, und groß genug, dass sie mit ihren drei Kindern keine Not zu leiden brauchten – wenn alles gut ging. In der letzten Zeit aber ging nicht mehr alles so gut wie bisher.

Wenn der Kerstingbauer früher mit seiner Frau und seinen drei Kindern am Abend vor seinem Haus saß und über sein Land blickte, war er immer von Herzen zufrieden gewesen. Denn schön lag der Kerstinghof am Rand des Dorfs, mit weitem Blick über die Felder und Wiesen bis zum schwarzen Saum des Kieferngehölzes. Die dunklen Kiefern, das reifende Korn, der blaue Himmel darüber und die gesunden Kinder an der Seite, das fand er wunderschön und es war es ihm wert, dafür vom frühen Morgen bis in die Nacht hinein zu arbeiten.

Seit dem Frühling aber lag das jüngstes Kind der Familie, das Mummele, krank in seinem Bettchen. Mit schlaffen Gliedern ruhte es in seinen Kissen und blickte teilnahmslos vor sich hin. „Das Kind wird vielleicht niemals gehen lernen", dachten die Eltern sorgenvoll, und sie beschlossen, noch früher aufzustehen und noch länger zu arbeiten, um dem Kind alles das besorgen zu können, was der Arzt verordnete; die teuren Medizinen und die Behandlungen im Krankenhaus in der fernen Stadt. Aber das Gütchen war eben doch nur ein kleines Gütchen, und es konnte nicht mehr hergeben, als es produzierte, und die Eltern begannen mit Angst an die Zukunft zu denken.

Von den Mühen und Sorgen der Eltern merkte die kleine Dott aber nicht viel. Sie war mit ihrem Leben immer einverstanden gewesen, so wie es war – bis dieser verhängnisvolle Abend der Sonnenwende kam. An diesem Abend hatte die Mutter die Strohmatten, wie es sonst nur im Winter geschah, von außen vor die Fenster der Schlafkammer heraufgezogen, damit der Widerschein des Johannisfeuers die Kleinen nicht im Schlaf stören sollte.

„Ich würde heute lieber bei den Kindern bleiben", dachte sie und seufzte. Es war ihr, als könnte sie sich nicht vom Haus losreißen. Weil aber der Vater gewünscht hatte, dass sie die Johannisnacht gemeinsam mit der Dorfgemeinde verbrachten, so blickte sie zum letzten Mal prüfend über die Betten. „Dott ist ja gescheit genug, dass sie sich und den Geschwistern helfen kann, wenn es Not tut", überlegte sie. „Sie weiß, wo die Medizin steht und wie sie zu geben ist. Es wird ja sicher alles gut gehen – wenn es ihr nur nicht einfällt, selber irgendeinen ihrer Streiche zu spielen!", fügte sie in Gedanken hinzu. Darauf seufzte sie noch einmal, löschte die Kerze und schloss die Haustür hinter sich ab.

Kaum aber hatte die Mutter den Schlüssel im Schloss herumgedreht, als Dott sich schon vorsichtig in ihrem Bett aufrichtete. Denn Dott schlief nicht. Die Mutter brauchte nicht zu denken, dass sie sich so einfach ins Bett schicken ließ wie ein ganz kleines Kind!

Die Uhr tickte, und die Fliegen summten in der Stille. Es war heiß unter der niedrigen Balkendecke der Kammer, und Dott hörte, wie das kranke Mummele schwer und mühsam in seinem Körbchen atmete und wie Gerd sich unruhig unter seinem Federbett herumdrehte.

Ein rötlicher Lichtschein drang durch ein Loch in der Strohmatte vor dem Fenster und zeigte wie ein langer Finger gerade auf das Zifferblatt der Uhr an der gegenüberliegenden Wand.

„Ach, warum haben mir doch die Eltern die Freude an diesem Abend

verdorben!", dachte Dott, und die Tränen schossen ihr in die Augen, als sie an dem Flackern des Lichtscheins erkannte, wie die Flammen am See anschwollen und zusammenfielen. Dott musste immer wieder auf das hell erleuchtete Zifferblatt der Uhr blicken. Es war eine alte Uhr, und die Ziffern waren groß und schwarz und jede in einen Metallkreis eingelassen. So konnte die kleine Dott ganz deutlich vom Bett aus erkennen, dass die Zeiger der Uhr auf elf gingen.

Eigentlich werden die Johannisfeuer erst kurz vor Mitternacht entfacht. Um die Kinder aber nicht der feuchten Nachtluft auszusetzen, wird am Rambower See das Feuer schon angezündet, wenn die Sonne gerade hinter den großen Opfersteinen von Mellen verschwunden ist. Denn bald danach steigt der Nebelgeist aus dem sumpfigen Ufergrund.

Schrecklich ist es, wenn er mit seinen dürren Armen und mit seinen Spinnenfingern nach dir greift! In schlotterndem Kleid schleicht er über die Wiesen, das weiße Laken hoch über den Kopf gezogen. Er liebt es, die Kinder überraschend an der Schulter zu packen und sie zu erschrecken, wenn sie zu lange draußen bleiben. Da zwickt er sie in die Waden und lässt ihre Zähne klappern. Er kichert dicht an ihrem Ohr und kitzelt sie mit einem Grashalm an der Nase, so dass sie niesen müssen. Ja, es ist schrecklich, dem Nebelgeist zu begegnen! Am gefährlichsten aber ist es für die Kleinsten. Er nimmt sie am liebsten ganz zu sich und entführt sie hoch über die Erde. Dort müssen die Armen dann als Lämmerwölkchen mit dem Grauen Schäfer weiden.

Darum sorgen auch die Bauern am Rambower See dafür, dass die Kleineren unter den Kindern sogleich nach Hause zurückkehren, nachdem sie gesehen haben, wie das Johannisfeuer angezündet wurde. An diesem Abend aber müssen alle aus dem Dorf wenigstens für einige Augenblicke an diesem Feuer gestanden haben, selbst die Greise, die Kranken und die Allerkleinsten müssen an die reinigende Flamme getragen werden, von der gesagt wurde, dass sie alle Krankheiten der Seele und des Leibes vertreiben kann.

Dott wusste natürlich, warum die Kleinen vor Anbruch der Nacht so schnell wieder nach Hause eilen mussten. Seit sie jedoch im Mai zwölf Jahre alt geworden war, hatte sie fest damit gerechnet, dass sie nun endlich auch in der Nacht dabei bleiben durfte, wenn die schönen alten Lieder gesungen wurden und die jungen Paare durch das Feuer zu springen begannen. Niemals konnte sie einsehen, warum sie nun so überraschend auch in diesem Jahr mit den kleinen Geschwistern nach Hause gehen musste, gerade als es am allerschönsten werden sollte! Es lag ihr ganz schwer auf der Brust, als sie so in der Dunkelheit in ihrem Bett saß und an ihre Enttäuschung dachte. „Ich möchte wohl wissen, ob ich nicht durch das Loch im Rollladen hindurchblicken kann“, schoss es ihr durch den Sinn. „Vielleicht kann ich dann doch wenigstens ein bisschen vom Feuer sehen!“

Leise schob sie das Federbett zurück und stieg vorsichtig aus dem Bett. „Davon werden die Geschwister ja nicht gleich aufwachen“, dachte sie, während sie auf den Zehen zum Fenster schlich und ihre Stirn gegen die Scheibe presste.

Aber ach, nichts konnte sie sehen als ein winziges Fleckchen des rosigen Himmels, der bald heller, bald dunkler wurde.

„Wenn ich nur etwas von dem Feuer sehen könnte, nur ein Zipfelchen, dann würde es nicht ganz so traurig sein“, dachte Dott, und dann dachte sie: „Ich könnte ja ganz leise in die Wohnstube gehen. Da könnte ich über die Felder und den Kiefernwald hinweg gerade noch ein Ende der Flammen sehen. Das werden mir die Eltern doch sicher gönnen!"

Und leise öffnete sie die Tür und schlich in die Nebenstube.

Aber ach, auch aus dem Fenster der Stube sah sie hinter den Feldern nur den rot gefärbten Himmel, der bald heller, bald dunkler wurde.

„Von hier ist es dasselbe", dachte sie bitter. „Das haben sich die Eltern wohl auch gedacht, dass man das Feuer nur von der Straße aus sehen kann. Darum sind sie wohl auch so ruhig weggegangen. Aber warum sollte ich nicht ganz kurz einmal hinauslaufen?", überlegte sie weiter. „Die Kinder schlafen ja ganz fest. Ich brauche nur ganz schnell aus dem Hof hinaus vor das Tor zu laufen und mir die Flammen anzusehen. In dem einen winzigen Augenblick wird ihnen ja wohl nichts zustoßen!"

Und während sie so dachte, hatte sie auch schon ihre Schuhe angezogen und die Kleider übergestreift. In einem Nu hatte sie den Schlüssel vom Fensterbrett im Flur genommen, wohin ihn die Mutter nach dem Abschließen zurückgeschoben hatte, und ohne dass sie überlegte, wie es geschah, öffnete sie die Haustür und lief über den Hof und durch das Pförtchen am Tor auf die Straße hinaus.

Da sah sie, wie am Ende der Dorfstraße über den Hügeln die Flammen zum Himmel schlugen. Ihr Herz begann laut zu klopfen, und eine innere Stimme flüsterte ihr zu: „Du brauchst doch nur die Straße entlangzulaufen, zum nächsten Hügel! Von da aus kannst du das ganze herrliche Feuer sehen! Die Kinder schlafen doch ganz fest, und Gerd ist ja schon neun Jahre alt!"

Und bevor sie noch richtig einen Entschluss gefasst hatte, liefen ihre Füße schon die Dorfstraße entlang, als hätten sie ein eigenes Leben bekommen, und sprangen den Hügel hinauf.

Ja – da endlich sah sie alles vor sich! Hinter der großen Wiese, auf dem Hügel der alten Opfersteine von Mellen, schlugen die Flammen hoch. Wie riesige Märchenblumen wuchsen sie immer wieder empor, breiteten sich auseinander, verzweigten sich und lösten sich zuletzt los, um wie feurige Vögel in den schwarzen Himmel hinaufzuschweben. Und wie von Zauberhand war die helle Nacht der Sonnenwende vor diesem Feuer in der Dunkelheit versunken.

„Ich muss jetzt zurückgehen", dachte Dott. Aber schon war sie in der entgegengesetzten Richtung den Abhang hinuntergelaufen und schritt durch das lange, feuchte Gras der Wiese gerade auf die Flammen zu. Schon konnte sie unterscheiden, wie die dunklen Gestalten der Erwachsenen und der Kinder sich um das Feuer herumbewegten.

„Vater und Mutter dürfen mich hier nicht sehen!", dachte Dott. „Ich muss jetzt gleich zurück!" Aber sie fühlte, dass sie nun nicht mehr zurückgehen würde. Denn sie hatte ein Unrecht begangen, das sie nicht mehr ungeschehen machen konnte und meinte, dass es nun auch nicht mehr darauf ankam, wenn sie jetzt auch noch das Wunderbare erlebte, das in einer solchen Nacht geschehen musste.

Und sie lief geduckt mitten durch das hohe Gras in großer Eile dem strahlenden Licht entgegen.

Nächtliche Überraschung

Zwischen der kleinen Dott und dem Ufer am See lag die Wiese.

Es war eine jener Wiesen, wie sie überall in der Mark Brandenburg in der Nähe der Seen zu finden sind. Im Winter steht das Wasser fußhoch über ihnen, und im Sommer sind sie von kniehohen Gräsern in üppiger Fülle überwuchert. Diese Wiesen machen dem Landmann und dem Vieh keine große Freude. Denn auf dem übernassen Boden gedeihen nur die scharfen, harten Gräser, die der Bauer „saure" Gräser nennt und die er viel lieber als Streu denn als Futter verwenden möchte. Es war in diesem Jahr ein besonders schneereicher Winter gewesen, und ein guter, nasser Frühling war gefolgt. Das Grundwasser hatte bis in den Vorsommer hinein über den Gräsern gestanden, und bei den ersten Schritten der kleinen Dott schwappte der Boden wie ein weiches Polster.

Wie ein tiefer, schwarzer See lag die Wiese unter der roten Glut des fernen Feuers. Ein kalter, nasser Atem stieg aus der Tiefe auf, als Dott durch die sumpfige Niederung watete.

Niemals hätte sie es gewagt, diese Wiese in der Nacht allein zu durchqueren, um einen Auftrag der Eltern zu erfüllen, dachte sie. Sie wäre vor Furcht vergangen. In dieser Johannisnacht aber lockte sie das ver-

botene Geheimnis des Mittsommerfeuers, und der Ungehorsam, den sie nun ohnehin schon begangen hatte, trieb sie immer weiter vorwärts auf dem Weg.

Der bequeme Fußpfad, der von der Landstraße zu den Hügeln führte, verschwand rechts in der Dunkelheit. Sie konnte ihn nicht benutzen, denn eine Folge ihres Ungehorsams war, dass sie sich vor den anderen Menschen verbergen musste.

Am Anfang konnte sie noch schnell laufen. Als sie sich aber dem Feuer näherte, wurde es immer heller um sie her, und sie musste sich einen Weg durch das Dickicht der Riesenampfer und mannshohen Stängel der Engelwurz bahnen, die am Rand der Wassergräben wuchsen. Ihre Kleider wurden von den nebeltriefenden Blättern und Blüten durchnässt, ihr Gesicht und ihre Hände waren von Brennnesseln und Kratzdisteln zerstochen. Die Schlingen der Winde umstrickten ihre Füße. Es war, als hätte die ganze Natur sich verschworen, sie vom Feuer zurückzuhalten.

Aber sie hielt die Augen unverwandt auf die Flammen gerichtet und arbeitete sich mit verbissener Entschlossenheit durch das Dickicht der Sumpfwiesenpflanzen hindurch, die, von dem roten Feuerschein übergossen, gespenstisch in die Höhe wuchsen.

„Wenn Vater mich hier entdeckt, wird er mir nie wieder vertrauen", flüsterte es in ihr. Sie konnte nun bereits ganz deutlich den großen Dolmen über dem Hünengrab erkennen, und rund um ihn herum die schweren, buckligen Felsblöcke, die in dem flackernden Licht aus der Dunkelheit auftauchten und wieder verschwanden.

Von weitem hörte sie die jungen Leute aus dem Dorf singen. Wie schwarze Schatten tanzten sie um das Feuer. Schon waren die Flammen so weit zusammengesunken, dass die Burschen mit ihren Mädchen den Feuersprung beginnen konnten. Dott war noch zu weit entfernt, als dass sie die einzelnen Paare hätte erkennen können. Sie sah nur, wie sich Paar um Paar von der Erde löste, wie sie aus der Dunkelheit auftauchten und in gewaltigem Schwung langsam durch die reinigende Flamme schwebten.

Es war aber, als sei alle Freude daran aus dem Herzen der kleinen Dott verschwunden. „Hätten die Eltern mir erlaubt, mit meinen Freunden oben zu bleiben, so würde ich nun auch mit Anni Runge und Friedrich Baals durch die Flammen springen, statt mich hier unten wie ein Dieb heranzuschleichen!", dachte sie.

Als sie die Wiese hinter sich hatte, kroch sie den flachen Abhang hinauf. Sie musste jede Erhöhung und jedes Gesträuch als Deckung benutzen, denn das Gras auf dem mageren Sandboden des Hügels wuchs nur spärlich. Der ganze Weg durch die Wiese und über den Hügel erforderte daher auch viel mehr Zeit als der Feldweg vom Dorf zum See.

Je näher sie dem Feuer kam, um so lauter sprach die warnende Stimme in ihr. „Die Mutter würde wohl nicht so ruhig am Feuer stehen, wenn sie wüsste, dass die Kinder allein im Haus sind!", sagte sie zu sich selber. Je deutlicher aber ihr Gewissen zu ihr sprach, umso fester presste sie die Lippen zusammen, und umso entschlossener wurde sie, nun auch das Ziel zu erreichen, für das sie so viel gewagt hatte.

Als sie endlich die Kuppe des Hügels erreicht hatte, hatte sich die ganze Dorfgemeinde in einem engen Ring neben dem Feuer zusammengestellt. Sie standen alle zusammengedrängt, Schulter an Schulter, und blickten aufmerksam in die Mitte des Kreises. Da konnte Dott ihre Ungeduld nicht mehr zügeln. Wie ein Wiesel drängte sie sich durch den Kreis der Umstehenden hindurch, die Augen aufmerksam nach allen Seiten wendend, um die Eltern zu vermeiden. Als sie aber den Ring durchbrochen hatte, sah sie in der Mitte des freien Platzes nichts anderes als einen Jungen, der mit einem kleinen Kind im Arm dastand. Und dieser Junge war ihr Bruder Gerd, der in seinen Armen das Mummele hielt.

Dott glaubte, dass sie träumte. Sie kniff sich in den Arm, sie sperrte die Augenlider mit den Fingern weit auseinander – es wurde dadurch nicht anders. Da waren die beiden Kinder, die sie schlafend in ihren Bettchen zurückgelassen hatte, und nun standen sie vor ihr wie die Geister in einem Sommernachtsspuk

„Ja, nun hast du ja dein Ziel erreicht“, sagte die kleine Dott zu sich selber. „Jetzt hast du das Wunder der Johannisnacht erlebt. – Aber es sieht anders aus, als du dir dachtest.“

Die Blüte der Rennefarre

Alle Menschen, die die Nacht der Sonnenwende am Johannisfeuer verbringen, müssen darauf gefasst sein, dass ihnen ungewöhnliche Erlebnisse widerfahren können. Aber über die Verwirrung dieser einen Nacht wird noch lange in der ganzen Umgebung des Rambower Sees gesprochen werden.

Als Dott hörte, wie der Bruder den Eltern und dem ganzen Dorf über ihr Verschwinden berichtete, entschloss sie sich sofort, ihre Strafe hinzunehmen. Sie trat in die Mitte des Kreises und stellte sich an die Seite der Geschwister. Schweigend und mit gesenktem Kopf hörte sie zu, während Gerd seinen Bericht beendete. So erfuhr sie, wie das Schwesterchen plötzlich wieder Krämpfe bekommen hatte und wie Gerd keinen anderen Rat gewusst hatte, als sie so schnell wie möglich zu den Eltern zu bringen. Dott wunderte sich nicht darüber, dass er vor ihr das Feuer erreicht hatte, obgleich er so schwer an dem Mummele zu tragen hatte, denn er brauchte das Licht nicht zu scheuen und war auf dem kürzesten Weg über den Hügel gekommen.

Der Vater legte das kranke Kind in die Arme der Mutter und wickelte Gerd in seine eigene Joppe, denn der kleine Junge war nur mit Hemd und Hose bekleidet und begann in der feuchten Nachtluft zu zittern, und seine Zähne schlugen gegeneinander. Auf Dott aber richtete der Vater nicht einen einzigen Blick.

„Ich bin dem Vater anscheinend so gleichgültig geworden, dass er mich nicht einmal mehr strafen will“, dachte sie. Ach, der Vater war wohl sehr böse auf sie! Aber auch die Mutter beachtete sie nicht. Ihr müdes, eingefallenes Gesicht war gesenkt, während sie mit dem kranken Mummele mitten im Kreis der Dorfbewohner stand, deren Augen seltsam erschrocken und teilnehmend auf die Eltern und die Kinder gerichtet waren.

Der Vater nahm den Jungen bei der Hand, und das ganze Dorf war entschlossen, die Eltern heimzubegleiten. Mitten im Feuersprung hatten sie schon das Feuer vergessen und folgten der Mutter und dem kranken Kind, als hätte sie alle ein großes Unglück getroffen.

Nur Dott blieb regungslos stehen. Sie konnte es nicht begreifen, dass ihre Eltern an ihr vorbeigehen wollten, ohne auch nur einen einzigen Blick auf sie zu werfen! Sie hatte sich frei vor die Eltern hingestellt und hätte auch die härteste Strafe ohne Klage hingenommen; aber nie wäre ihr der Gedanke gekommen, dass Vater und Mutter überhaupt nichts mehr von ihr wissen wollten!

Aber es war, als wenn sie gar nicht mehr für sie vorhanden wäre! Als der Vater auf seinem Weg an Dott herankam, schritt er so hart an ihr vorüber, dass er sie zur Seite stieß. Nur einen kurzen Blick warf er in ihre Richtung. Dann ging er weiter, ohne sie zu beachten.

Und ebenso wie der Vater machten es auch die Anderen, so als hätten sie sich verabredet. Und wenn Dott ihnen nicht schnell genug auswich, so rannten sie sogar gegen sie an. Bei ihrer Berührung aber wichen alle vor ihr zurück, als wenn sie die Pest hätte, eilten nur noch schneller weiter und verschwanden hinter ihren Eltern im Dunkeln der Nacht.

Sogar Anni, ihre liebste Freundin, eilte vorbei, ohne sie anzublicken. Das war zuviel für Dott. Sie lief ihr nach und packte sie, um sie zurückzuhalten. Kaum aber hatte sie ihren Arm berührt, als sich Anni mit Entsetzen von ihr losriss und zitternd und laut schreiend hinter den Vorangegangenen herlief. „Das ganze Dorf ist fertig mit mir!“, dachte Dott. „Es ist alles aus, und es ist am besten, wenn ich niemals wieder heimkehre.“ Und sie warf sich auf den Boden und weinte laut, denn sie meinte, dass sie nun ganz allein zurückgeblieben war.

Als sie aber eine ganze Weile so gelegen hatte, hörte sie plötzlich, wie eine tiefe Stimme neben ihr fragte: „Wer ist es, der da so weint?“

Sie richtete sich aus dem Gras auf und erkannte den alten Schäfer, der, vom Feuer hell beleuchtet, vor ihr stand. „Ach, Vater Gnilica“, rief

Dott, „ist es denn wirklich so, dass auch du mich nicht mehr kennen willst?" Und sie schluchzte von neuem.

Der Schäfer bewegte sich nicht von der Stelle.

„Komm einmal ganz nahe an mich heran, Kind, und weine nicht so", sagte er, „gib mir deine Hand, denn ich sehe dich nicht."

Dott meinte nun, Vater Gnilica wolle sie prüfen, ob sie jetzt gehorsam sein konnte. Denn sie wusste so gut wie jeder im Dorf, dass er die schärfsten Augen hatte, und viele sagten, dass er sogar mehr sehen konnte als andere Menschen. Aber es war wirklich, als sei er in dieser schrecklichen Nacht plötzlich blind geworden, denn als sie ihre magere, kleine Hand gehorsam in seine braune, harte gelegt hatte, tastete er behutsam nach ihrem Kopf und strich über ihre Stirn und über ihr Haar.

„Vater Gnilica", sagte das Mädchen ängstlich, „ich bin doch Dott! Siehst du mich denn wirklich nicht? Ich sehe dich doch ganz deutlich vor mir stehen!" Und es wurde ihr ganz unheimlich zumute.

Vater Gnilica hielt noch immer ihre Hand. „Das glaube ich schon, dass du mich sehen kannst, mein Kind", sagte er leise mit seiner tiefen, weichen Stimme. „Es ist ja hell genug in dieser Nacht. Aber darum ist noch nicht gesagt, dass auch ich dich sehen kann, ebenso wenig wie dich Gerd und deine Eltern und das ganze Dorf gesehen haben. Denn das musst du wissen, kleine Dott, dass dich in dieser Nacht ein wunderbares Schicksal getroffen hat. Es wird dich für lange Zeit überhaupt kein lebender Mensch mehr sehen können. Denn du hast die Blüte der Rennefarre im Schuh und bist nun für alle Menschen unsichtbar geworden."

Die kleine Dott ist nicht die einzige, die das Wunder der Rennefarre erlebte! Im Spreewald singen die jungen Leute einen Reigentanz:

„Njent me spowez, golicka,
co jo lece bez kwetka?
Paprocinka, gomolinka,
to jo lece bez kwetka."

Dieses Tanzliedchen der jungen wendischen Burschen und Mädchen bedeutet, wenn wir es übersetzen:

„Sage mir, o Mägdelein,
was im Sommer ohne Blüte?
Farrenkraut, Mistelkraut
sind im Sommer ohne Blüte.“

An dem wunderbaren Farrenkraut hat noch niemand eine Blüte gesehen, während im Frühling und Sommer alles weit und breit blüht und duftet und selbst die winterharte Kiefer Blütenkerzen hervorsprießen lässt. Und es hat unter seinen vielen Kindern doch keines, das so wunderbar wäre, wie das Pflänzchen Rainfarre oder Rennefarre, das in großen Büschen an Wegen und Ackerrainen wächst. Im Spreewald heißt es auch Paprosch, und die Alten gebrauchen seine Blätter gegen Krankheiten, die aus einem großen Schrecken entstanden sind.

Die Rennefarre ist aber nicht wie alle anderen Farren. Ja, sie gehört nicht einmal zu dieser Familie. Denn sie blüht, und einmal im Jahr, in der Nacht der Sonnenwende, erhält ihre Blüte eine zauberhafte Kraft, die es vermag, die Menschen unsichtbar zu machen. Darum hüte dich davor, in der Johannisnacht durch die Wiesen und Felder zu gehen, an deren Rändern die Rennefarre wächst!

Wir hören immer wieder, hier und da in der Mark Brandenburg, von Leuten, denen die Blüte der Rennefarre in den Schuh gefallen ist und die für eine kurze oder lange Zeit unsichtbar wurden. Zuletzt wurde die Rennefarre im Spreewald bemerkt. In der Nähe des Städtchens Burg war einem Kossäten – wie die wendischen Kleinbauern dort genannt werden – ein Ochse davongelaufen. Und obgleich dies in einer Johannisnacht geschehen war, war das ganze Dorf ausgezogen, um Schimko, dem Kossäten, beim Suchen zu helfen. Denn der Ochse war das Wertvollste, was er besaß. Als nun alle fortgewandert waren, da wollte auch die alte Tante des Kossäten nicht allein in ihrem Büdchen zurückbleiben. Sie goss fürsorglich Wasser in die Ofenblase, damit der Wasserbehälter nicht die Nacht über leer stand, band ihr Kopftuch, die Lappa, mit einem Griff fest um den Kopf, dass die Zipfel zu beiden Seiten abstanden, und lief hinter den anderen her in den Wald hinein, um den Ochsen zu suchen.

Lange suchte die Baba im ganzen Wald, und als sie ihn bis zum Morgen nicht gefunden hatte, kehrte sie traurig nach Hause zurück. Als sie aber ihr Grundstück durch das Hinterpförtchen betrat, da sah sie den Ochsen

hinter der Scheune im Garten liegen. „Ach, du Bunter!“, rief die Baba und lief auf den Ochsen zu. „Wo bist du denn die ganze Nacht gewesen? Wir haben dich überall im Wald gesucht!“

Die alte Baba sprach oft mit ihren Tieren. Das war so ihre Gewohnheit. „Sind auch Seelen“, sagte sie. „Haben nur keine Sprache.“ An diesem Morgen aber öffnete der Ochse sein Maul und antwortete ihr: „Oh, du alte Baba! Ihr habt mich die ganze Nacht gesucht! Und ich habe hier die ganze Nacht gelegen und gefressen!“

Die alte Baba war gar nicht erstaunt. Sie hatte die ganze Zeit gedacht, dass das Verschwinden des Ochsen nicht mit rechten Dingen zugegangen war, und nun meinte sie, dass der Spuk auch bei ihr begonnen habe. „Da habe ich sicher die Rennefarre im Schuh, weil ich den Ochsen verstehen kann!“, dachte sie. Flugs setzte sie sich nieder, zog beide Schuhe von den Füßen und schüttelte sie so kräftig aus, dass die Zauberblüte herausfallen musste. Und da war auch sogleich alles wieder, wie es vorher war. Die Baba war wieder sichtbar, und sie hatte die Gabe wieder verloren, die Tiere zu verstehen.

Ganz anders erging es einem Schäfer in der Uckermark. Auch ihm war in einer Johannisnacht die Blüte der Rennefarre in die Schuhe gefallen; seine Schuhe aber saßen an den Füßen, als wenn sie angeklebt wären, und er musste so lange unsichtbar bleiben, bis die Schuhe durchgelaufen waren und die Blüte von selber herausfiel.

Die kleine Dott wusste so gut wie jedes Kind in der Mark, was es bedeutete, die Blüte der Rennefarre im Schuh zu haben! Darum setzte sie sich auch sogleich auf die Erde und versuchte, die Schuhe von den Füßen zu bekommen. Als sie aber merkte, dass sie so fest saßen, als wenn sie angewachsen wären, da warf sie sich voll Verzweiflung ins Gras. Denn nun wusste sie, dass ihr weder der Schäfer noch irgendein Mensch auf Erden mehr helfen konnte.

„Ach, wenn mir doch nur die Geschichte von der Rennefarre früher eingefallen wäre“, dachte sie schluchzend. „Dann wäre ich natürlich nicht in der Johannisnacht durch die Felder gelaufen!“

Dabei aber fiel ihr noch etwas ein. In der Dunkelheit und in ihrer Eile war sie in die Schuhe hineingefahren, die die Mutter für den kommenden Festtag unter ihrem Bett bereitgestellt hatte. Das aber waren die neuen Schuhe, die sie sich so lange für ihre Fahrten mit den Freundinnen gewünscht hatte. Sie hatten eine besonders dicke und feste Sohle, und sie hatte sie erst einmal angehabt.

„Ach, und nun war die Blüte der Rennefarre ausgerechnet in diese fast unverwüstlichen Schuhe gefallen!“, dachte die kleine Dott. Es war überhaupt nicht abzusehen, wie lange diese Verwandlung nun dauern konnte und was sie noch alles würde erleben müssen!

Bei diesem Gedanken richtete sie sich auf und blickte verzweifelt in die Runde. Da sah sie, dass der Schäfer sie verlassen hatte und dass sie allein am Feuer zurückgeblieben war.

Das Feuermännchen

Welch eine Nacht das war!

Einsam brannte das Feuer neben der kleinen Dott. Das glühende Holz krachte, die roten Funken sprühten, und die Flammen brausten gewaltig zum Himmel. Das Mädchen wusste, dass die Mittsommerfeuer angezündet wurden, um die Geister der Finsternis zu verscheuchen und um der Sonne bei ihrem Aufstieg den Weg zu bereiten, wie einst der heilige Johannes Jesus den Weg bereitet hatte. Denn das war die Nacht vor dem Tag, an dem die Sonne das Dunkel besiegen und zu ihrem himmlischen Thron emporsteigen wird.

In dieser Nacht – so erzählen es die Bewohner der Mark – kommt der heilige Johannes auf einer unsichtbaren Leiter vom Himmel zur

Erde herab, um das Korn und den Wein zu segnen. Da heiligt er auf den Bergen die Feuer, zu denen die Dorfbewohner die Kranken bringen, damit sie gesund werden sollen, und an denen sie Lichter entzünden, um sie den Toten zu bringen und um die Felder damit zu weihen.

In dieser Nacht werden auch alle Blüten gesegnet, damit sie zur Frucht werden. Da beginnen die Grillen ihre rauschenden Geigenlieder. Aus dem Wiesengrund steigt der dumpfe Gesang der Frösche auf. In funkelnden Zügen beginnen die Johanniswürmchen ihre Liebesreigen zu tanzen und bei den geheimnisvollen Hochzeitsfesten der Erdgeister zu leuchten.

In dieser wunderbaren Nacht war es, dass die Blüte der Rennefarre in der Mitternachtsstunde in die Schuhe der kleinen Dott gefallen war, so dass sie für das Auge der Menschen unsichtbar wurde.

Aber ohne dass sie selber es wusste, gingen ihr zu gleicher Zeit die Augen auf für viele verborgene Dinge und Geheimnisse, und ihre Ohren öffneten sich für die Sprache der Tiere. In dieser Nacht war es, dass ihre abenteuerliche und große Reise begann.

Als die kleine Dott in tiefen Gedanken am Feuer saß und vor sich hinstarrte, schien ihr plötzlich, als hüpfe etwas Lebendiges durch die Flammen. Und als sie sich vorbeugte und scharf hinsah, erblickte sie ein kleines seltsames Wesen, das auf den glühenden Scheiten saß; es war nicht viel größer als ein Hahn und hatte ein rotes Mützchen auf dem Kopf. Es blinzelte unter seinem roten Zottelhaar zu ihr herüber und lachte unter seiner breiten Nase von einem Ohr zum anderen. „Der Rote Junge!“, dachte das Mädchen erschrocken und wagte nicht, sich zu rühren.

Sie war keinen Augenblick im Zweifel, dass vor ihr Rotmützchen, der Feuerkobold, saß, den das Volk der Mark auch den Roten Jungen nannte. Sie hatte im letzten Sommer in der Pfefferkuchenbude auf einem Jahrmarkt in Neuruppin seine Figur als Stehaufmännchen gekauft, aus Holunder geschnitten und rot angestrichen. Sie wusste also genau, wie er aussah.

„Hallo!“, rief das Männchen und nickte ihr zu.

Dott blieb sitzen, als wenn sie taub wäre, denn sie wusste, dass der

Feuerkobold voll Schabernack war und dass er schon viele Leute erschreckt und zum Besten gehabt hatte. Es wurde erzählt, dass er bei einem Brand mit seinem roten Mützchen auf dem Kopf aus den Fensterluken blickt, bald hier, bald da, als freue er sich über das Prasseln und die lodernden Flammen. Darum meinte sie, das Beste sei, so zu tun, als wenn sie nichts gehört hätte.

Plötzlich sah sie, wie der Junge unruhig und sein Gesicht lang wurde. „Das Feuer geht aus!", rief er. „Könntest du nicht vielleicht etwas Holz auflegen, damit das Feuer weiterbrennt? Wer kein Holz zum Feuer legt, erreicht das ewige Leben nicht!"

„Den Spruch kenne ich längst!", dachte das Mädchen und presste die Lippen zusammen. Darum hatte ja auch jeder Dorfbewohner in dieser Nacht zu dem Johannisfeuer Holz herbeigefahren, und darum hatten auch alle Kinder in ihren Wägelchen, in Säcken und Schürzen Reisig und Tannenzapfen herbeigeschafft.

Als sie nach kurzer Zeit merkte, wie die Flammen wirklich in sich zusammenfielen, wollte sie aufspringen, um von dem Holz nachzulegen, das zur Speisung des Feuers in der Nähe aufgeschichtet war. Da fiel ihr ein, wie der Rote Junge den Fährmann neckte, indem er „Hol über!", rief und wie er verschwand, wenn der herübergerudert kam. Sie dachte auch daran, wie er einst einem Fischer einen Mundvoll Holz in die Pfanne gespien hatte, nur weil ihm dieser mit dem Ruder gedroht hatte.

„Es ist besser, wenn ich mich nicht mit dem Roten Jungen einlasse!", dachte sie und blieb unbeweglich sitzen. Als sie aber sah, wie der Kobold immer unruhiger wurde, da wurde auch sie von einer solchen Unruhe ergriffen, dass sie aufspringen musste und einen Kiefernzweig nach dem anderen in die Flammen warf, bis sie wieder hoch emporloderten.

Da lachte der Junge und sprach: „Weil du mir etwas Gutes getan hast, will ich dir jetzt ein Geheimnis sagen, Menschenkind! Gib gut Acht, denn es kann für dich und für viele von Nutzen sein!"

Und dann begann er sich in den Flammen zu wiegen und zu flüstern: „Heute ist die Nacht, da du die Schätze der Unsichtbaren gewinnen kannst! In dieser Nacht kannst du den Schlangenkönig auf einem weißen Tuch spielen sehen, und alle Schlangen müssen vor ihm tanzen. Und wenn du das Tuch zur rechten Zeit ergreifst, so muss er dir seine Krone lassen."

Der Kobold blickte gespannt auf Dott. Die aber sah nicht im Geringsten danach aus, als ob sie Lust hätte, die Krone des Schlangenkönigs zu gewinnen! Sie hatte in dieser Nacht einen solchen Schatz verloren, dass ihr Sinn wahrlich nicht nach solchen Kostbarkeiten stand.

„In dieser Nacht steigt auch der Krötenkönig mit seinem Gefolge aus dem See“, fuhr der Kobold eilig fort. „Dann kannst du ihm mit einem Stock die Krone abschlagen. Aber schnell musst du laufen, denn alle Kröten laufen hinter dir her, um dir die Krone wieder zu entreißen!“

Als er wieder sah, wie das Mädchen ganz gleichgültig blieb, sprach er noch schneller: „In dieser Nacht kannst du die blaue Wunderblume pflücken und damit Felsentore sprengen und die verborgenen Reichtümer der Geisterwelt heben!“

Wieder schaute er forschend auf das Mädchen, und als er sah, wie auch jetzt keine Spur von Begehren aus ihren Augen sprach, begann sein Gesicht vor Freude zu leuchten, und er fuhr leise fort: „Aus den Waldseen tauchen heute die versunkenen Glocken empor und fangen voll Sehnsucht zu läuten an. Da beginnen die Nixen zu klagen und nach dem Menschen zu rufen, der ihnen durch seine Liebe die Seele schenkt. Da locken die verwunschenen Prinzessinnen den Wanderer in die Berge, damit er sie aus der Gewalt der Tiefe erlöse. Denn du musst wissen, Menschenkind, dass alle Geister des Wassers und der Erde und alle Tiere und Pflanzen im Zauberbann liegen und nach ihrer Erlösung seufzen!"

Als das Feuermännchen nun auf Dott blickte, sah er, wie sie ihn mit ihren großen Augen aufmerksam ansah. Seit sie in dieser Nacht ihre menschliche Gestalt verloren hatte, wusste sie, wie es war, verzaubert zu sein und sich nach Erlösung zu sehnen!

„Wie kann denn das geschehen?", fragte sie gespannt.

„Alle Wesen der Natur liegen in Verzauberung und seufzen nach Erlösung!", flüsterte das Feuermännchen noch einmal und hob bedeutungsvoll den kleinen Finger. „Und nur ein Mensch, der reinen Herzens ist und ihnen wohl will, kann sie erlösen."

Und plötzlich war er vor den Augen der kleinen Dott verschwunden.

Der Morgen

Abschied von der Mutter

Die Morgensonne schien am Tag nach der Johannisnacht so stechend in das Gesicht der kleinen Dott, dass sie mit einem Niesen erwachte. Sie schlug die Augen auf und blickte verwundert umher. Da sah sie, dass sie auf dem Hügel der alten Opfersteine von Mellen über dem Rambower See saß, dicht am Rand eines großen Aschenflecks, auf dem die letzten verkohlten Zweige und Scheite des Johannisfeuers lagen.

Als das Mädchen erkannte, wo sie geschlafen hatte, erschrak sie, und sogleich fielen ihr alle Ereignisse der Nacht wieder ein. Der Morgennebel lag wie blauer Dunst über dem See, und die Sonne schoss blendende Pfeile zwischen den riesigen, halb versunkenen Felsblöcken hindurch gerade auf das harte Lager der kleinen Dott. Sie stand auf und schlug die Gräser und Blätter aus ihrem Röckchen; dabei war ihr so traurig ums Herz wie noch nie, und alle Glieder taten ihr weh. „Wenn nur Vater und Mutter von meinem Unglück wüssten", überlegte sie, „dann würden sie mir sicher verzeihen!" Damit aber fiel ihr etwas ein. „Sie werden mich doch nicht etwa verstoßen, weil sie mich nun nicht mehr sehen können!", dachte sie, und sie erschrak so sehr, dass sie sofort ins Dorf laufen musste und mit dem Rennen nicht eher aufhörte, bis sie von weitem den Hof ihres Vaters sehen konnte.

Da ergriff sie eine große Angst, und sie beschloss, sich heimlich in den Eren zu schleichen. Eren wird in der Prignitz der Flur in den fränkischen Häusern genannt, und vom Eren führt eine Tür direkt in die Küche, die der Eingangstür gegenüberliegt. Früher hatte die einmal einen einzigen Raum mit dem Eren gebildet, zu jener Zeit, als der Herd noch der Mittelpunkt eines Hauses war. Hier im Eren versteckte sich das Mädchen hinter den Mänteln und dem Arbeitszeug ihrer Eltern. Die Tür zur Küche war an diesem Morgen nur halb geschlossen, und Dott konnte gerade durch den Spalt die Mutter sehen, die aufrecht auf dem Küchenstuhl saß, die Hände fest in einander verschränkt.

„Warum glaubst du denn, dass die kleine Dott nicht mehr lebt, Mala?“, hörte Dott eine männliche Stimme fragen, die sie sogleich als die von Vater Gnilicas erkannte. Sie presste vor Spannung die Hände zusammen, denn sie meinte, wenn der alte Schäfer hier war, würde es ihr nicht ganz so schwer fallen, den Eltern von ihrer Verzauberung zu erzählen.

„Du wärest ja sicher nicht hier, Vater Gnilica, wenn du erwarten würdest, dass die Männer und Frauen unseres Dorfs unser Kind von ihrer Suche heimbrächten“, hörte sie nun die Mutter mit harter Stimme erwidern.

„Du weißt ja ganz gut, was für eine Nacht gestern war, Mala“, fuhr der Schäfer ruhig fort. „Du weißt ja, es könnte auch sein, dass die kleine Dott nicht verunglückt ist, sondern bei den Unsichtbaren weilt. Wer weiß“, fügte er mit besonderem Nachdruck hinzu, „vielleicht hat sie die Blüte der Rennefarre im Schuh und muss nun selber unsichtbar durch die Gemeinschaft der Menschen wandern, bis sie erlöst wird.“

Dott schlug das Herz zum Zerspringen. Sie wollte zur Mutter eilen und rufen: „So ist es! Hier bin ich, Mutter, wenn du mich auch nicht sehen kannst!“

Da aber hörte sie, wie die Mutter mit lauter und ganz verwandelter Stimme zu sprechen begann: „Ja, jetzt sehe ich wirklich, dass Krankheit und Tod der Kinder noch nicht das größte Unglück sind! Du willst mich trösten, Vater Gnilica – aber das sage ich dir – wehe mir, wenn ich um ein Kind weinen müsste, das zum Schrecken und Abscheu der Menschen geworden ist!“

Als Dott diese Worte hörte, ging sie still aus dem Haus und über den Hof. Sie trat auf die Straße hinaus und schaute durch das Tor noch einmal auf das Wohnhaus ihrer Eltern, den Stall und den Schuppen zu beiden Seiten und auf das Torhaus, das den Hof auf der Straßenseite abschloss und das gleichzeitig Scheune und Dreschtenne war. Lange blickte sie durch das mächtige offene Tor, und sie meinte, dass sie bis jetzt noch niemals erkannt hatte, welch eine Burg des Friedens ihr Heimathof war.

„Lebe wohl, Mutter“, sagte sie leise, und die Tränen stiegen ihr in die Augen. „Niemals sollst du durch mich von meiner Verwandlung erfahren – bis zu dem Tag, an dem ich einst erlöst sein werde.“

Am Dorfbrunnen

Kein Mensch war zu sehen, als die kleine Dott die Dorfstraße entlangschlich. In der Scheune des Großbauern Thiele hatten schon am Tag vorher die Frauen des Dorfs die gemeinsame Tafel mit den weißen Laken für den Nachmittagskaffee gedeckt. Aber das Tor war geschlossen, und niemand kam, um das Kaffeegeschirr zu bringen und die Tische mit Blumensträußen für das Johannisfest zu schmücken.

Die Kränze und Gewinde aus Kornblumen und Lindenblüten und dem gelbblütigen Johanniskraut lagen bereit, um den jungen Bauern zu schmücken, der als „Grüner Johannes“, von Blüten bedeckt, durchs Dorf reiten sollte. Aber der Schimmel, der ihn im Festzug tragen sollte, stand vergessen im Stall, die Tore zu den Gehöften waren verschlossen und die Dorfstraßen waren leer. Sogar die Kinder waren nirgends zu erblicken, die doch sonst am Johannistag vom frühen Morgen an in bunten Festkleidern herumsprangen und sich heimlich im Klettern an dem geheimnisvollen Rosenbaum übten, von dem der Geschickteste an diesem Tag den Rosenkranz herabholen sollte.

Das ganze Dorf war schon im Morgengrauen vom Hof des Kerstingbauern aus hinausgezogen, Männer, Frauen und Kinder, um die kleine Dott zu suchen.

Als Dott auf ihrem Weg zum leeren Dorfanger kam und den alten hölzernen Dorfbrunnen sah, merkte sie, wie durstig sie war. „Es ist ja niemand zu sehen“, dachte sie. „Es wird ja wohl nichts schaden, wenn ich zum Abschied noch einen Schluck Wasser aus meinem Heimatbrunnen trinke.“ Und sie eilte über die Wiese zum Brunnen, ließ den Eimer in die Tiefe gleiten, zog ihn halb gefüllt wieder empor und begann, mit der hohlen Hand Wasser zu schöpfen.

Nun passierte es aber, dass gerade in diesem Moment eine Gruppe von Dorfbewohnern ermüdet von der ersten Streife zurückkehrte und dass die Männer und Frauen an der Spitze des Zuges den Anger betraten, gerade als Dott den Eimer in die Tiefe gleiten ließ.

Da meinten die Männer, es sei doch sehr sonderbar, dass der Eimer so von selber in die Tiefe sauste, denn sie konnten ja die kleine Dott nicht sehen. Und sie begannen auf den Brunnen zuzulaufen, um nachzuschauen, wie das vor sich gegangen war.

Als aber der Eimer von selbst wieder in die Höhe kam und sich auf den Brunnenrand stellte, blieben sie vor Staunen wie angewurzelt stehen. „Das geht doch nicht mit rechten Dingen zu!“, sagte der Amtmann Heinicke leise.

Als Dott die Stimmen hinter sich hörte, wandte sie sich erschrocken um. Und als sie sah, wie die Männer mit Stangen und Bootshaken in den Händen, so wie sie gerade vom See zurückgekehrt waren, auf sie zuschlichen, schrie sie auf und stieß vor Schrecken den Eimer über den Brunnenrand, so dass er mit Gepolter in die Tiefe stürzte und der Brunnenschwengel heftig auf und ab sauste.

Einen Augenblick lang blieben die Männer wieder wie festgenagelt stehen, dann aber sprangen sie, von den Frauen und Kindern gefolgt, auf den Brunnen zu. Als Dott die ganze Schar mit Plumbock und Stecheisen, mit Stangen und Bootshaken anrücken sah, wurde sie von einer wilden Angst ergriffen. Sie sprang zum nächsten Hof und riss das Hoftor auf, um sich zu verstecken.

Die alte Großmutter Perssen aber hatte vom Dachfenster aus alles mit angesehen und kam gerade über den Hof gelaufen, als Dott hereinstürzte und mit der alten Frau zusammenprallte.

Auf die Angstrufe der Alten hin wandte sich sofort der ganze Zug ihrem Haus zu und zerstreute sich auf der Stelle über ihren Hof.

Und nun begann eine Jagd, wie sie noch nie irgendwer in diesem Dorf erlebt hatte! Die Enten fuhren auseinander, die Hühner flogen auf und gackerten, der Hund riss an der Kette und bellte wie toll, während Dott auf ihrer Flucht über den Hof einen Melkeimer umrannte, so dass die schöne weiße Milch über die Pflastersteine des Hofs strömte.

Als die Bauern angelaufen kamen und mit ihren Stangen auf die Stelle einhieben, wo der umgestürzte Eimer am Boden lag, hatte Dott bereits die Tür des Kuhstalls aufgerissen und hinter sich zugeschlagen und sich im frischen Grashaufen in der Ecke verkrochen. Kaum jedoch hatte sie sich da eingenistet, als auch schon ihre Verfolger ihr nach in den Kuhstall drängten, denn sie hatten gesehen, wie die Tür von selber auf- und zuflog, und meinten, nun mache sich der Spuk im Stall zu schaffen.

Ach, wenn Dott doch nur hätte still sitzen bleiben können, so wären wohl alle gerade an ihr vorbeigelaufen, ohne sie zu bemerken! Als sie aber sah, wie die Bauern wild im Stall umherblickten, da hielt es sie nicht länger aus, und sie stürzte aus ihrem Versteck heraus, dass das Gras nach allen Seiten auseinander stob.

Zum Glück wusste das Mädchen ganz genau Bescheid im Haus, denn sie hatte der Großmutter Perssen oft das gesponnene Garn bringen müssen, das die Alte zu festen Kiepenbändern und Gurten webte.

Darum wusste sie auch, welchen Weg sie jetzt nehmen musste. Und während der furchtbare Jochem Thiele auf das Heu loszudreschen begann, schlüpfte sie an der Schweinebucht vorbei zur Tür, die vom Stall aus direkt in die Wohnung führte. Denn das Perssen-Haus war ein Dielenhaus, und Stall und Wohnräume lagen hier, wie bei den meisten Dielenhäusern, unter einem Dach.

Natürlich merkten die Verfolger gleich, welchen Weg der Spuk genommen hatte. Als sie sahen, wie die Verbindungstür sich öffnete und wieder zuflog, ohne dass eine Person sichtbar wurde, da wussten sie schon, wohin sie sich zu wenden hatten.

Und auch im Haus konnten sie genau sehen, wohin Dott lief, denn sie musste unterwegs durch die dunkle Küche, die mitten im Haus lag und in der sie in dem schwachen Licht, das durch das Rauchloch hereinfiel, Stuhl und Besen mit Gepolter umwarf.

Aber das machte Dott nun nicht mehr so viel aus, weil sie wusste, dass sie sogleich, wenn sie über die Diele gelaufen war, auf die Straße kommen würde. Und als sie die Haustür hinter sich zugeschlagen hatte, lief sie schnell wie der Wind und ohne sich umzuschauen, bis sie in den Bauernwald kam, wo sie sich im Unterholz verbergen konnte.

Dort lugte sie aus ihrem Versteck heraus. Niemand war mehr auf der Straße zu sehen. Nur aus der Ferne drangen Rufe und Hundegebell und Hühnergegacker zu ihr herüber.

Vögel des Waldes

Wenn die Dörfler auszogen, um ein verirrtes Kind oder einen vermissten Fremden zu suchen, so gingen sie in die Gegend der Seen und Luche, wie die Moore in der Mark genannt wurden.

Darum wählte Dott die entgegengesetzte Richtung, zum Dammrower Forst. Sie lachte dabei vor sich hin. Es wunderte sie selbst, dass sie nach allen Erlebnissen dieser Nacht noch lachen konnte! Sie wusste ja nun, dass sie den Menschen durch ihre Verwandlung wirklich zum Schrecken und Abscheu geworden war, wie ihre Mutter vorausgesagt hatte, und dass die Dorfbewohner sie soeben geradezu aus dem Dorf hinausgejagt hatten. Aber sie brauchte nur an ihre wilde Flucht und an die Lufthiebe ihrer Verfolger zu denken, dann musste sie von Neuem lachen.

Bis zu diesem Tag hatte sie die Bauern des Dorfs als würdig und klug und stark gekannt, selbst dann, wenn sie einmal im Rausch lärmend und ausgelassen wurden. Jetzt aber hatte sie erlebt, dass sogar der Großbauer Thiele auf etwas losgedroschen hatte, was er nicht begriffen hatte.

Die kleine Dott wusste, dass in alten Zeiten die Leute abends am Brunnen zusammengekommen waren, um von wunderbaren Sagen und Erscheinungen zu sprechen. Jetzt hätten sie etwas zu erzählen gehabt, dass den Hörern die Haare zu Berge stehen konnte! Das Mädchen fühlte sich nach diesem Erlebnis sehr überlegen und nicht mehr ganz so beschämt über ihre Verwandlung.

An diesem Morgen hatte die kleine Dott aber auch erkannt, dass sie sich in Gefahr begab, wenn sie bei den Menschen blieb. Und die Gesetze des freien Volkes der Wälder und Felder begannen sich vor ihr zu enthüllen. Alles, was die Mütter der Tiere ihren Jungen von den ersten Stunden ihres Lebens an durch Spiel und Strafen beizubringen suchen, das musste die kleine Dott sich selber aneignen, denn wie die Tiere musste sie nun außerhalb der Gemeinschaft der Menschen leben.

Aber Dott war ein Menschenkind und sie hatte ihren menschlichen Verstand. Und was die Tiere in Jahrtausenden an Erfahrungen zusammengetragen und zu Gesetzen ihres Lebens gemacht hatten, das vermochte Dott nach den Erlebnissen dieses Morgens bereits in groben Zügen zu erkennen. Vor allem wusste sie nun, dass für sie die Unsichtbarkeit das war, was die Schutzfärbung für die Tiere bedeutete, und dass es nichts Gefährlicheres gab als die Dinge, mit denen sie in Berührung kommen könnte und die ihren Weg verraten könnten, weil jeder sehen konnte, wie sie sich bewegten.

Unn so erkannte sie an diesem Morgen ganz von selbst die vier der wichtigsten Gesetze der Tierwelt:

Füße, die lautlos schleichen!

Glieder, die so geschmeidig sind, dass kein Zweiglein von ihnen erschüttert wird!

Nerven, die auch dicht vor den Augen der Verfolger nicht zucken, bis ein direkter Angriff des Gegners erfolgt.

Dann aber Flucht ins freie Feld!

Unter diesen Gedanken hatte das Mädchen den Dammrower Forst erreicht und drang immer tiefer in den Wald hinein.

Da war ihr, als hörte sie in der Ferne ein so heftiges Durcheinander von Vogelstimmen, als seien alle Vögel des Waldes zu einer Aussprache zusammengekommen.

Neugierig rannte sie vorwärts und erreichte eine große Lichtung, die von Vögeln aller Art bedeckt war.

Die kleine Dott versteckte sich hinter einem großen Adlerfarn und schaute verwundert auf die sonderbare Versammlung unter den Bäumen.

Welch eine Menge von Vögeln! Aus dem ganzen vogelreichen Gebiet der Wälder und Sümpfe, der Luche und Brüche der Prignitz mussten sie herbeigekommen sein.

Auf einem kleinen Hügel stand ein großer weißer Vogel mit einem ernsten Gesicht und einem langen, roten Schnabel – der Storch! Und in einem weiten Kreis um ihn herum saßen viele andere Vögel, die einen schweren Körper und einen breiten Schnabel hatten und kurze, stämmige Beine mit ausgetretenen, lappigen Füßen. Dott meinte, dass sie wohl alle zu den Wasservögeln gehören mussten. Hinter ihnen standen die stolzen Großvögel, die Trappen und Kraniche und die grauen Fischreiher, und neben ihnen die vielen Vögel des Brachlandes und der Heide, die Rebhühner, Fasanen, Dommeln und Kiebitze und die unzähligen anderen Vögel. Und über diesen Vögeln der Felder und der Moore schaukelten auf den Zweigen der Bäume die großen Vögel des Waldes, der Kuckuck, die Krähen, die Elstern und die großen Raubvögel. Zwischen diesen saßen auch, tief im Schatten, die Eulen, mit Buhuho, dem mächtigen, weich geplusterten, unheimlich regungslosen Uhu, in ihrer Mitte. Tief waren die Zweige herabgebogen unter der Last der Vögel.

Dott hatte gar nicht gewusst, dass es so viele schöne und große Vögel in ihrer Heimat gab. Als sie sich aber ein wenig von ihrem Erstaunen erholt hatte, merkte sie, dass sie die Sprache der Vögel verstehen konnte!

„Hört, ihr freien Völker der Luft und des Wassers!“, rief der Storch. „Es gibt kein Geschöpf, das mächtiger ist als der Mensch! Er gibt Gesetze nach seinem Willen und streicht sie aus nach seinem Willen. Und was heute eure Brüder trifft, das trifft morgen euch!“

„Hört es, ihr Jungen!“, riefen die alten Vögel im Chor.

„Hier in der Prignitz hatten wir viele Jahrhunderte lang die westliche Grenze unseres Gebiets“, rief mit rauer Stimme ein prachtvoll schillernder schwarzer Storch, der mit großen Sätzen vor den weißen Storch gesprungen kam. „Jetzt gibt es in der ganzen Prignitz nur noch zwei Horste der schwarzen Störche, und diese letzten beiden Horste müssen vor dem Menschen durch den Menschenstaat geschützt werden!“

„Ein einziger Gutsherr schoss in diesem Jahr fünfhundert Angehörige unseres Stammes ab“, krächzte eine struppige alte Krähe. Dott wusste damals noch nicht, dass dies Cornix, der Knese, der kühne und gefürchtete Anführer der Nebelkrähen war. – „Jahrhundertelang war das Dommühlenholz bei Havelberg unser Horstgebiet“, fuhr er fort. „Jetzt sind wir nicht nur vogelfrei, nein, es gilt sogar als ein besonderes Verdienst, uns zu Hunderten niederzuknallen! Ja, der Mensch lässt sich sogar so weit herab, die unerfahrenen Jungen unseres Stammes durch einen Lockvogel in seine Schussnähe zu locken!“ Den letzten Satz hatte Cornix mit schief geneigtem Kopf und spöttisch blinzelnden Augen gesprochen.

Obgleich er dabei vermieden hatte, in eine besondere Richtung zu blicken, so ging doch sofort eine sonderbare Bewegung durch die Reihen der Vögel. Aller Augen wandten sich dahin, wo eng zusammengerückt der Stamm der Eulen hockte. Regungslos und mit geschlossenen Augen saß Buhuho, der mächtige Uhu, unter ihnen, unbeweglich, wie aus Stein gemeißelt; nur seine furchtbaren Krallen umklammerten den Ast, auf dem er saß, so dass das starke junge Holz unter seinem Griff zu krachen begann.

Mit einem pfeifenden Zischen wandten sich plötzlich sämtliche Vögel gegen den Knesen Cornix, den Fürsten der Nebelkrähen. Es war unter den Vögeln nicht erlaubt, davon zu sprechen, wenn ein Vogel zum Lockvogel wurde, das war ein strenges Gesetz. Denn es war die furchtbarste Schande, die einen Vogel treffen konnte. Und Uff, die Lebensgefährtin des Uhus, des großen Aufs, war von den Menschen zum Lockvogel gemacht worden.

Der Storch nahm wieder das Wort. „Nur die Schwalben und die Amseln vermehren sich in der Prignitz“, sagte er. Dann blickte er streng in die obersten Zweige der Bäume, wo die Singvögel saßen, und rief: „Aber hütet euch davor, dass ihr die Nachtigallen nicht in dem Maß vertreibt wie bisher. Sonst wird bald ein tödliches Gesetz auch gegen euch erlassen werden!“

„Hört, ihr Jungen! Meidet die Lieblinge der Menschen, solange euch nicht Not und Hunger treiben! Sonst bringt ihr Verderben auf euren Stamm!“, riefen die alten Vögel.

Das Mädchen hatte sich ganz tief hinter die Farne geduckt. Es würde sicher nicht ungefährlich sein, wenn die Vögel sie in diesem Thing entdeckten, dachte sie. Denn das hatte Dott gleich erkannt – hier wurde eine große Ratsversammlung der Vögel abgehalten.

„Der Augenblick ist jetzt da, wo ihr die neuen Gesetze der Menschen erfahren werdet. Hört sie, ihr Alten und Jungen, denn Leben und Tod hängen davon ab!“, rief der Storch. „Pica-Pica, die Elster, soll sprechen!“

Mit raschem Flügelschlag schwang sich die Elster auf einen vorspringenden Zweig. Hell blitzten ihre weißen Schultern und ihre weiße Unterseite zwischen den schwarzen Schwingen. Sie verstand die Sprache der Menschen, seit sie einmal gefangen war, und sie hatte ein Gespräch des Försters mit seinem Gehilfen über die Schonzeiten der Vögel belauscht. Darum waren die Vögel zusammengerufen worden, um die gefährlichen Zeiten kennenzulernen. Bevor sie aber zu sprechen begann, putzte Pica-Pica, die Elster, ihr Gefieder und blickte eifrig nach allen Seiten, um zu prüfen, welchen Eindruck sie machte.

„Wenn ich ein so gefährliches Kleid hätte, würde ich es lieber verstecken“, höhnte ein altes Blässhuhn und blickte zufrieden auf sein unscheinbares schwarzes Kleid.

„Die Elster soll endlich sprechen!“, riefen ungeduldig die Alten unter den Vögeln. „Ein Narr, der sich am Aufsehen freut!“

„So hört denn!“, begann die Elster Pica-Pica, die es liebte, die anderen Vögel zu ärgern. Sobald sie zu reden begann, verstummten alle Stimmen neben ihr.

„Ihr Haselhühner und Rebhühner – hütet euch vor dem Herbst! Denn im September wird die Jagd auf euch eröffnet. Ihr Birkhühner und Trappen! Gefährlich ist für euch der April! Wildgans, Möwe, Brachvogel und Sumpfschnepfe! Ihr seid nur sicher im Sommer.“

Wie ein Seufzer ging es durch die Reihen der Vögel.

„Für immer geschützt sind die Hennen des Birkhahns, der Wachtel und der Trappe. Für immer geschützt sind von nun an alle Kraniche, Kolkraben, wilden Schwäne und die Kolbenente. Für immer geschützt sind alle Sumpf- und Wasservögel, alle Tag- und Nachtraubvögel – .“

Ein rauschendes Krächzen, ein triumphierendes Heulen und Schnattern brach unter den zuletzt Genannten aus.

„Ihr habt mich nicht ausreden lassen“, rief die Elster mit schriller Stimme und legte den Kopf auf die Seite. Dann fuhr sie mit einem tückischen Lachen fort: „Ausgenommen aber sind der Mäusebussard, der Hühnerhabicht, der Sperber und die Bekassinen. Diese alle sind vogelfrei das ganze Jahr hindurch.“

Ein Wutgeschrei antwortete ihr und lang streckten sich ihr die Hälse entgegen. Die Elster kicherte schadenfroh. „Ungeschützt sind alle Saatkrähen und Nebelkrähen, alle Eichelhäher, der Fischreiher, das Blässhuhn und alle Sperlinge.“

Tiefes Schweigen folgte, denn es war eine Schande für einen freien Vogel, – nicht, dass er vogelfrei war! – das ließ sich tragen. Sie waren alle hart gegen sich selbst und mutig in Gefahr. Aber dass sie in einer Reihe mit den Sperlingen aufgezählt wurden, das verschlug ihnen den Atem vor Schreck und Ärger.

In diese Stille schrie eine Vogelstimme: „Und du selbst?“

„Vogelfrei! Vogelfrei!“, zischte es der Elster entgegen, als sie sich wendete und drehte, ohne zu antworten. „Vogelfrei!“, höhnten alle, die das gleiche Los getroffen hatte. Ein ohrenbetäubendes Schelten und Lärmen brach aus, und vielleicht wäre sogar der Friedensbann des Things gebrochen worden, wenn nicht etwas Schreckliches und Unerwartetes passiert wäre. Mitten hinein in das Getümmel erscholl ein Lachen. Ein Menschenlachen! So leise es in all dem Lärm war, dieses Lachen war wie ein Donner an die Ohren der Vögel gedrungen.

Eine Stille von Sekunden folgte, und dann brausten und stoben die Heerscharen der Vögel auseinander und verschwanden krachend und knackend im Waldesdunkel. Dott war auf den freien Platz gesprungen und rief mit lauter Stimme: „Hört, ihr freien Völker der Luft und des Wassers!“, denn sie hatte sich gut gemerkt, wie der Storch die Vögel angeredet hatte. „Wenn ihr meine Sprache versteht, so wie ich die eure, dann sollt ihr wissen, dass ich euch nichts Böses tun will! Kommt wieder zurück und sprecht mit mir, denn ich fühle mich einsam!“

Als alle schwiegen, rief sie wieder. Aber sie war jetzt ernst geworden.

„Entschuldigt bitte, dass ich gelacht habe!“, sagte sie. „Ich habe nicht über euch gelacht, sondern darum, weil ihr so schadenfroh wart!“

Wieder blieb alles still.

„Ich will euch helfen, so gut ich kann!", rief sie schnell, denn es schien ihr, als wenn sie noch davonfliegende Schatten zwischen den Bäumen sehen könnte. „Ein Mensch kann viel tun, wenn er euch helfen will! So hört doch! Ihr wisst ja das Beste noch nicht! Ihr habt ja noch nichts von den neuen, freien Gehegen der Mark gehört, wo ihr ungestört leben könnt! Kommt doch zurück und sprecht mit mir!"

Aber keine Stimme antwortet ihr. Hin und wieder hörte sie noch ein Huschen und Flügelschlagen. Zuletzt war alles still.

Die drei Fürsprecher

Dott wollte gerade enttäuscht aufstehen, als sie neben sich ein leises Klappern hörte. „Der Storch!", dachte sie entzückt, aber sie wagte nicht, sich nach ihm umzusehen.

Nach einiger Zeit kam der schöne, große Vogel vorsichtig in einem weiten Bogen um sie herumgestelzt und stellte sich vor sie hin. Die kleine Dott wusste nicht recht, wie sie ihm ihre Höflichkeit bezeigen sollte. Auf jeden Fall nickte sie feierlich und sagte: „Es ist sehr gut von dir, dass du gekommen bist! Ich danke dir vielmals."

Der Storch nickte kurz zurück. Dann erwiderte er: „Ich hätte dich nur ruhig weiterrufen lassen sollen, denn unter allen Menschenarten sind die halbflüggen Menschenjungen uns Tieren am meisten zuwider."

Dott war so verdutzt, dass sie gar nichts erwidern konnte.

„Ich bin auch nur gekommen", fuhr der Storch fort, „weil ich froh bin, dass ich es endlich einmal einem Menschenjungen sagen kann, wie ganz und gar zuwider sein Anblick den Tieren ist."

Das Mädchen errötete. „Du bist nicht sehr höflich!", sagte sie.

„Glaubst du denn, dass wir es höflich finden, wie ihr uns oder unseresgleichen benennt! Watschelente, dumme Gans – sind das vielleicht Ehrennamen? Und wie ihr über uns eure Lieder singt! Es gibt genug Vögel, die eure Sprache verstehen und die uns einige von euren hübschen Verschen hersagen! Die Krähe ist wirklich nicht sehr beliebt bei uns, aber niemand unter den Tieren freut sich darüber, wenn ihr singt:

„Kroag, kroag, Kräge,
di Voater ligt im Wege,
dien Muuter ligt in'n Dieck,
ward all sein Doag nich riek."

Der Storch schüttelte sich, so unangenehm war es ihm gewesen, diese Worte auch nur zu wiederholen.

Dott blickte zur Erde. Sie fühlte zum ersten Mal, was die Tiere dabei empfanden, wenn der Mensch über sie sang: „Dein Vater liegt am Wege, deine Mutter liegt im Teich, wird alle Tage nicht reich." Sie wusste nicht, was sie dem Storch erwidern sollte.

„Den Maikäfern reißt ihr die Beine aus", fuhr er heftig fort, „und werft die armen Tiere dann in einen Kasten, wo sie elend verkommen. Kein anständiges Tier quält nur zum Vergnügen und aus Schabernack. Und sogar das Marienkäferchen müsst ihr mit eurem dummen Singsang erschrecken." Und er sang mit heiserer Stimme:

„Sonnchen, flieg heim,
dein Hüttchen brennt,
deine Kinderchen weinen,
flieg, flieg!"

Der Storch klapperte vor Entrüstung.

Dott hatte schreckliche Angst, der Storch könnte anfangen zu erzählen, wie sie noch im Frühling so unehrerbietig gesungen hatte:

„Storch, Storch, Steiner,
mit die langen Beiner!
Störchlein, Störchlein,
Schniebel, Schnabel,
mit der langen Ofengabel!"

Darum rief sie schnell: „Aber bei uns sagt man auch: ‚Wenn der Storch auf dem Haus sitzt, schlägt der Blitz nicht ein.' Wir sagen auch, dass der Storch der klügste von allen Vögeln ist und dass er sprechen könnte, wenn er eine längere Zunge hätte."

Sie war richtig froh, dass ihr das alles einfiel.

„Und wie nennt ihr mich, bitte, wie nennt ihr mich?“, fuhr der Storch sie an.

Dott konnte es auf keinen Fall über sich bringen, diesem klugen und schönen Vogel ins Gesicht zu sagen, dass die Kinder ihn Storch Langbein nannten. Darum sagte sie:

„Oh, wir sagen manches und meinen es gar nicht so. Nur so zum Reimen sagen wir’s. Aber wir nennen dich auch Storch Bester und Storch Guter, bring mir ’nen kleinen Bruder.“

Dann aber erinnerte sie sich wieder, wie einsam sie jetzt war. „Ich habe immer gedacht, du liebst die Kinder“, sagte sie. „Und nun, da ich schon von den Menschen ausgestoßen bin und ganz verlassen herumirre, stehst auch du noch da und machst mir nichts als Vorwürfe!“

„Nun, da wirst du ja etwas besonders Schlimmes angerichtet haben, wenn sogar die Menschen dich ausstoßen“, erwiderte der Storch streng.

Jetzt war das Mädchen wirklich verletzt. Sie stand auf und drehte dem Storch den Rücken, damit er ihr Gesicht nicht sehen sollte. Sie hatte gehofft, wenigstens unter den Tieren Freunde zu finden. Sie hatte auch darüber nachgedacht, die Tiere um Rat und Hilfe zu bitten, denn sie fühlte sich verlassen und sie hatte Hunger. Aber gerade weil der Storch so schlecht von ihr sprach, wollte sie ihm nun nichts von ihrer Not erzählen.

Als sie eben mit stolz erhobenem Kopf die Lichtung verlassen wollte, hörte sie ein lautes und boshaftes „Hä hä hä!“ hinter sich. Sie blickte sich um, sah die Elster in den Zweigen einer Kiefer sitzen und bemerkte, wie sie ihr mit schief geneigtem Kopf hämisch lachend nachblickte.

Da fühlte sie, wie ihr an diesem schweren Tag zum ersten Mal die Tränen in die Augen stiegen. –

Sie hob den Kopf noch höher und ging ruhig weiter. Im selben Augenblick aber sah sie, wie ein schmaler schwarzer Schatten an ihr vorbeiflog und über der Elster zusammenschlug und wie ein starker, spitzer Schnabel auf die Elster herabsauste, bis diese laut um Erbarmen schrie. Da erst ließ der schwarze Vogel sie frei, und während Pica-Pica flügellahm davonflog, rief er: „Schäme dich, über den zu lachen, der im Unglück ist, selbst wenn es ein Mensch ist!“

Dann flog er auf einen Zweig neben Dott und richtete seine klugen, gelben Augen durchdringend auf sie.

„Die Menschen nennen mich manchmal Gertrud und sagen, ich sei eine zur Strafe verzauberte geizige Frau“, meinte der Vogel. „Warum sollte ich mich darüber ärgern? Dieses Gerede ist nur lächerlich. Nun gib gut Acht auf das, was ich dir sage. Als du vorhin riefst, du wolltest Gutes tun und uns helfen, da habe ich gewünscht, du möchtest recht bald aus unserem Wald verschwinden. So etwas sagt man nicht bei uns Tieren; wir sprechen nicht über das Gute – wir tun es. Weil du aber ausgestoßen bist und in Not umherirren musst, will ich dir einen Rat geben.“

Er beugte sich vor und flüsterte etwas in das Ohr der kleinen Dott. Dann fügte er laut hinzu: „Das sagt dir Marko, der Schwarzspecht."

„Und das sagt dir Storch Langbein", meinte der Storch und kam mit großen Schritten näher, um ihr ebenfalls etwas ins Ohr zu flüstern. Dabei konnte er es nicht unterlassen, sie ein wenig mit seinem Schnabel ins Ohr zu kneifen und ihr einen kräftigen Stoß in den Rücken zu versetzen.

„So, nun geh nur zu", schloss er heiser, „denn dein Weg ist lang, und du hast viel zu tun. Aber bevor du nicht getan hast, was wir dir aufgetragen haben, wird kein freies Tier mit dir befreundet sein wollen. Und vergiss nicht zu sagen, Heinotter, der Knäpper, sende dich!", rief er ihr nach.

Als Dott rasch durch den Wald schritt, wiederholte sie, um kein Wort zu vergessen, in Gedanken, was die Tiere ihr aufgetragen hatten. „Wenn du in den Kreis der Tiere aufgenommen werden willst, müssen drei Bürgen für dich im großen Rat sprechen", hatte Marko, der Specht, ihr zugeflüstert. „Ich werde für dich bürgen, Menschenjunges, aber sorge dafür, dass auch Buhuho, der König des Waldes, der große Auf, für dich spricht. Sein Weib Uff ist in Gefahr, und wenn du ihr hilfst, wirst du die Fürsprache des Königs des Waldes gewinnen. Du findest sie in der Nähe der Höhle, in der Frau Harke das große Gericht der Hundert Jahre hält. Doch ist es mir verboten, dir mehr von Uff zu sagen."

Der Storch hatte ihr ins Ohr geraunt: „In dem Bauernhof in Breetz, auf dem du mein Nest finden wirst, stehen zwei Pferde im Stall, die morgen das Heu von der Seelenwiese holen sollen. Sobald sie die Wiese betreten werden, wird Sommers Geist ihnen das Genick brechen, so hat er gedroht, und das wird auch passieren, wenn der Fluch nicht von ihm genommen wird. Geh nun und verhindere, dass den Pferden ein Unglück geschieht, denn sie sind meine Freunde. Du hast ja gesagt, dass ein Mensch viel vermag, selbst wenn er halbflügge ist. Nun beweise es. Dann werde auch ich dir helfen und im Rat der Tiere für dich sprechen. Aber selbst wenn du drei mächtige Fürsprecher für dich gewinnen solltest, halbflügges Menschenjunges", schloss er, „so musst du doch wissen, dass die letzte Entscheidung bei Frau Harke liegt. Darum mache dich auf und versuche, ihre Gunst zu gewinnen, bevor du dich im großen Rat der Tiere vorstellst."

Sommers Geist

Die verwunschene Wiese

Der junge Bauer in Breetz wusste nicht, was er davon halten sollte. Niemand hatte am Tag zuvor etwas Absonderliches an den Pferden bemerkt. Sie hatten sich ruhig anspannen und ausspannen lassen und sich auch im Stall ganz friedlich verhalten. Am frühen Morgen des Johannistages aber musste etwas geschehen sein; es war, als wenn die Pferde verhext worden wären. Entweder standen sie trübselig und ohne den Hafer anzurühren vor der Krippe, oder sie wieherten angstvoll, schüttelten ihre Mähne und stampften unruhig und zornig in ihren Ständen, so dass er ihnen nicht nahe kommen konnte. Dabei wollte er am nächsten Tag das Heu von der Seelenwiese hereingeholen.

Der Bauer war in diesem Jahr aus dem Westen in die Prignitz zugezogen. Er hatte sich gefreut, dass er zu dem Hof, den er in Breetz gekauft hatte, noch diese Wiese so billig dazu erwerben konnte. Er verstand gar nicht, wie die Bauern so dumm sein konnten, ihm die Wiese geradezu zu schenken. Sie hatten ihm zwar nicht verheimlicht, dass es auf der Wiese nicht ganz geheuer sei. Aber er meinte, die Bauern hätten wohl die Nebelschwaden, an denen diese moorige Gegend reich war, für Geister gehalten. Sie sagten ihm auch, es sei nicht leicht, das Heu von dieser Wiese ohne Unfall einzufahren. Entweder verregnete es, oder die Heuhaufen wurden ohne Vorwarnung hochgeblasen und über die ganze Wiese gewirbelt, oder der Heuwagen kippte von selber um.

Der Bauer lachte und dachte: „Dafür werde ich schon sorgen, dass alles glatt geht. Man muss alles nur klug anfangen, dann gehen die Dinge schon, wie sie sollen."

Der Juni hatte zunächst auch bewiesen, dass er keinen schlechten Kauf gemacht hatte. Es wogte auf der Wiese von Millionen von süßen, kniehohen, saftigen Gräsern, die ihren Blütenstaub in feinen Wölkchen weithin ausschüttelten. Es war eine Lust gewesen, sich vorzustellen, wie dieser grüne, sonnengetränkte Segen in die Krippen der Tiere wandern und sich in Fleisch und Blut, in Milch und Butter und Käse, in Haut und Wolle und Horn verwandeln würde!

Nun aber war der junge Bauer besorgt, weil die Pferde durch ihr sonderbares Verhalten zu guter Letzt vielleicht doch noch die Heuernte verderben konnten, und er beschloss, sich im Dorf ein anderes Gespann für den kommenden Tag zu besorgen. „Es ist beinahe, als wenn dieser Unglücksvogel von Storch meine Tiere verzaubert hätte", dachte er.

Seit der Storch, der auf seinem Dach nistete, im Stall bei den Pferden gesehen wurde, hatte die ganze Geschichte angefangen. Und es war, als wenn an diesem Tag für den Bauern alles verkehrt gehen sollte.

Zuerst ging er zu seinem Nachbarn, um ihn um ein Gespann für den nächsten Tag zu bitten. Der war sogleich bereit und fragte höflich, was er sich denn so Großes vorgenommen hätte, dass er dazu zwei Gespanne brauche. Sobald der Bauer aber von der Widerspenstigkeit seiner Pferde erzählte und von seiner Sorge, dass er das Heu nicht rechtzeitig von der Seelenwiese schaffen könnte, fiel dem Anderen ein, dass er seine Pferde am nächsten Tag selber zum Kartoffelhäufeln brauche.

Ähnlich erging es dem Bauern in allen Höfen. Niemand wollte ihm Pferde geben, um das Heu von der Seelenwiese zu fahren.

„Ja, ich kann doch nicht mein Heu auf dem Buckel nach Hause schleppen!", rief er schließlich verzweifelt, als er vor dem Großbauern Machnow stand. Der nahm, ohne sich stören zu lassen, sein Mittagsmahl im Kreis seiner Leute ein. „Wiet felt, so bullert et", erwiderte der Großbauer und schnitt sich ein saftiges Stück Braten herunter. Der junge Bauer wusste, was das bedeutete, nämlich, „wie es fällt, so kracht es."

„Du wirst wohl kaum jemanden finden, der dir seine Pferde für die Wiese leiht", fuhr der Großbauer auf hochdeutsch fort. „Du hast die Wiese ja unbedingt haben wollen. Jetzt siehst du selbst, wie es damit geht. Wir sagen bei uns: Den Letzten biten di Hunde!"

„Ach, sollen sie mir doch den Rücken herunterrutschen mit ihren dummen Redensarten!", dachte der Bauer. Aber er wollte doch nicht heimgehen, ohne einen letzten Versuch bei dem Dorfältesten zu machen, der Storm hieß und der ihm am dringendsten vom Kauf der Wiese abgeraten hatte. Aber auch der sagte, er könne nicht erwarten, dass ein anderer Bauer seinen Pferden die Beine auf der Unglückswiese brechen ließe, nur damit er sein Heu einfahren könne.

Da konnte der Junge sich nicht mehr beherrschen und rief: „Ich wollte, ich wäre nie in dieses schreckliche Land gekommen, wo die Bauern eine reiche Ernte wegen eines Märchens einfach verkommen lassen."

Storm hatte ein Gesicht wie ein Bergland, durch das die Regen und Stürme eines langen Lebens unzählige Rinnen und Rillen gezogen hatten. Unter den buschigen Brauen blickten seine Augen scharf und aufmerksam. Sein Rücken war von vielen Jahren des Bückens gebogen, die Hände waren durch die ständige Arbeit in der Erde knotig und knorrig wie die Wurzeln eines Baums. Als er sah, wie dem jungen Bauern das alles zu Herzen ging, ließ er ihn auf einer Bank vor seinem Haus Platz nehmen und sagte, er wolle ihm eine Geschichte erzählen.

„Ach, was wird er mir schon zu erzählen haben", dachte der junge Bauer aus dem Westen. Aber er setzte sich doch auf die Bank, denn er war müde und hatte jede Hoffnung verloren, sein Heu zu retten.

Der Dorfälteste holte ein schweres, in Leder gebundenes Buch aus dem Haus, das er so behutsam trug wie einen kostbaren Schatz. „Ich habe oft gedacht, dass dieses Land ganz besonders ausgezeichnet ist", sagte er, und setzte sich zu dem Jungen.

„Na, dasselbe wird wohl jeder Landstrich von sich denken", erwiderte der junge Bauer. „Und mit mehr Recht als dieses öde Sandland mit seinen ewigen Mooren und Kiefern!"

„Ja, aber die Mark Brandenburg ist trotzdem etwas Besonderes“, entgegnete der Alte. „Wo gibt es sonst noch ein Land wie eine Schatzkammer, in die von Ost und West, von Nord und Süd die Kostbarkeiten der umliegenden Länder hereingeströmt sind?“

Der Junge sah den Alten ratlos an. Der fuhr fort: „Unser Lehm und unser Sand und sogar unsere Steine wurden in der Eiszeit durch die Gletscher aus dem Norden hierher gebracht“, fing er an zu erzählen. „Unsere Flüsse, Elbe, Oder, Spree und Havel, strömen durch die Mark vom Osten her. Und auch unsere Blumen und Gräser sind uns geschenkt worden. Wir haben den Ilex und die Glockenheide und die gelbe Seerose aus dem Westen, und an unseren Salzseen wächst die Salzprimel von der Meeresküste. Aus der ungarischen Puszta wurde das Federgras hierher geblasen, und das wogt und leuchtet in seiner weißen Pracht auf unseren sonnigen Hügeln. Und in der Havelberger Domheide kannst du die hellblauen Blüten der Nordischen Linne blühen sehen.“

Der Junge machte eine ungeduldige Bewegung. „Was hat das mit meiner Wiese zu tun?“, fragte er. „Du erwartest doch nicht etwa, dass ich anfangen soll, darauf nach seltenen Kräutern zu suchen?“

„Und ähnlich ist es bei den Tieren“, fuhr der Alte ungerührt fort. „Vom Westen kommt der Seehund heraufgeschwommen und die Meerforelle, der Lachs und sogar die Scholle. Und denke daran, dass wir noch zwei Horste des Schwarzstorchs in der Prignitz haben, der aus dem Osten kommt. Es kommen auch alljährlich tausende Wanderhirsche aus Pommern und Schlesien, aus Ostpreußen und aus Polen über hundert Meilen weit in die Mark hinein, um vom September bis Oktober bei uns

zu bleiben. Und wo findest du ein Land, wo so viele verschiedene Häuser zusammenstehen wie in der Mark? Schon in den nächsten Dörfern gibt es Fränkische Bauernhöfe, die mit dem Torhaus auf der vierten Seite wie ein Burghof gebaut sind, und daneben steht das Dielenhaus. Aber auch niedersächsische Bauernhäuser gibt es hier, wo Stall und Scheune und Wohngebäude unter einem Dach liegen. Im

Moor siehst du das Rauchhaus aus der Heide. Im Spreewald findest du die Blockhäuser der Wenden. In Potsdam gibt es sogar ganze Straßenzüge von russischen Holzhäusern und holländischen Backsteinhäusern."

Der Junge gab zu, dass dies sonderbar und bemerkenswert war, aber was hatte das mit ihm und seiner Unglückswiese zu tun?

„Wie die Tiere und Pflanzen sind auch die Menschen aus allen Himmelsrichtungen hier zusammengekommen", erzählte der Alte weiter. „Sie bauten sich ihre Häuser und Dörfer wie in der alten Heimat. Einige stellten die Häuser in einem Kreis um einen Platz auf, andere in einem Haufen um eine Kirche verstreut, wieder andere in einer einzigen langen

Straße. Die einen pflanzten bei uns Hopfen, die anderen legten Weingärten an, andere wieder brachten die Obstsorten ihrer Heimat in die Mark. Hast du schon einmal von einem solchen Land gehört, in dem alle Stämme des Westens, Ostens, Südens und Nordens beisammen leben?"

„Nein, von einem solchen Land habe ich noch nie gehört", erwiderte der junge Bauer. „Aber ich sehe nicht, wo hier ein Vorteil liegt! Es sieht ja so aus, als wenn dieses Land überhaupt nichts Eigenes besitzt".

„Könntest du dir denken", sagte der alte Bauer und blickte den anderen von der Seite an, „dass dieses Land, das wie eine Brücke zwischen Osten und Westen liegt, eine besondere Aufgabe erhalten hat?"

„Warum erzählst du mir das alles?", fragte der Junge und sprang auf. „Meinst du, ich bekomme dadurch mein Heu von der Unglückswiese?"

„Oh, mir kam das alles nur so in den Sinn, weil du vorhin so böse über unser Land gesprochen hast", sagte ruhig der Alte. „Denn ich meine, nun, da auch du aus dem Westen zu uns gekommen bist, solltest du das Land, das dich ernährt, auch verstehen und lieben und achten – selbst wenn es dir einmal eine Enttäuschung und Unglück bringt."

Die Pferde von Breetz

Wenn wir unsere Hilfe mit großer Geste angeboten haben und dann hören müssen, wie dankbar wir sein sollten, dass sich überhaupt irgendwer mit uns abgibt, dann ist das eher beschämend. Dott hatte sich noch nie so klein und bescheiden gefühlt wie vor den beiden Vögeln im Dammrower Forst. Aber sie war auch so vergnügt, wie sie seit ihrer Verwandlung nicht mehr gewesen war; denn nun kannte sie zwei Geschöpfe, die ihrer Wanderung ein Ziel gegeben hatten.

Sie schritt rasch dahin, denn der erste Auftrag des Storches musste bis zum nächsten Morgen erledigt sein. Am nächsten Tag schon sollten die beiden Pferde auf der Seelenwiese in Breetz durch Sommers Geist in Gefahr geraten, darum hatte sie keine Zeit zu verlieren. Inzwischen aber war ihr Hunger so groß geworden, dass sie an nichts anderes mehr denken konnte. Es war die Zeit der Blaubeeren; doch konnte sie in diesem Teile des Waldes keine Blaubeerbüsche entdecken. Im Moos standen schöne gelbe Pfifferlinge; aber sie hatte kein Feuer, um sie zu schmoren. Eine alte Dose würde sie schon am Rand eines Dorfs finden, dachte sie. Daraus konnte sie sich ein Kochgeschirr machen. Reisig genug gab es auch zur Feuerung, aber sie hatte keine Streichhölzer.

Als Dott sich vorstellte, wie leicht sie zu einer leckeren Pilzmahlzeit kommen konnte, da lief ihr das Wasser im Mund zusammen, und sie überlegte: „Streichhölzer müsste ich vor allem haben, aber ich kann sie mir doch nicht stehlen!“ Nicht für einen einzigen Augenblick kam ihr der Gedanke, ihre Verwandlung zu nutzen, um sich unsichtbar zu den Menschen zu schleichen und sich zu nehmen, was sie brauchte.

Aber als sie an den vielen Pilzen vorüberging, konnte sie dem Anblick nicht mehr widerstehen. Sie zog ihr Jäckchen aus und begann, die schönsten Pilze darin zu sammeln. Dabei dachte sie, wie gut sie die Pilze hätte verkaufen können, wenn sie ihre natürliche Gestalt hätte!

Damit fiel ihr endlich etwas ein. Sie raffte ihr Jäckchen mit den Pilzen zu einem Beutel zusammen und lief, so schnell sie konnte, nach Süden, dem Dorf Ferbitz zu. Sobald die ersten Häuser vor ihr auftauchten, erinnerte sie sich an die vier Gesetze, die sie nach ihrem Erlebnis am Brunnen aufgestellt hatte, und versuchte, so leicht wie möglich zu gehen und sich einzuprägen, dass sie unsichtbar war und nur still und regungslos stehen zu bleiben brauchte, um ganz unbemerkt zu sein.

Zuerst begegnete ihr ein Bursche, der pfeifend des Weges kam. Die kleine Dott blieb an der Seite der Straße stehen und ließ ihn dicht an sich vorübergehen. Er ging vorbei, als wenn sie Luft wäre.

Dann kamen drei Kinder angelaufen, die spielten und liefen kreuz und quer über die Straße, und Dott musste sich hinter einen Baum stellen, damit die nicht zufällig gegen sie anrannten.

Die gefährlichste Begegnung aber passierte, als ein Bauer mit seinem Hunde auf der Straße daherkam. Sogleich sprang der Hund auf sie zu und begann, vor ihr hin und her zu springen und zu bellen: „Wo kommst du her und wo gehst du hin?" – Dott streckte ihm beschwörend die Hände entgegen und blickte ihn flehend an. Sie hätte ihn gern gebeten, still zu sein, aber sie wagte nicht zu sprechen, sondern blieb wie erstarrt stehen. Zu ihrem Glück rief der Bauer ungeduldig: „Komm! Mach weiter!" Und der Hund sprang gehorsam zu seinem Herrn.

Diese drei Begegnungen hatten dem Mädchen Mut gemacht. Sie wand sich an allen Entgegenkommenden und an allen Fuhrwerken vorbei und fühlte sich mit jedem Schritt sicherer.

Als sie bei einem Kaufladen anlangt war, blieb sie in einem Winkel stehen und beobachtete, wie die Menschen kamen und gingen. Sie sah, dass der Laden nur wenig besucht war und wagte es, hineinzuschlüpfen. Sie verbarg sich hinter einem Sack mit Reis, um sich in Ruhe umschauen zu können. Dabei ließ sie ihre Blicke nur flüchtig über die Würste und Käsesorten im Fliegenschränkchen gleiten, auch die Süßigkeiten würdigte sie kaum einer Beachtung. Rasch hatte sie herausgefunden wo die Streichhölzer standen und wo die Brötchen lagen. Und als ein Augenblick kam, in dem der Laden leer war, schüttete sie schnell die Hälfte ihrer Pilze auf den Ladentisch, ergriff ein Kästchen Streichhölzer und zwei Brötchen und eilte mit leichten Schritten aus dem Laden.

„Ich bin froh, dass mir das eingefallen ist", dachte das Mädchen. „Wenn ich auch nichts kaufen kann, so ist es doch möglich, dass ich mir das eintausche, was mir fehlt."

Am glücklichsten war Dott, als sie in einer Abfallgrube am Rand des Dorfs eine leere Konservendose fand, einen Rucksack ohne Riemen, die verrostete Klinge eines Küchenmessers und einige Drähte.

„Nun habe ich meine ganze Wirtschaft beisammen!“, frohlockte sie und lief mit ihren Schätzen zum See hinunter. Das Ufer war menschenleer, denn alle Bewohner waren im Dorf, um das Johannisfest zu feiern, und die kleine Dott konnte nach Herzenslust am Ufer wirtschaften. Der Rucksack musste gründlich ausgewaschen und in der Sonne zum Trocknen ausgebreitet werden. Die Konservendose musste sie mit einem Grasbüschel und mit Sand ausscheuern, und es gelang ihr, das Messer in der Erde ganz blank zu reiben.

Dann bog sie aus dem Draht ein kleines Gestell, auf das sie ihr Dosentöpfchen stellte, und als ein Feuerchen darunter brannte und die gereinigten Pilze im Töpfchen schmorten und die beiden Brötchen auf einem Lattichblatt vor ihr lagen, da klatschte sie begeistert in die Hände und sprang um das Feuer herum.

Nach der Mahlzeit saß das Mädchen in Gedanken versunken am Feuer und blickte in die Flammen. „Du hast dich da auf etwas eingelassen, was sicher zu schwer für dich ist“, sagte sie bekümmert zu sich selber.

Als sie im Wald von den Tieren Abschied genommen hatte, hatte sie geglaubt, der Auftrag des Storchs würde nicht so schwierig sein. Es würde ihr schon etwas einfallen, wenn sie erst in Breetz wäre. Als sie aber nach dem Essen müde geworden war, da stiegen erst alle Schwierigkeiten und Gefahren ihres Unternehmens vor ihr auf. Wie sollte sie allein die starken Pferde des Bauern vor dem Unglück auf der Seelenwiese retten?, überlegte sie. Und wie sollte sie dem Geist Sommers gegenübertreten?

„Nein“, seufzte die kleine Dott. „Es hat sicher gar keinen Zweck, wenn ich weitergehe! Es ist am besten, ich lege mich hin und schlafe.“

Als sie sich aber vorbeugte, um das Feuer mit einem Weidenzweig auszuschlagen, da war ihr plötzlich, als erblickte sie in den Flammen das Gesicht des Feuermännchens. Ihr war, als wenn seine Augen sie ernst und forschend betrachteten. Im nächsten Augenblick aber war alles verschwunden, so dass sie nicht wusste, ob sie richtig gesehen hatte. Sie wusste ja auch nicht, ob sie am Johannisfeuer wirklich mit dem Feuerkobold gesprochen hatte oder ob alles nur ein Traum war.

Aber nun fielen ihr die Worte des Feuermännchens wieder ein. „Alle Wesen der Natur liegen in Verzauberung und seufzen nach Erlösung!“, hatte es gesprochen. „Und nur ein Mensch, der ihnen wohlwill, kann sie erlösen." – Das war zwar nicht ganz genau so, wie das Feuermännchen es gesagt hatte, aber das, was sie davon behalten hatte und es pochte und drängte so stark in ihr, dass sie keine Ruhe mehr hatte.

Da stand die kleine Dott auf, packte ihre Sachen zusammen, löschte das Feuerchen sorgfältig aus und machte sich auf den Weg nach Breetz.

Und so geschah es, dass am Nachmittag des Johannistages ein kleines Mädchen müde am Bahndamm entlangging, der zwischen dem Rudower See und Lenzen gen Westen führt. Sie schritt gebückt und stellte ihre Füße schwer und langsam voreinander. Über ihrer Schulter hing ein schlaffer Sack, den sie mit einer Hand festhielt. Je weiter sie ging, umso langsamer wurde ihr Gang. Mit Sehnsucht blickte sie den Zügen nach, die schnell und leicht an ihr vorüberrollten, und sie betrachtete die Gesichter der Reisenden, die aus den Fenstern auf die Landschaft sahen und keinen Blick für die einsame kleine Gestalt hatten.

Als der Bahndamm von Lenzen hinter ihr zurückgeblieben war, stieg Dott auf eine Erhöhung und schaute sich um. Im Westen lag eine sanft gewellte Hügelkette. Vor ihr ragten ein Schlossgebäude mit Ziegeldach aus dem Nadelwald und daneben ein hoher, dicker viereckiger Turm. „Das ist die Eldenburg", erkannte sie. Als sie sich umwandte, sah sie die Stadt Lenzen im Osten, und nahebei drei Windmühlen. Und zwischen der Eldenburg und Lenzen erblickte sie ein Dorf.

„Bäkern!", dachte das Mädchen und seufzte, denn an Bäkern vorbei führte der Weg nach Breetz. Dann begann sie ihre Wanderung von Neuem. Ihre Schritte wurden immer langsamer und ihr Herz immer schwerer, denn es wollte ihr trotz allem Nachdenken gar nichts einfallen, wie sie den Auftrag des Storchs nun eigentlich erledigen sollte.

Als sie die ersten Höfe von Breetz erreicht hatte, sah sie vor einem Haus zwei Männer sitzen. Der Jüngere schien verstimmt zu sein und nur mit Widerwillen zuzuhören, während der Alte sprach. Der Junge hatte die Hände in die Hosentaschen gesteckt und blickte zum Himmel, als wollte er sagen: „Ach, rede du nur, wenn es dir Freude macht! Du wirst ja wohl auch einmal zum Ende kommen!“

Der Alte aber sprach so eindringlich, dass es der kleinen Dott leid tat, weil ihm niemand richtig zuhörte, und es drängte sie, ganz nahe an ihn heranzukommen, um seinen Worten zu lauschen.

„Es ist ja doch gleich, was ich jetzt tue“, dachte sie. „Vielleicht erfahre ich hier, was mir weiterhelfen kann.“ Und so schlich sie sich heran, setzte sich auf die Türschwelle zu Füßen des Alten und hörte den letzten Teil des Gespräches zwischen den beiden Bauern mit an.

Der Rudower Blutsee

Der junge Bauer war bei den letzten Worten des Alten dann doch halb abgewandt stehen geblieben.

„Wenn du mich noch ein wenig anhören willst, so werde ich dir auch eine Antwort auf deine Frage geben“, sagte der Alte und fuhr fort: „Manchmal habe ich mir gedacht, dass dieses Land auch alles Unglück der Länder ringsum tragen musste. Wie sollte es wohl auch sonst zwischen dem Osten und dem Westen dastehen wie einer, der vermitteln soll, wenn es nicht die Nöte beider Seiten erfahren hätte? Du stehst auf einem sehr kostbaren Boden, weil diese Erde mit so viel Leid erworben und bebaut wurde, wie du Sandkörner unter den Füßen hast.“

Der Junge hatte sich wieder auf die Bank gesetzt. „Dass doch die Alten immer so weit ausholen müssen“, dachte er und seufzte. Aber es war jetzt etwas in den Worten des Bauern, das ihn aufhorchen ließ.

„So viel Leid kann nicht einfach spurlos vergehen“, fuhr der Alte fort. „Darum gibt es hier so viele Geisterscharen, die – so wie die Erinnerungen – vor dir auftauchen können und lebendig werden.“

Der Junge wollte wieder ungeduldig werden. „Erzähl weiter“, sagte er.

„Wenn du einmal des Nachts zum Wilzensee gehst, vor Lenzen an der Elbe“, begann der Alte und rückte näher an den Jungen heran, „dann kann es geschehen, dass statt des Sees ein Ringwall vor dir steht und darin ein Ring von Wohnhäusern, die rund um einen Wasserpfuhl aufgebaut sind. Das ist das Prag der Wenden, das aus der Tiefe aufgestiegen ist. Prag heißt ‚die Schwelle‘, und dies war eine Grenzfeste der Wilzen im Osten gegen die Niedersachsen im Westen jenseits der Elbe. Denn damals war die Elbe der Grenzstrom zwischen dem deutschen Westen und dem wendischen Osten.“ Er sah den Jungen an. Der blickte scheu auf diesen merkwürdigen Alten, der von dieser Geister-Erscheinung und den alten Zeiten sprach wie von etwas Vertrautem.

„Wenn du es wagst, in den Ring hineinzugehen“, fuhr der alte Bauer fort, „so wirst du dasselbe erleben, was einst der Admiral Gysel van der Lyer erlebt hatte, als er es wagte, in die Burg hineinzureiten. Du wirst am Feuer den Knesen Stoineff, den Wilzenfürsten, mit den Kriegern und Frauen und Kindern liegen sehen, denn sie feiern ein Opferfest mit Met und Kuchen. Jetzt bist du um tausend Jahre zurückversetzt und erlebst den Tag vor der großen Schlacht der Wenden gegen Heinrich I., gegen den Kaiser des Heiligen Römischen Reiches Deutscher Nation! – so hieß das Reich zu jener Zeit. Der deutsche Kaiser sollte damals die Krone und das Schwert zum Schutz für das ganze christliche Abendland tragen. Darum feiern die Wenden am Vortag der Schlacht von Lenzen dieses Opferfest um einen glücklichen Ausgang für ihr Volk.

Wenn du in den Ringwall eingetreten bist, dann wird der Knese dir entgegengehen und dich fragen, ob du ein Niedersachse und ein Christ bist. Er wird dich zu einem Opferaltar führen, auf dem ein junger Mönch liegt. – Nun behalte gut, was ich dir sage! – Der Knese wird dir das Herz des Mönches zeigen, das er mit einem steinernen Messer herausgeschnitten hat, und er wird dir sagen, dass auch dein Herz zusammen mit diesem Herzen verbrannt werden wird, und dass sie auch deinen Leib im Rudower Blutsee versenken werden, um den Sieg auf ihre Seite zu bannen. Aber du musst ganz ruhig stehen bleiben und ihm gerade zwischen die Augen blicken. Dann wird er im selben Augenblick im Nebel zerfließen und mit ihm der Ringwall und das ganze Lager, und du stehst wieder allein am Wilzensee.“

Der junge Bauer war zurückgewichen. Der Alte hatte alles so lebendig geschildert, dass ihm ein Schauder über den Rücken lief. „Es ist nur gut,

dass er von der Gegend am Wilzensee spricht und dass meine Wiese nichts mit diesen Gräueln zu tun hat!", dachte er und schüttelte sich.

„Du brauchst dich nicht zu erschrecken", sagte der Alte ruhig. „Du wirst doch einsehen, dass wir nicht auf der Erde leben können, ohne etwas davon zu spüren, was sich auf ihr einmal zugetragen hat! Da drüben, westlich der Elbe, begann damals das Reich", erzählte er weiter. „Von daher brachen die Sachsen über den Strom gegen die Wenden vor. Vor der Völkerwanderung haben von hier bis weit in den Osten hinein jahrtausendelang die Germanen und deren Vorfahren gelebt. Es gab immer wieder Kämpfe, hin und her über den Strom. Auch die Wenden, die zur Zeit von Kaiser Heinrich schon seit mehr als dreihundert Jahren hier saßen, fielen in das Sachsenland ein, und das tat auch der Stamm der Wilzen, die sich ‚die Wölfe' nannten. Sie verbrannten die Burgen und Höfe, die Gefangenen opferten sie ihren Göttern, die Frauen und Kinder verschleppten sie in ihre Sumpfburgen.

Eines Tages wirst du vielleicht auf deinem Acker auf eiserne Waffen stoßen oder auf alte Pferdegeschirre. Vielleicht findest du auch Menschengebein oder Pferdeknochen. Wenn wir im Rudower See ein Fischnetz auswerfen, so geschieht es oft, dass wir Eisenschilde und Speerspitzen herausziehen, und du kannst zwischen dem Röhricht allerhand merkwürdige Dinge finden. Wenn du Glück hast", lachte der Alte trocken, „findest du vielleicht sogar die Krone des Wendenkönigs im Moor oder den Wendenschatz, den sie vor der Schlacht bei Lenzen versenkt haben. Du brauchst nur dem brennenden Licht nachzugehen! Aber bis heute ist es noch niemandem gelungen, ihn zu entdecken!"

„Aber in der Johannisnacht solltest du lieber nicht zum Kienkamp oder zu den Bäkernschen Eichen gehen", fuhr der Alte ernst fort, „denn da könntest du dem Wendenheer selbst begegnen. Im Nebelgewoge ziehen sie dahin, hundertfünfzigtausend Wendenkrieger, die in der Schlacht bei Lenzen von Kaiser Heinrich I. in die Seengründe und Moore in dieser Gegend hineingetrieben wurden.

Wenn du dem Wendenzug begegnest, wirf dich sofort zu Boden und schließe die Augen! Denn er ist furchtbar! Voran reiten die zwölf Wendenfürsten, ihre abgeschlagenen Köpfe unter dem Arm. Und hinter ihnen Tausende von Wendenkriegern, in Leder, mit Wehrgehänge, oder mit Fellen bekleidet, die mit Stricken um ihren Leib befestigt sind. Aber alle Krieger sind ohne Kopf und mit Nebelfetzen behängt. Warte, bis der letzte Ton dieses lärmenden Zugs verklungen ist und bis du ganz sicher bist, dass auch der Letzte dieser Schar verschwunden ist. Wenn du ganz ruhig liegen bleibst, wird dir nichts geschehen."

„Du glaubst vielleicht, dass du mir durch diese Geschichten das Land besonders lieb machst", sagte der junge Bauer kopfschüttelnd. „Aber ich wünsche mir immer mehr, ich wäre niemals hierhergekommen."

„Du musst wissen, wie kostbar das Land ist, das du bebaust", fuhr der Alte unbeirrt fort. „Sicher denkst du jetzt, hundertfünfzigtausend Menschenleben und die Opfer zuvor seien ein hoher Preis, aber damit war noch nicht genug für diese Erde bezahlt worden. Zwischen Sachsen und Wenden wurde nach vielen schrecklichen Kämpfen Friede geschlossen. Sie bauten zusammen Kirchen und Klöster und Dörfer. Auch an den Grenzen der Mark wurden Burgen erbaut, wo sächsische und reichstreue wendische Ritter die Mark verteidigten. Denn die Wendenstämme ließen sich dieses Land nicht einfach fortnehmen. Den Burgen konnten sie zwar wenig anhaben, auch den Städten nicht, da sich diese mit dikken Mauern und Türmen geschützt hatten. Aber wenn sie in das Land hereinbrachen, manchmal mit den Dänen, manchmal allein, dann verwüsteten und zerstörten sie die Felder und Dörfer der Bauern. Niemand weiß, mit wie viel Blut der Bauern jeder Fuß der Mark bezahlt sein mag.

Aber glaube nur nicht, dass dies das Ende der Not war! Es ist ja oft so, dass Menschen, die in der Gefahr zusammengestanden sind, sich danach gegeneinander wenden. Die Kaufleute in den Städten glaubten, sie seien den Rittern ebenbürtig, und die Ritter sangen Spottlieder auf die städtischen Kaufleute und überfielen deren Warenzüge. Du kannst dir vorstellen, wie es erst den Bauern in der Raubritterzeit erging. – Wo du eine namenlose Feldmark triffst, die wir hier eine ‚wüste Feldmark' nennen, das sind das Orte, wo einst Dörfer standen, die in diesen Fehden zerstört wurden. Ich kann dir die vielen armen Seelen nicht aufzählen, die aus dieser Zeit an den Kreuzwegen auftauchen und die sich manchmal dem Wanderer auf den Rücken hocken oder sich von einem Gespann bis zur Dorfgrenze ziehen lassen. Sie schaden dir nicht, sie hoffen nur, dass du sie bis zu einer Kirche trägst, damit sie die ewige Ruhe finden. Ich möchte dich aber vor der schwarzen

Kutsche warnen, die du in gewitterschweren Sommernächten gen Lenzen fahren sehen kannst. Der gefangene Dänenkönig sitzt darin. Dreh dich sofort um, wenn du ihren düsteren Schatten siehst! Sonst musst du an allen Gliedern gelähmt warten, bis sie unter lauten Donnerschlägen wieder bergabwärts rast und in der Löcknitz versinkt."

Dreißig Jahre Krieg

Der alte Bauer schlug nun das dicke alte Buch auf, das er bis jetzt nur in den Händen gehalten hatte. Auch Dott hatte sich nun – unsichtbar! – an die Seite des Alten gestellt und blickte in das aufgeschlagene Buch. „Dieses Buch muss man mit Ehrfurcht berühren, mein Junge", sagte der alte Bauer. „Es ist eine Bibel, die seit Hunderten von Jahren in meiner Familie vererbt wurde. Auf der letzten Seite hat einer der ersten Besitzer etwas über den großen Krieg aufgeschrieben." Der Alte wies mit dem Zeigefinger in die Ecke der letzten Seite, wo die Zahl 1652 stand.

Das Mädchen und der junge Bauer beugten sich über die Seite und versuchten, die ungefüge Schrift unter der Zahl zu entziffern. Der Alte aber begann mit feierlicher Stimme zu lesen, was er längst auswendig wusste:

„Storm, ist nicht von hier bürtig.
Chrispel, hat weder Sohn noch Knecht.
Steinhofer, war vor dem kaiserlicher Reuter."

„Das war alles, was an Bauern in Breetz wohnt, als der große Krieg beendet war", sagte der Alte. „Dreißig Jahre lang hatte in Deutschland Volk gegen Volk gekämpft und gebrannt und gemordet. Sie hatten sogar Söldner fremder Völker herbeigerufen, damit sie das Heimatland verwüsten und zerstören halfen, so dass zuletzt keiner wusste, gegen wen und wofür er kämpfte. Und nun sieh, wie es nach diesen dreißig Jahren hier bei uns aussah!" Er fuhr fort zu lesen: „Der Diener des göttlichen Wortes fehlt. Die Städte sind zu Steinhaufen verfallen und die noch vorhandenen Einwohner in Armseligkeit und jämmerliches Lamentieren. Viel adelige Familien mussten ihre Güter zu Lehen geben."

Der Alte schloss das Buch. „Das benachbarte Seedorf hatte sogar alle Einwohner verloren. Einige starben unter den kaiserlichen österreichischen Söldnern, andere unter den Schweden oder auch auf der Flucht.“

Der junge Bauer hatte plötzlich ein sonderbares Gefühl. „Jetzt kommt es! Jetzt kommt das, was mich angeht“, dachte er.

„Nur ein einziger Bauer hatte überlebt, und kehrte nach Seedorf zurück“, fuhr der Alte fort. „Er hieß Sommer.“ – Als Dott diesen Namen hörte, blickte sie den Alten in atemloser Erwartung an. Denn Sommer hieß der Geist, von dem der Storch in seinem Auftrag gesprochen hatte.

„Als Sommer heimkehrte, hätte er in jedes der Bauernhäuser hineingehen können“, erzählte der alte Bauer weiter. „Denn die Höfe waren alle leer und sie gehörten niemandem. Er war es aber so gewohnt, sich zu verstecken, dass er sich lieber unter einen alten Backtrog verkroch, als dass er in eines der toten Häuser zog. Unter diesem Backtrog lebte er unten an der Löcknitz, und er benutzte den Trog auch als Vorratskammer und als Kahn. In jener Zeit waren die wilden Tiere die Herren des Landes und die Menschen führten ein raues, tierhaftes Leben.

Nach einiger Zeit aber wurde ein neuer Landeshauptmann in die Prignitz berufen, Admiral Gysel van der Lyer. Er riet dem Großen Kurfürsten Friedrich Wilhelm in Berlin, der solle doch in die leeren Häuser Kolonisten einziehen lassen. Diese sollten die alten Äcker bestellen.

Da Sommer der einzige Überlebende des ganzes Dorfs war, wusste auch nur er allein, zu welchen Höfen welche Äcker gehörten. So bekam er den Auftrag, die Häuser in Seedorf zu verteilen. Erst fiel es ihm wohl schwer, den Kolonisten das Land so einfach zuzuteilen, das von den erschlagenen Besitzern so mühsam erworben worden war. Aber bald erkannte er, welche Macht er hatte. Nun schlugen ihm die Gemeinden von Bäkern und Breetz eine geheime Abmachung vor. Er sollte ihnen ein Stück Land zuteilen, das eigentlich dem Dorf Seedorf gehörte. Zum Lohn sollte Sommer das Land so lange nutzen, wie er lebte. Danach sollte es Bäkern und Breetz zufallen", schloss der alte Bauer.

„Nun – und!", fragte der Junge, als der Alte schwieg. Denn er konnte sich nicht denken, dass die Geschichte hiermit aufhörte.

„Seit seinem Tod geht Sommer als feurige Lohe auf diesem unrechtmäßig erworbenen Land um", erzählte der Alte. „Es ist, als ob er keine Ruhe hätte, bis die Ernte vernichtet ist. Entweder macht er die Pferde scheu, oder er wirft in der Nacht die Heuhaufen um und verstreut sie weit über die Wiesen oder auf die Nachbargrundstücke. Wenn bis zur Ernte alles gut gegangen ist, so wirft er die Wagen um, gerade wenn sie aufgeladen sind, oder er bringt die Pferde zum Stürzen, so dass sie die Geschirre zerreißen und sich die Beine oder das Genick brechen."

„Wo liegt denn eigentlich diese Unglückswiese?", fragte der Junge leise.

„Ach, habe ich dir das noch nicht gesagt", erwiderte der Alte und bückte sich, um ein Huhn fortzuscheuchen. „Diese Wiese wird die Seelenwiese genannt. Und du bist jetzt ihr Besitzer."

Der junge Bauer versuchte die Lippen zu einem spöttischen Lachen zu verziehen. „Habt ihr denn wirklich alle Mittel versucht, der Sache ein Ende zu machen?", fragte er mit rauer Stimme. „Wurde die Wiese nach Steinen abgesucht, über welche die Pferde fallen könnten?"

Der Alte sah den Jungen an. „Du kannst dir wohl denken", sagte er, „dass es keinen Bauern in ganz Breetz gibt, der ein Stück Wiese für beinahe nichts weggibt, wenn er nicht vorher alles versucht hat."

„Dann kann ja wohl auch niemand von mir verlangen, dass gerade ich mit dieser Wiese dasitzen soll!", fuhr der Junge auf. „Kein Bauer in Breetz wird die Wiese auch nur geschenkt wieder zurücknehmen. Gibt es denn gar keinen Ausweg?"

„Einen Ausweg wird es schon geben", meinte der Alte. „Einen Ausweg gibt es immer. Man muss ihn nur finden.“ Beide Männer schwiegen und dachten angestrengt nach.

„Ich weiß es, ich weiß einen Ausweg!“, rief plötzlich eine hohe Kinderstimme neben ihnen. „Man braucht doch nur den Seedörfern das Geld für die Wiese zu bezahlen!“

Die beiden Männer fuhren auf und blickten sich um. Als sie aber niemanden entdecken konnten, sahen sie einander erstaunt an.

„Da wird sich wohl ein Lausbub versteckt haben“, meinte der alte Bauer. „Aber es ist doch sonderbar, dass einem Kind das einfällt, was wir Erwachsene mit all unserem Grübeln nicht herausgefunden haben“, fügte er lächelnd hinzu. Als er aber nun zu dem jungen Mann hinübersah, waren dessen Missmut und Niedergeschlagenheit vollkommen verschwunden. Er streckte dem Alten die Hand entgegen.

„Ich danke Euch für Eure Lehre, Storm“, sagte er. „Ich weiß jetzt, dass keine Schuld zur Ruhe kommen kann, bis sie getilgt ist. Auch ich habe an dem Unrecht teilgenommen, als ich die Wiese billig übernommen habe. Noch heute werde ich der Gemeinde in Seedorf den vollen Kaufpreis für die Wiese für ihre Armen bringen. Und dann wollen wir morgen mit Gottes Hilfe die Ernte einfahren!“

In Frau Harkes Reich

Die grüne Insel

Die fliegende Frau

Der junge Bauer war am Morgen nach dem Johannistag, als die Pferde ihm fröhlich entgegenwieherten, so glücklich, dass er jedem von ihnen einen halben Laib frisch duftendes Schwarzbrot brachte. Er zerschnitt das Brot in Stükke und legte es in ihre Krippe. – „Ja, ja, meine guten Alten“, sagte er und klopfte ihren Hals, „jetzt fühlt ihr wohl auch, dass alles gut gehen muss, da wir kein unrechtes Gut mehr holen gehen.“ – Der Bauer wusste nicht, dass dicht neben ihm ein kleines Mädchen saß, das im Stall geschlafen hatte, und von dem die Pferde alles erfahren hatten, was geschehen war.

Als der Bauer den Stall wieder verlassen hatte, schoben beide Pferde Dott das Brot zu und sagten: „Es ist zwar wenig, was wir dir geben können, aber es ist alles, was wir haben. Wir werden dir nie vergessen, dass du zu uns gekommen bist, denn jetzt, da wir wissen, dass wir ehrliche Arbeit tun, wird uns kein Spuk mehr schrecken.“

Die kleine Dott schob die Hälfte des Brotes in ihren Sack und umarmte die beiden Pferde, die zum Abschied ihre weichen Pferdelippen an ihre Wange drückten. Dann hängte sie ihren Rucksack wieder über die Schulter und trat auf die Straße hinaus. Als sie noch einen letzten Blick zurückwarf, sah sie, wie Heinotter, der Storch, sich mit ausgebreiteten Flügeln von seinem Nest in den Hof niederließ und dann im Stall verschwand. Um Dott schien er sich nicht im Geringsten zu kümmern, aber an diesem Morgen konnte sie nicht darüber traurig sein. „Ich kann gar nicht verstehen, dass ich gestern noch so mutlos war", dachte sie. „Dabei müssen wir nur versuchen, das Richtige zu tun, dann wird alles gut." Sie beschloss, ihre Wanderung mit Zuversicht fortzusetzen, um all die Aufgaben zu lösen, die ihr die Vögel gestellt hatten.

Ihren zweiten Auftrag hatte Marko, der Schwarzspecht, ihr gegeben. „Ich kann zwar vor dem Rat der Tiere für dich bürgen", sagte er, „aber du musst trotzdem drei Fürsprecher unter den Tieren haben. Sorge dafür, dass Buhuho, der große Auf, für dich spricht. Uff, seine Frau, ist in Not, und du kannst ihr helfen. Du findest sie in der Nähe der Höhle, in der Frau Harke das Gericht der Hundert Jahre hält."

„Wo ist denn bloß diese Höhle, und wie kann ich Uff helfen, wenn ich nicht weiß, in welcher Not sie ist?", überlegte die kleine Dott.

„Aber wenn du auch drei mächtige Fürsprecher für dich finden solltest", wiederholte Dott in Gedanken die Worte des Storches, „so musst du doch wissen, dass die letzte Entscheidung bei Frau Harke liegt. Darum mache dich auf und versuche, ihre Gunst zu erwerben, bevor du zum Rat der Tiere kommst."

„Das ist es!", dachte Dott erleichtert. „Zuerst muss ich wissen, wo Frau Harke ist, dann werde ich auch erfahren, wie ich Uff helfen kann." Und sie versuchte, sich alles ins Gedächtnis zurückzurufen, was sie über Frau Harke gehört hatte.

Dabei gab sie aber beim Gehen acht, dass sie der Stadt Lenzen nicht zu nahe kam, und bog nach Süden ab, sobald sie einen Weg fand.

„Es wird sicher nicht leicht sein, Frau Harke zu finden", überlegte sie. „Denn mal soll sie tief im Inneren der Havelberge im Havelland wohnen, und dann wieder soll sie sich im Frauharkenberg in den Kamernschen Bergen aufhalten. Einige sagen, dass sie über die Elbe nach Thüringen fortgezogen sei, als der Wald lichter wurde; es gibt aber auch Menschen, die behaupten, dass sie südlich von Havelberg noch immer in einer Höhle lebt, die sich ganz tief in den Berg hineinzieht."

Aber Frau Harke wurde nicht nur an diesen Orten gesehen, sondern auch in vielen anderen. Die größte Schwierigkeit ist, dass sie ständig ihre Gestalt wechselt. Einmal steht sie als Riesenfrau mit einem Fuß auf den Kamernschen Bergen und mit dem anderen auf dem Rhinowschen Berg, so dass alles um sie her von einem unheimlichen Dun-

kel überschattet wird. Dann greift sie in die Wolken hinein und bläst Sturm über das Land. Riesengroß steigt sie aus ihrem Berg herauf, wenn sie am Abend ihre Tiere mit einem Eichenstamm auf die Weide treibt oder wenn sie am Morgen das Wild und die Schweine und Hasen wieder aus dem Wald in ihre Höhle zurückruft.

Es kommen aber Tage, wo sie als hutzeliges Weibchen durch das Moor trippelt, mit einer Kiepe voll Wäsche auf dem Rücken und einer Laterne in der Hand. Dann lockt sie Menschen, die eine böse Tat begangen haben, in die Tiefe. Oder sie wirft einen Geldbeutel im Wald vor sie hin, und wenn die Menschen ihn aufheben, halten sie Pferdekot oder Kiefernnadeln in der Hand, oder sie greifen in einen Ameisenhaufen.

Dott wurde es ganz schwindelig, wenn sie daran dachte, in wie vielen Gestalten ihr Frau Harke begegnen konnte!

Manchmal saß sie als alte Frau an einer Wegkreuzung und stöhnte unter einer Last, und wenn ihr ein Vorübergehender half, so belohnte sie ihn mit wunderbaren Gaben. Aber es konnte auch geschehen, dass sie in einer gläsernen Kutsche angefahren kam, die von vier Rappen gezogen wurde, und dass sie als wunderschöne Frau darin saß und in kostbare Schleier gehüllt war. – Sie jagte als Frau Gode auf einem Feuer sprühendem Rappen durch die Wipfel der Bäume, dass die dürren Äste herunterprasselten und der Wanderer sich niederwarf und bekreuzigte, bis der letzte Ton des Gekläffs ihrer Hunde verklungen war. Sie zog als Frau Holle mit den Seelen der verstorbenen, ungetauften Kinder wie ein Nebelgewoge über die Flüsse zu dem geheimnisvollen Ort, der ihnen zum Aufenthalt zugewiesen war.

Ja, es war wirklich furchtbar schwer für das Mädchen, sich auszudenken, wo sie Frau Harke, „die fliegende Frau", finden konnte!

Dann dachte sie auch an die Zeit, in der Frau Harke unterwegs war. Am sichersten konnte man sie im Mondschein oder im Dämmerlicht treffen. Aber sie war auch schon am hellen Mittag gesehen worden.

Ganz bestimmt aber wusste Dott, dass sie am häufigsten da erblickt wurde, wo es Seen und Moore und Flüsse gab.

Darum beschloss Dott, auf ihrem Weg zu den Kamernschen Bergen überall da Ausschau zu halten, wo sie Wasser in irgendeiner Form erblickte, oder wo sich das Vieh der Bauern und die Tiere des Waldes aufhielten, denn diese waren die Schutzbefohlenen der mächtigen Gebieterin des Waldes und der Moore.

An der Elbe

Dott hatte beim Wandern so tief nachgedacht, dass sie nicht viel von der Gegend mitbekommen hatte. Endlich blieb sie stehen und schaute sich um. Da meinte sie, es lohne sich sowieso kaum, hochzublicken, so eintönig flach und grün war alles. Als ein Schwalbenpärchen an ihr vorüberflog, rief sie ihnen zu: „Was ist denn das für ein langweiliges Land, in dem man nichts als grüne Wiesen sieht?"

Die Schwalben zwitscherten laut vor Übermut: „Seht das kluge Menschenkind! Das weiß nicht einmal, dass dies die grüne Insel zwischen zwei Strömen ist!"

„Das ist die Lenzer Wische zwischen Löcknitz und Elbe", brummte eine Kuh neben Dott und schaute kauend und geringschätzig den Schwalben nach. „Du kannst lange suchen, bis du solche fetten Weiden wiederfindest!", rief sie Dott über die Schulter zu.

Da fasste sich das Mädchen ein Herz und fragte: „Oh, du schöne schwarzweiße Kuh auf der grünen Weide! Kannst du mir nicht sagen, wo Frau Harke ist?"

„Das kann ich dir nicht sagen", antwortete die Kuh. „Aber geh nur weiter, bis du den Hahn Fabian triffst. Vielleicht wird der dir's sagen."

Dott bedankte sich und ging weiter durch die Wiesen und ging und ging und sah nichts als grüne, saftige Weiden mit schwarzweißen Kühen. Endlich begegnete sie auch einigen Bäumen in den Wiesen, und je weiter sie ging, desto häufiger wurden die Bäume. Vor sich sah sie in der Ferne einen steilen Wall aufsteigen, der immer höher wurde und der sich wie eine unendliche Mauer nach Westen und nach Osten ausstreckte. Die Bäume wurden immer dichter und bildeten zuletzt kleine Gehölze, die bis auf den Wall hinaufstiegen.

„Was ist denn das für eine unendliche Mauer, auf die sogar die Bäume hinaufklettern, um ins Freie zu sehen?", fragte Dott.

„Ga ga ga!", lachten die Enten. „Sie meint, der Deich sei eine Mauer! Der Deich sei eine Mauer!"

„Dummes Volk!", zischte eine Gans. „Der Deich ist auch eine Mauer. Eine Mauer gegen Sturm und Wassersnot."

Da fragte die kleine Dott sie: „Schöne weiße Gans auf der grünen Wiese! Kannst du mir sagen, wo ich den Hahn Fabian finde?"

„In Mödlich! In Mödlich! Geh nur zu zu zu!"

Damit folgte das Mädchen den Wegweisern, die nach Mödlich wiesen. Und als sie immer näher an den Deich kam, sah sie, dass zwischen den Bäumen versteckt ein Haus lag, das aussah wie ein riesiger Pilz. Auf den niedrigen roten Backsteinmauern hockte ein schweres, hohes Rohrdach, wie der Hut eines Pilzes auf einem kurzen, dicken Stiel.

„Was sind denn das für Häuser, bei denen die Dächer fast bis zur

Erde reichen?", fragte Dott ein Schaf, das am Deichabhang zwischen Obstbäumen graste.

„Mä hä hä hä!", lachte das Schaf, „weißt du denn nichts vom Haus der Niedersachsen?"

„Oh, du schönes wolliges Schaf im grünen Gras!", lachte auch Dott. „Kannst du mir nicht sagen, wo in Mödlich der Hahn Fabian wohnt?"

„Im letzten Haus – im allerlehehetzten Haus!", rief das Schaf.

Als Dott die Dorfstraße entlangging, sah sie, dass die meisten Häuser so gebaut waren wie das erste. Sie hatten dasselbe riesige Dach aus Rohr, das wie alle Walmdächer – so nennt man derart geformte Dächer – am Giebel schräg zurücktrat. Es sah dadurch aus wie eine Haube, die dem Haus übergestülpt war. All die roten Häuser blickten aus vielen blanken Fenstern zwischen weißen Fensterläden wie mit lachenden Augen auf die Straße und zum gegenüberliegenden Deich. Sie waren auch alle nach den Wiesen durch hohe Bäume und kleine Gehölze vor den Stürmen des Nordens geschützt.

Es war sehr einsam auf der Straße, und Dott konnte ganz gemächlich von Haus zu Haus gehen. Als sie am letzten Haus angelangt war, setzte sie sich auf eine weiß gestrichene Bank, die eine schön geschweifte Lehne hatte, und wartete darauf, dass der Hahn Fabian vor das Haus kommen würde. Die Sonne schien auf die Rosen und Stiefmütterchen in den Beeten vor dem Haus und auf den Rasen davor. Und in einer großen Glaskugel auf einem hohen Stock spiegelte sich alles wider, der Rasen, die Blumen, das rote Haus mit dem grünen Fachwerk und die Fenster mit den weißen Fensterläden. „Was mögen das für Bauern sein, deren Häuser wie Herrenhöfe gehalten sind?", dachte sie.

Als die Zeit ihr zu lang wurde, ging sie vorsichtig um das Haus herum auf die Wirtschaftsseite. Aber auch dort konnte sie den Hahn nirgends entdecken. Einige Tauben saßen auf dem hölzernen Ziehbrunnenschwengel, und auf dem Düngerhaufen scharrten die Hühner. Gerade als Dott die Hühner nach dem Hahn fragen wollte, sah sie, dass hinten in der Giebelwand des Hauses sich ein Tor befand, das war so groß, dass ein voll beladener Erntewagen hineinfahren konnte. Und in dieses Tor hinein schritt der Hahn Fabian.

Da sprang Dott eilig hinterher. Als sie aber aus dem hellen Licht in die Dämmerung und Kühle der Diele trat, blieb sie ganz benommen stehen, und es dauerte eine kleine Weile, bis sie sich an das Zwielicht gewöhnt hatte. Dann aber sah sie, dass sie in einem einzigen riesigen Raum stand, der fast durch das ganze Haus hindurchging. Rechts erkannte sie an der geringen Höhe der Krippen die Stände der Kühe in einer langen, langen Reihe. Links befanden sich die Stände für die Pferde. Während sie den weiten Weg durch die ganze Diele hindurchging, waren ihre Augen auf einen großen, freien Raum gerichtet, der wie der Querbalken auf einem T vor der Diele lag, und der ganz wunderbar anzusehen war.

An der hintersten Wand dieses Raums befand sich unter einem Schwibbogen – das ist ein freistehender großer Bogen ohne Mauerwerk darüber – ein gewaltig breiter Herd, auf dem es brodelte und kochte und dampfte. Es duftete nach geräuchertem Speck und grünen Bohnen. Und über allem hingen an der Decke eine Unmenge von Würsten und Schinken und Speckseiten.

Eine Magd butterte, und an einem großen Holztisch stand eine junge Frau, die hatte drei runde Brote vor sich liegen. Sie nahm eines der Brote nach dem anderen in ihre Hände und schnitt in die Unterseite eines jeden ein großes Kreuz. Dabei murmelte sie: „Alles, was wir haben, sind Gottes Gaben. All, de von ditt Brot äten, solln uns'n Herrgott nich vergären." Dann begann sie die Schnitten für das Vesperbrot zu schneiden.

Als Dott das frische gesegnete Brot vor sich sah und daneben die angeschnittene geräucherte Wurst und den Berg von Butter, und als sie die wunderbaren Gerüche vom Herd einsog, da fühlte sie einen mächtigen Hunger in sich aufsteigen. Einen Augenblick lang war es ihr, als würde sie mit Gewalt zum Tisch hingeschoben und als spräche eine Stimme in ihr: „Du brauchst doch nur die Wurst zu packen und leise fortzuschleichen! Niemand würde dich fangen können!"

Da sagte sie mit einem tiefen Seufzer zu sich selbst: „Nein, stehlen werde ich nicht." – Und leise ging sie wieder die Diele hinunter dem Tor zu. Als sie aber dicht an den Hahn herankam, hockte sie sich zu ihm nieder und flüsterte: „Hahn Fabian – was sind denn das für Menschen, die mit dem Vieh im selben Raum leben?"

„Kikerikikihihi", lachte der Hahn. „Weißt du das nicht? Die Sachsen und die Friesen sind es, die mit dem Vieh unter einem Dach leben."

„Hahn Fabian – da du mit den Menschen zusammen in einem Haus wohnst und sicher vieles weißt – kannst du mir da nicht sagen, wo Frau Harke ist?"

„Das kann ich dir nicht sagen", antwortete der Hahn. „Aber geh nur vor den Deich hinaus. Da wohnt zwischen Weiden und Erlen Gurian, der Fischreiher. Der ist bekannt mit allen Sumpf- und Wasservögeln der Gegend. Vielleicht kann der dir sagen, wo Frau Harke ist."

Der Admiral und der Deich

Dicht hinter dem Elbdeich in Mödlich liegt die Kirche. Sie ist nur klein und ganz aus dem gebaut, was das Land selbst dazu hergeben konnte. Darum steht sie auch so heimatlich hinter den Bäumen, als sei sie zusammen mit ihnen aus dem Boden gewachsen. Ihre Backsteine sind aus dem Lehm des Elbufers gebrannt, und ihr Turm ist ganz aus Holz. Die Kirche liegt hinter dem Deich verborgen, und es ist, als lauschte sie gleichzeitig hinauf in den Himmel und hinaus in das Rauschen des Stromes vor dem Deich.

Als die kleine Dott auf den Deich hinaufgestiegen war, setzte sie sich an den Rand des Abhangs, welcher der Elbe zugewendet war, und hielt Ausschau, um den Nistbaum Gurians, des Fischreihers, zu entdecken.

Ruhig zog der Strom durch das grüne Land. Er trug auf seinem breiten Rücken unzählige Ruder- und Segelboote und Dampfer. Lange Ketten von Schleppzügen brachten in ihren tiefen Lastkähnen Petroleum, Steinkohle und Briketts, Heringe und Getreide aus Hamburg in die Reichshauptstadt und weiter bis nach Sachsen und nach Böhmen. Elbabwärts trug der Strom Braunkohle, Holz und Ziegelsteine aus der Mark, und aus Sachsen all die tausend Dinge, die da in den Fabriken und in der Heimindustrie hergestellt wurden.

Die kleine Dott blickte träumend den Wasserfahrzeugen nach, die sich heiter mit ihren bunten Farben und weißen Segeln im Wasser spiegelten, als ihr überraschend eine Stimme ins Ohr raunte: „Du hast deine Sache gut gemacht in Breetz!“– Dott wandte sich hastig um, da sah sie den Roten Jungen, den Feuerkobold, neben sich stehen.

„Ich denke, du lebst nur im Feuer!“, sagte sie erstaunt. Sie hatte keine Furcht mehr vor ihm und war froh, mit einem menschenähnlichen Wesen zu sprechen, selbst wenn es nur ein Kobold war.

„Hast du denn vergessen, dass sie mich hier im Land den ‚Holüber‘ nennen, wenn ich die Fährleute ein wenig zum Besten halte?“, fragte der Kobold und lachte. „Ich wohne tatsächlich ebenso gern im Wasser wie im Feuer.“ – Die Leute in der Mark nennen ihn deshalb auch den Nix. Und der Nix, der Rote Junge hatte sich nun mit gekreuzten Beinen neben die kleine Dott niedergesetzt.

„Warum rufst du denn eigentlich, ‚Holüber!‘ und lässt die armen Fährleute umsonst herüberkommen, wenn du nachher doch gar nicht fahren willst“, fragte Dott vorwurfsvoll. „Und warum hast du eigentlich dem Fischer im Havelland die Pfanne voll Würmer gespuckt?“

„Ja, die Menschen pflegen ja meist nur zu erzählen, was ihnen Unangenehmes angetan wurde – aber warum es ihnen geschah, darüber schweigen sie. Du kannst dich darauf verlassen, dass ihnen nicht mehr passierte, als sie verdienten! Im übrigen aber habe ich nun einmal Freude daran, die Menschen auf den Arm zu nehmen zu halten – sie sind oft so komisch, wenn sie sich ärgern.“

Dott errötete und schwieg.

„Oh, du brauchst dich darum nicht zu schämen“, fuhr der Kobold fort. „Wir Geister der Luft und der Erde und des Wassers wissen recht gut, dass der Mensch der Herr der Erde ist. – Hier, hinter dir, ruht ein Toter, der ein Großer unter den Menschen war.“

„Meinst du Gysel van der Lyer, den Admiral“, fragte die kleine Dott mit leiser Stimme. Denn es ging die Sage um in der Prignitz, dass der Admiral, der hier in Mödlich begraben war, aus seinem Sarg hervorkommen und über seine Deiche wandern konnte, sobald er nur wollte.

„Ja, ihn meine ich“, sagte der Feuerkobold und verschränkte die Arme um die Knie. „Wir haben lange genug mit ihm gekämpft, er ist aber doch zuletzt Sieger geblieben!“, setzte er gedankenvoll hinzu.

„Wen meinst du denn mit ‚wir‘?“, flüsterte Dott.

„Den Strom und alles, was zu ihm gehört“, erwiderte der Rote Junge.

„Wieso habt ihr denn mit dem Admiral gekämpft!“, fragte die kleine Dott erstaunt.

„Du kannst dir wahrscheinlich denken, dass es hier nicht immer so aussah wie heute“, sprach langsam der Kobold. „Einst wuchsen hier im meilenweiten Bruch- und Schlickgebiet der Ufer riesige Eichenwälder. Ihre tausendjährigen Stämme fischt ihr ja noch heute aus der Elbe, um eure Häuser damit zu bauen. Tausende von Vögeln nisteten damals hier, und in den Mondnächten kam der Wolf bis dicht an die Ufer des Stroms. Der stieg ungehindert und strömte seine Wasser im Frühjahr weit über das ganze Land, bis die Elbe mit den Wassern der Löcknitz zusammenschlug. – Es war eine herrliche, wilde Zeit!“

„Gab es denn damals schon Menschen hier?“, fragte Dott.

„Oh ja, auf dem Hügel bei Lenzen lag die älteste Burg der Germanen und später die Burg der Wenden, und am Ufer standen hier und da die Hüttchen der wendischen Fischer, solche kleinen Lehmhäuschen, die ihr Büdchen nennt. Die aber wischte der Strom hinweg wie ein Spielzeug. Ebenso erging es den Flamen, die der große Albrecht der Bär hierher gerufen hatte und die ihre Höfe auf Erdhügeln bauten, welche sie selbst aufgehäuft hatten und die sie Wurten nannten. Ich habe diese Siedlungen der Menschen alle entstehen und verschwinden sehen.“

„Wie alt bist du denn eigentlich!“, fragte Dott erstaunt.

„Seit hier Wasser strömt und Feuer brennt, lebe ich hier“, lachte der Nix, „denn im Feuer und Wasser wohne ich. Und ich sah auch, wie der Admiral Gysel van der Lyer nach dem Dreißigjährigen Krieg aus Holland gezogen kam, weil er dem Großen Kurfürsten helfen sollte, das vom Krieg verwüstete Land wieder aufzubauen. – Ich sah ihn mit seinen Flamen und Friesen und Sachsen den Deich hier errichten. Und als ich merkte, dass er die Bauern lehrte, ihre Häuser hinter den Deich zu bauen, da wusste ich, dass der Sieg ihm gehören würde.“

„Du hast den Admiral gesehen?“, fragte Dott begeistert. „Bitte, sage mir, wie sah er aus? Als er noch in der Gruft an der Kirche lag, konnten die Leute ihn in seinem Sarg sehen, denn er war überhaupt nicht verwest. Aber nun liegt er unter der Erde, und ich habe mir doch so sehr gewünscht, ihn einmal ganz, ganz von Nahem anzuschauen!“

„Ja, das wenigstens hat der Strom nach fast zweihundert Jahren erreicht“, rief der Nix. „Das Grabgewölbe Gysel van der Lyers hat er zerstört, so dass der Admiral nun unter der Erde ruhen muss. Das aber war auch die letzte große Tat des Stroms in diesem Kampf! Hundert Jahre mussten nach dem Tod des Admirals vergehen, bevor es dem

Strom gelang, die Deiche überhaupt zu durchbrechen. Seitdem zerriss er sie wieder und wieder und versuchte, das Hinterland zu verwüsten. Aber niemals gelang es dem Strom, diese verhassten Mauern ganz zu zerstören. Denn der tote Admiral wachte über seine Deiche und warnte die Bauern immer zur richtigen Zeit, so dass alle Vorsichtsmaßregeln getroffen werden konnten. Und zuletzt ist der Strom des Kampfs müde geworden: Heute dient er dem Menschen."

Der Rote Junge blickte schweigend auf den Strom, der majestätisch an ihnen vorüberzog.

„Aber du wolltest ja den Admiral selber sehen", wandte sich der Feuerkobold nun direkt an das Mädchen. Sie fühlte, wie eine leichte, kleine Hand über ihre Augen strich, und im selben Augenblick war die Sommerlandschaft vor ihr verschwunden, der Tag wurde zur Nacht, und eine stürmische Herbstnacht war es, die sich um sie her zusammenzog! Ein eisiger, feuchter Wind strich von der Elbe herüber. Von dort her kam auch ein Brausen und Dröhnen, als wollte der Strom das Ufer auseinanderreißen.

„Dreh dich um!", befahl die Stimme des Feuermännchens neben ihr. Dott wandte sich um und sah den Turm der Kirche aus dem Dunkel hinter dem Deich aufsteigen und gegen den Himmel ragen, der von Mondlicht erhellt war und über den die Wolken dahinjagten.

„Komm jetzt zur Kirche", sagte der Kobold. Er ergriff ihre Hand und führte Dott in den Kirchhof hinunter. Und als sie dicht vor der Kirche standen, flammte plötzlich im Innern Licht auf, das aus den Fenstern auch in den Kirchhof hinunterschien.

Sobald aber der Kerzenschein aus der Kirche auf die Gräber fiel, fegte der Sturm die welken Blätter von den Hügeln und wirbelte sie durch die Luft. Die Erde schob sich vor den Augen der kleinen Dott zur Seite, die Särge öffneten sich, und die toten Bauern von Mödlich kamen aus der Tiefe heraufgestiegen, in Festgewänder gekleidet, die Frauen mit dem Gesangbuch und dem Blumensträußchen in der Hand. So wanderten sie in langem Zug an der kleinen Dott vorbei und durch die geöffnete Tür in die Kirche hinein.

Dott fasste die Hand des Feuermännchens fester, und nun erst sah sie, dass hart an der Kirche, dem Deich zugekehrt, ein Grabgewölbe lag, das sie dort am Tag nicht gesehen hatte.

„Das muss die Gruft des Admirals sein!“, schoss es ihr durch den Kopf. Und im gleichen Augenblick sprang die Tür zum Grabgewölbe weit auf, und der Admiral kam in Eisen gepanzert aus der Gruft geschritten; er führte seine Tochter am Arm. Hager und übergroß war seine mächtige Gestalt, langsam und feierlich schritt er in die Kirche hinein. Der Rote Junge zog Dott bis zur Kirchentür. Da sah sie, dass alle Kerzen an dem runden Kronleuchter und auf dem Altar angezündet waren. Der Admiral schritt durch das Kirchenschiff, an den geschnitztten hölzernen Bankwangen vorbei, die die Bänke zum Mittelgang abschlossen. Langsam ging er bis zur ersten Bank vor dem hölzernen Taufbecken, und sobald er sich mit seiner Tochter niedergesetzt hatte, erbrauste im Hintergrunde die Orgel, und alle Bauern in der Kirche begannen zu singen:

„Der Herr ist mein Hirte,
mir wird nichts mangeln –“

Bevor jedoch der erste Vers verklungen war, erhob sich der Admiral und ging zur gegenüberliegenden Wand, wo seine Fahne hing. Er nahm seinen Helm und seine Handschuhe, die dort heute noch aufbewahrt werden, ergriff seinen Degen und ging langsam und feierlich an der kleinen Dott vorüber auf den Deich.

Und während Gesang und Orgelspiel aus der Kirche in die stürmische Winternacht hinausdringen, schritt seine mächtige Gestalt in der schweren Eisenrüstung seinen Begleitern voran auf der Krone des Deiches bis nach Lenzen. Dann lief er zurück in der Wische unten am Deich, bis er wieder zur Kirche kam. Die kleine Dott hatte alle dies zitternd und mit weit geöffneten Augen verfolgt. Sie fürchtete sich nicht vor den Toten. Aber sie wusste nun ganz sicher, dass ein furchtbares Unglück über das Land kommen würde, und dass die toten Bauern in die Kirche gekommen waren, um für die Lebenden zu beten. – „Der Strom!“, dachte sie. „Der Strom ist sicher wieder dabei, zu steigen!“

Da aber brauste der Sturm so heftig gegen sie an, dass sie geradezu in die Kirche hineingewirbelt wurde. Sie sah jedoch, dass auch der Admiral in die Kirche zurückgekehrt war. Mit der ganzen Gemeinde kniete er nieder und sang: „Kyrie eleison – Herr, erbarme dich unser!“

Auch Dott war niedergekniet und sang, so gut sie es konnte, im Chor mit. Sie merkte aber gar nicht, dass der Rote Junge sie verlassen hatte und dass sie ganz allein unter den Toten in der Kirche kniete.

Plötzlich erlosch das Licht. Die kleine Dott hörte noch um sich her ein eiliges Schreiten, dann vernahm sie von draußen das laute Zuklappen der Sargdeckel und das Rieseln der Erde – das klang, als wehte der Wind Sand und welkte Blätter über die Gräber. Und dann war alles totenstill hinter dem Deich. –

Als die kleine Dott erwachte, lag sie im Sonnenschein am Abhang des Deiches. „Ich weiß nicht, ob ich geträumt habe", dachte sie. Aber sie erinnerte sich daran, dass die Bauern von Mödlich in den vergangenen Jahrhunderten hin und wieder gesehen hatten, wie die Kirche in der Nacht plötzlich von selbst im Kerzenlicht erstrahlt war, und dass sie ein wunderbares Singen vernommen hatten. – Sie sagten dann: „Im Frühling werden wir ein schweres Hochwasser haben! Der Admiral prüft die Deiche!"

Und sie begannen sofort, alle Vorsichtsmaßregeln gegen eine Überschwemmung zu treffen. Und noch jedes Mal, nachdem sich der Admiral gezeigt hatte, überflutete der Strom die Deichkronen oder zerbrach sie, so dass die eingedeichten Ländereien überschwemmt wurden. –

Gurian, der Fischreiher

Etwas Friedlicheres kann sich niemand nicht vorstellen als das Vorland zwischen Deich und Strom! Der schmale Uferstreifen ist von saftigem Grün bedeckt, und wo die Wiesen breit und fett werden, grasen die Pferde auf ihrer Koppel, eingefriedet durch Zäune aus geschälten Rundhölzern. Mächtige Eichen und Ulmen beschatten die Wiesen, und über den breiten Strom hinweg sieht der Wanderer auf die hügelige Kette der Vietzer Berge am gegenüberliegenden Ufer und auf den Höbeck, den Berg der Hohen Buchen, der auch der Rabenberg genannt wird.

Hier, mitten in einem undurchdringlichen Weidengestrüpp, steht der Nistbaum Gurians, des Fischreihers: eine alte Ulme, in deren Wipfel er sein großes, starkes Nest gebaut hat. Es ist ein altes Nest, kunstlos aus dicken Ästen und Wurzelwerk zusammengehäuft und mit Moos, mulmigem Laub und Grasbüscheln ausgepolstert. Ruanda, seine Frau, hat ihm in wochenlanger Geduld vier Reiherjungen ausgebrütet.

Erschreckend hässlich sind die Reiherjungen! Aber die Eltern wissen, dass die runden Glotzaugen der Jungen einst zu scharfen, grellgelben Augen werden, die aus schwindelnder Höhe die geringste Bewegung auf der Erde erkennen können, und die Hässlichkeit ihrer Kinder beirrt sie nicht. Sie wissen recht gut, dass der ungefüge Leib der kleinen Dott einst leicht wie ein Sommerwölkchen und schnell wie ein Lufthauch über das Wasser schweben wird, und dass diese Stummelflügel einmal in wundervollem Schwung die Luft durchrauschen und den jetzt so hilflosen Körper emportragen werden, der Sonne entgegen und weit, weit in die ewige Bläue des afrikanischen Himmels.

Darum fliegen die Eltern unermüdlich nach Nahrung aus, denn die Jungen sind groß und gefräßig, obgleich sie eine Woche zu spät aus dem Ei gekrochen sind.

„Das Jahr hat mit Unglück begonnen“, sagte Ruanda besorgt.

„Das Unglück kann töten – aber wenn es nicht tötet, kann es auch stärker machen“, erwiderte Gurian.

Die Reiher waren in diesem Jahr später als sonst aus Afrika heimgekehrt. Eine Woche lang hatte Cornix, der Knese, der Fürst der Nebelkrähen, vergebens im Nest Gurians auf die Rückkehr des Reihers gewartet. Mit gesträubten Federn und vorgestrecktem Hals äugte er angespannt über den Strom, von wo der Reiherschwarm daherbrausen musste.

Die Reiher aber hatten in diesem Jahr eine so fürchterliche Heimreise, dass sich keiner von ihnen an etwas Ähnliches erinnern konnte.

Als sie Anfang März aus dem Süden kommend über die Alpen strichen und auf der Höhe bereits die Täler und Dörfer jenseits der schneebedeckten Berge erblickten, da erhob sich ein gewaltiger Schneesturm, der sie von ihrer Bahn abdrängte und bis nach Frankreich trieb. Der Schnee umwirbelte sie so dicht, dass sie die Sicht verloren, und der Sturm packte sie so gewaltig, dass der Schwarm fürchtete, auseinandergerissen zu werden. Da hatte Ardea, der leitende Altvogel, seine Stimme erhoben. Mit gellenden Trompetenrufen schrie er ihnen seine Warnungen zu: „Wo seid ihr – Hier bin ich! Fliegt aufwärts, nicht abwärts! – Lasst euch nicht sinken, damit ihr nicht zerschellt! – Fliegt aufwärts, aufwärts!"

Denn Ardea wusste, dass für sie alle nicht die eisige Kälte und der Schnee gefährlich waren, sondern die Dinge der Tiefe, die Bäume, die Felsen und die kaum sichtbaren Stränge der Leitungsdrähte. Darum schrie er unermüdlich seine Rufe mit gellender Stimme, um die Seinen zu warnen und zu stärken, wenn sie den Mut verloren.

Nun aber brauste ein Orkan vom Norden her auf sie nieder, der sie zu Boden drückte. In dieser letzten Verwirrung verstummte die Stimme Ardeas, des erfahrenen Leitvogels. Verzweifelt wirbelten die großen Vögel durcheinander, hierhin und dorthin, einige zerschellten an den Felsen einer Gebirgswand, andere verfingen sich in den Drähten einer Überlandleitung. Die meisten duckten sich gegen den Schnee auf dem Boden und lauschten verstört, um den altgewohnten Ruf des Leitvogels zu vernehmen. Aber nichts war zu hören als das Knistern der Schneeflocken, die gegen ihr Gefieder prasselten, und das Sausen des Windes.

Plötzlich jedoch erklang eine Stimme, die den Sturm übertönte. Es war eine junge Stimme, welche die Warnungsrufe Ardeas, des Leitvogels, fortsetzte: „Hier bin ich! – Wo seid ihr – Hier bin ich! Schlagt euch zu mir durch! Fürchtet euch nicht!"

Es war Gurians Stimme, der in dieser Not zum ersten Mal die Führung übernahm. Und alle, die noch am Leben waren und sie vernommen hatten, gaben seine Worte weiter, weiter, so dass sie auch die Zerstreuten erreichen konnten. Nach und nach versammelte sich der ganze Schwarm um Gurian, der eine geräumige Höhle gefunden hatte, die unter einer vorhängenden Felswand lag.

Als aber Gurian eine Musterung hielt, fehlten drei Jungvögel. Es fehlte ein Reiherpaar, und Ardea fehlte, der starke Leitvogel, der sie so viele Jahre lang durch alle Gefahren hindurch von der Heimat im Norden über die Alpen nach Afrika und sicher wieder zurückgeführt hatte. Er hing zerschlagen zwischen den Drähten der elektrischen Leitung.

Von diesem Tag an übernahm Gurian die Führung, und niemand sprach ein Wort dagegen. Er führte die Reiher in Deckung, solange der Sturm anhielt, und zu fließendem Wasser, um Nahrung zu finden, und brachte den Rest des Schwarms sicher in die Heimat zurück.

An dem Tag, an dem die kleine Dott auf ihrer Wanderschaft durch die Wische bis unter den Nistbaum Gurians gelangt war, hatten die Eltern bereits zweimal die unförmigen, gierig aufgerissenen Schnäbel der Jungen gefüllt. Es war eine mühsame Arbeit, denn die Jungen waren kräftig, und jedes verlangte die Nahrung zuerst für sich. Beide Eltern waren abgemagert und durch das ständige Hin- und Herfliegen ermattet. Aber sie dachten daran, dass die Jungen in einigen Tagen die ersten Flugversuche machen würden. Dann würde endlich die lange Kette der Gefahren beendet sein – die Bewachung der Eier und der Jungen vor den Krähen und Raubvögeln, die Sorge, dass der Mensch durch das gellende Geplärr der Jungen herbeigelockt werden könnte, und die Furcht vor einem voreiligen Flugversuch der Jungen in ihrer Abwesenheit. Denn wenn ein Junges über den Nestrand stürzte, so schlug es sich zu Tode oder es wurde zur Beute Blumbos, des Fischotters, dessen Bau am Fuß des Nistbaums mitten im Weidengebüsch am Strom lag.

Als die kleine Dott sich unter dem Baum Gurians ins Gras warf, waren die Eltern gerade nach Nahrungssuche ausgeflogen. Sie beschloss, auf deren Rückkehr zu warten, und blickte auf den Strom, in dem sich die leichten Sommerwölkchen spiegelten.

„Es ist, als wenn oben und unten Himmel ist“, dachte Dott lächelnd, „als wenn die Wolken auf dem Strom und am Himmel segelten.“

Aus dem Wipfel der Ulme hörte sie ein leises und unwilliges Krächzen, das von Zeit zu Zeit die Stille durchbrach, und hinter sich das Stampfen der Pferde und ihr eintöniges Rupfen des Grases.

Plötzlich ertönte ein ärgerlicher Schrei aus dem Wipfel der Ulme, ein

Brechen von Zweigen, ein Poltern und Rauschen, und die kleine Dott sah, wie sich direkt vor ihr ein großes braunes Bündel überschlug und gleich einem flatternden Lappen ins Wasser fiel. – Im selben Augenblick schoss ein lang gestrecktes, braunes Tier aus dem Weidengebüsch und glitt geschmeidig wie eine Schlange auf das Bündel zu.

Ohne zu überlegen war Dott sofort ins Wasser gesprungen, hatte das Bündel ergriffen und setzte eben einen Fuß ans Land, als ihr Bein dicht über dem Knöchel wie in einem Schraubstock eingeklemmt wurde. Sie presste das zappelnde Vogeljunge fest gegen ihre Brust und warf einen Blick nach unten. Da sah sie, dass der dickpelzige, lange braune Otter, der wie eine Schlange durch das Wasser geschossen war, sich in ihrem Bein festgebissen hatte. Sie schlug mit ihrem freien Fuß gegen den flachen Kopf des Otters und schwang sich mit dem Jungen rund im Kreis, um frei zu werden. Nach kurzer Zeit fühlte sie, wie sich der Griff an ihrem Bein lockerte und sah den Otter lautlos im Weidendickicht verschwinden.

„Das hätte gefährlich werden können!“, dachte die kleine Dott, und dann sah sie sich das große, schwere Vogeljunge an. Es war größer als ein Huhn und schlug heftig mit seinen starken Beinen und Flügeln um sich. „Du brauchst keine Angst zu haben“, sagte Dott. „Ich tu dir nichts.“

„Lass mich los!“, brüllte das Junge. „Lass mich sofort los!“

Dott wusste nicht, was sie tun sollte, sie fürchtete, das Junge könnte wieder ins Wasser springen, aber sie konnte es auch nicht länger halten, da es in ihre Arme und Hände hackte. So setzte sie das Junge, so weit sie konnte, ins Weidengebüsch hinein. Und kaum hatte sie es losgelassen, als es sich zu ihrem Erstaunen mit Krallen und Schnabel an den Zweigen festhielt und triefend nass, mit lautem Krächzen, weiterkletterte, bis zur Ulme und bis in ihre höchsten Zweige hinauf.

„Du weißt dir zu helfen!“, lachte Dott. Wie sie sich aber umsah, erblickte sie einen schönen, großen Vogel, der gerade auf sie zusegelte. „Der Storch!“, dachte sie, dann aber merkte sie, dass er zwar unten weiß war und auch schwarze Flügelenden hatte, dass sein Gefieder aber auf dem Rücken und auf den Flügeln schiefergrau war und dass er auf dem Kopf mehrere Federn trug. – Da wusste sie, dass Gurian, der Fischreiher, auf sie zugeflogen kam.

Er ließ sich neben ihr im Gras nieder und verneigte sich vor ihr. „Ich habe alles aus der Ferne gesehen“, sagte er. „Es war mir aber nicht möglich, schnell genug zu kommen. Wenn du nicht gewesen wärst, so wäre Ardea, mein ältestes Junges, nicht mehr am Leben. Das wird dir Gurian, der Fischreiher, nicht vergessen.“

Als er sich wieder vor Dott verneigte, sah er, dass ihr linkes Bein blutete und dass auch im Gras Blutspuren waren. Sofort flog er auf den Baum hinauf, packte das gerettete Junge und schleppte es wieder ans Ufer, wo er ihm drei so kräftige Schnabelhiebe versetzte, dass es zu Boden fiel. „Der erste ist für deinen Ungehorsam“, sagte er. „Der zweite ist für die Angst, die du mir bereitet hast! Der dritte aber, damit du nie vergisst, dass ein Menschenjunges dich gerettet und für dich geblutet hat.“

Kleinlaut hockte Ardea, der Jungreiher, nun im Gras und blickte schräg von der Seite auf Dott, die zum Ufer lief, um die Wunde mit ihrem Taschentuch auszuwaschen und zu verbinden.

Als sie die Arbeit beendet hatte und sich umblickte, war der schöne Vogel mit seinem Jungen verschwunden. „Er wird sicher wiederkommen", dachte Dott und begann mit den Vorbereitungen für ihre Mahlzeit. An diesem Tag hatte sie nichts, was sie kochen konnte, aber sie pflückte einige Sauerampferblätter auf der Wiese, zerhackte sie auf einem Stein und bestreute eine Scheibe ihres Brotes damit. Gerade hatte sie alles auf einem Lattichblatt angerichtet, als sich Gurian wieder neben ihr niederließ und schweigend einen großen Fisch neben sie legte, den er mit einem Schlag seines starken Schnabels tötete.

„Das ist für heute", sagte er. „Und wenn du einmal meiner Hilfe bedarfst, so schicke nach mir."

Die kleine Dott bedankte sich. Dann fasste sie sich ein Herz und fragte nach Frau Harke.

„Darüber kann ich dir leider nichts sagen", erwiderte der Reiher betrübt. „Aber warte, da fällt mir ein – Glinka, das Wasserhuhn am Rambower See am Südufer, rühmte sich vor kurzem, dass sie Frau Harke gesehen habe. Ich hatte mich nicht viel um ihr Gerede gekümmert, denn dieses Volk plappert viel und sagt wenig. Aber vielleicht ist doch etwas an ihren Worten gewesen, und du findest Frau Harke dort am See."

„Schönen Dank, Gurian!", rief Dott, als der Reiher sich in die Luft erhob. „Schönen Dank auch für den Fisch!"

Auf dem Weg zu Glinka

Die Sonne senkte sich bereits, als Dott das Ufer des Rambower Sees erreichte und geduckt und leise über die Anhöhe in den Wiesenstreifen hinabstieg, um das Teichhuhn zu beschleichen.

Nun ist es aber nicht so leicht für einen Menschen, das Teichhuhn aufzusuchen! Es gibt nicht viele Vögel, die ihr Nest versteckter anlegen können als dieser. Glinka ist überhaupt mit keinem anderen Wasservogel zu vergleichen!

Wenn im Spätherbst die Schüsse durch das Schilf peitschen, so schließt sie sich auf ihrer Wanderung nach dem Süden keinem Vogelzug an. Ja, sie trennt sich sogar von ihrem Ehemann und von ihren Kindern. – Aber Glinka ist nicht etwa ein starker Vogel, der geschickt und schnell zu fliegen versteht, so dass sie leicht die Hilfe der Gefährten entbehren könnte. Nein, Glinka ist nur ein kleines Huhn. Und so geschickt sie im Wasser ist, in der Luft vermag sie die stumpfen, breiten Flügel nur mühsam und schwerfällig zu bewegen. Und doch fliegt sie allein und lehrt auch ihre Kinder, die Einsamkeit zu suchen.

Sie wandert in der Nacht. Am Tag wählt sie ein Versteck in den herbstlich gelben Schilfwäldern der Seen ihres Reisewegs. Zwischen den trockenen Blättern, die im Wind knistern und rauschen, sitzt sie verborgen und blickt den großen Wanderzügen der Störche und Kraniche und Reiher, der Enten und Wildgänse nach, die hoch oben mit lauten Abschiedsschreien über den blauen Herbsthimmel segeln.

Wenn aber die Nacht heraufsteigt, beginnt Glinka wieder ihre einsame Wanderung und schlüpft, tief über der Erde fliegend, unsicher durch das Land. Denn Glinka will keinen der Ihren durch ihre Nähe in Gefahr bringen. Darum lehrt sie auch ihre Jungen, allein zu fliegen.

Nun ist es aber so, dass Gallinula, das Teichhuhnmännchen, stets als erster im Frühling heimkehrt. Dann durchsucht er jeden Winkel, ob in der Heimat am märkischen See alles unverändert geblieben ist. Jeden Eindringling scheucht er mit wilden Flügelschlägen und lauten Schreien aus seinem Gebiet. Die anderen Wasservögel meiden seine Nähe, denn sein Lärmen fällt ihnen auf die Nerven.

„Niedriges Volk!“, zischen die Blesshühner und ziehen mit ihrer zahlreichen Flotte fort. Aber seht, Gallinula, das Männchen, ist nur klein und ganz allein gegen viele! Und er hat keine anderen Waffen als seine Stimme und seine Flügel. Darum lärmt er hinter ihnen her, bis ihr seidenglänzendes, schwarzes Gefieder und die weißen Flecken ihrer Stirnen in der Ferne im Schilf verschwinden.

Jeden neuen Ankömmling empfängt er in der gleichen Weise. Selbst den starken, schillernd bunten Erpel umkreist der kleine Gallinula so lange mit seinem Lärm, bis der kehrtmacht und verächtlich zischend mit seiner Entenschar weiterzieht. So verteidigt er ganz allein sein Reich, bis er in einer Frühlingsnacht schwere, vertraute Flügelschläge hört und Glinka sich zu ihm in das Wasser gleiten lässt.

Wenn Dott in dieser Zeit nach Glinka gesucht hätte, so würde ihr Ausspähen vergeblich gewesen sein. Denn in diesen ersten Tagen des Wiedersehens haben Gallinula und Glinka nur für sich selber Zeit. Jetzt wissen sie, dass der Lenz gekommen ist. Der Frühlingswind kämmt den See, während das zierliche Pärchen auf den rieselnden Wellen auf und ab schaukelt. Das Schilf neigt sich im Wind hoch über ihnen, das Wasser rieselt und blitzt von Sonnenfunken, zitternde Wellenkreise umgeben sie – der See singt den lautlosen Frühlingsgesang, den nur die Geschöpfe der Natur verstehen.

In der Zeit, als Dott ihre Wanderung begann, hatte Glinka bereits ihre zweite Zeit des Brütens beendet, und die älteren Geschwister halfen den Eltern bei der Aufzucht der Jungen.

So konnte es geschehen, dass die kleine Dott sie alle hinter einem großen Stein dicht am Ufer überraschte, als sie lautlos durch das Buschwerk geschlichen kam. Kaum aber hatte sie Glinka und ihre Familie entdeckt, als im selben Augenblick auch alle ins Wasser plumpsten und spurlos verschwanden.

„Das ist ja, als wenn sie weggezaubert wären!“, dachte Dott erstaunt. – „Glinka!“ – rief sie ärgerlich, denn sie meinte, sie brauche mit einem Teichhuhn nicht so viel Umstände zu machen. „Warum versteckst du dich denn? Komm bitte gleich heraus!“

Von allen Seiten gluckste und lachte es spöttisch. „Brähähähä!“, lachten die jungen Frösche. „Hui hu hu witt!“, kicherten die Kibitzjungen, und am Ufer schlug eine junge Bachstelze mit ihrem Schwanz den Beifall.

Glinka und die Ihren aber rührten sich nicht. Dicht am Ufer lagen sie zwischen dem Schilf und hielten sich mit ihren grünen Füßen an den Stängeln fest. Nur der Schnabel ragte zum Atemholen aus dem Wasser. „Komm doch heraus, Glinka!", rief Dott noch einmal, aber leiser. „Gurian, der Fischreiher, schickt mich. Ich möchte dich etwas fragen."

Noch immer regte sich nichts im Wasser, aber das Gelächter der Jugend des Wasservolkes war verstummt.

„Ein Teichhuhn, das sich so geschickt verstecken kann, muss doch schon recht gescheit sein", dachte Dott. Und zum dritten Mal rief sie aber so bescheiden, wie es ihr möglich war: „Glinka! Ich habe gehört, dass du Frau Harke gesehen hast. Willst du mir sagen, wo sie ist? Wenn ich Frau Harke nicht finde, wird kein Tier mein Freund sein wollen."

Da hörte Dott ein leises Zischen aus dem Schilf, das wie das Rascheln von Blättern klang. „Kerr – Terr terr!", verstand sie. „Rührt euch nicht!" Und aus dem Wasser tauchte ganz allein ein feines, braungraues Hühnchen empor mit einem anmutig geneigten Köpfchen und einer leuchtend roten Stirn über einem gelben Schnabel.

„Du hast das Friedenswort der Wasservögel nicht ausgesprochen", sagte Glinka höflich. „Darum musst du dich nicht wundern, dass ich nicht gleich zu dir kam. Aber weil du unsere Sprache sprichst, so will ich dir antworten. In der Nacht der Sonnenwende war Frau Harke hier an diesem Ufer. Von hier ist sie gen Sonnenaufgang weitergezogen, in Richtung der schwarzen Flüsse."

Mit diesen Worten tauchte Glinka unter, und sofort lag der See glatt wie ein Spiegel und schweigend vor dem enttäuschten Mädchen, und die ersten Nebelschleier der Dämmerung strichen über ihn hin.

Das Pflugrad aus dem Moor

„Ich weiß nicht, wie ich Frau Harke finden soll", dachte die kleine Dott verzweifelt, als sie am nächsten Mittag am Rand eines Moores an der Löcknitz stand. „Wenn ich keine andere Auskunft erhalte als die, dass sie an den schwarzen Flüssen ist, dann kann ich ebenso gut gleich mit dem Suchen aufhören. Denn außer der Stepenitz sind bei uns in der

Prignitz ja alle Flüsse schwarz von Schlamm. – Nein, es hat wirklich keinen Sinn, dass ich weitersuche", sagte sie und setzte sich entschlossen ins Gras. Sie blickte über die weite Moorlandschaft, die sich bis an das Ufer der Löcknitz und noch dahinter bis an den fernen Kiefernsaum ausbreitete, und es wurde ihr immer trauriger zumute.

„Eine schöne Gegend!", dachte sie und verzog den Mund. „Schwarzer Schlamm, Wasserpfützen voll Ungeziefer, schwabbernder Boden, in dem ich bis zum Hals einsinken könnte! Die ganze Prignitz ist voll davon. Und wenn es kein Moor ist, dann ist es Sand oder Kiefernwald! – Lohnte es sich wirklich, das alles mit so viel Blut zurückzukaufen, wie der alte Bauer in Breetz erzählt hat?"

Dott fühlte sich verlassen und sah kein Ziel mehr vor sich. Und das ist gerade der Zustand, wo uns alles schwarz und trüb erscheint. Meist aber folgt einer solchen Stimmung auch ein Tag, an dem uns alles missglückt, oder an dem wir irgendetwas anrichten, das uns später leid tut.

„Nun will ich dir erzählen, wie das Moor entstand, Erika", sagte plötzlich eine Frauenstimme hinter Dott, so nahe, dass die zusammenfuhr und sich umblickte. Da sah sie eine schöne, hochgewachsene Frau, die sich zu einem kleinen Mädchen niederbeugte. An ihre Seite trat ein Mann, der einen sechsjährigen Buben auf seinem Rücken reiten ließ.

„Das Bild unserer Heimat hat der liebe Gott gezeichnet", begann die Frau zu erzählen. „Und die Engel haben es mit Farben ausgemalt. Sie malten den Himmel der Mark leuchtend blau und die Wolken so weiß wie Schwäne. Sie malten den Sand gelb und die Kiefern dunkelgrün, und in die grünen Wiesen und Äcker und gelben Felder malten sie Dörfer mit bunten Häusern und roten Backsteinkirchen. Als sie aber froh über ihre Arbeit waren, da kam der Teufel und zog mit seinem Finger lange Rinnen durch das Bild. Da flossen dort schwarze Flüsse zwischen sumpfigen Ufern. Dann schmierte er mit seinem Finger hier- und dorthin, mitten zwischen die Wälder und Äcker und Hügel; das wurden die Moore. Siehst du, Erika, so sind die Sümpfe und Moore in unser Land hineingekommen", schloss sie ihre Erzählung.

Dott wagte sich nicht zu rühren, denn sie wusste, sobald sie sich bewegte, bewegten sich mit ihr alle Gräser und Blumen und die Zweige des Busches, unter dem sie lag, und verrieten ihre Spur. Sie blieb regungslos liegen und beobachtete scharf jede Bewegung der Menschen.

„Wir wollen uns doch ein wenig hier ans Moor setzen, das der Teufel uns Märkern angerührt haben soll“, sagte der Mann lächelnd, und nur wenige Schritte von Dott entfernt setzten sich alle auf den kleinen Abhang, der von der Straße zum Moor hinunterführte.

„Das sind Leute aus der Stadt“, dachte die kleine Dott, während sie ihre Kleidung musterte.

„Ich glaube, Anita, du wirst dem Moor nicht ganz gerecht, wenn du es den Kindern als ein Teufelswerk hinstellst“, fuhr der Mann lächelnd fort und nahm dabei den Rucksack ab.

„Oh, wenn du es besser weißt, dann erzählt du ihnen, wie das Moor in unser Land gekommen ist“, lachte auch die Frau. „Ich habe gehört, dass Sumpf und Moor vom Teufel geschaffen sind. Darum wimmert und schreit es auch aus seiner Tiefe wie von verirrten Seelen. Als Bauer Henning in unserem Dorf an der Havel sein Heu durch die sumpfige Gegend fuhr, hat er selbst gesehen, wie ein Lüchtemännchen hinter dem Dorf Lokrow über das Moor tanzte. Und weil die Nacht so dunkel war, dass er Angst bekam, er könnte den Weg verfehlen und in den Sumpf geraten, da bat er es, ihm zum trockenen Land zu leuchten. Als sie dann durch den Sumpf hindurch waren, sagte der Bauer: ‚Gott segne dich!‘ Da war das Lüchtemännchen verschwunden. Da siehst du, dass es eine ruhelose Seele war, die durch den Segen des Bauern befreit wurde.“

Die Eltern sprachen halb lachend und halb ernst, so wie die Leute von alten Sagen sprechen, die umgehen, und von denen sie wissen, dass hinter den ausgesprochenen Worten ein tieferer Sinn liegt. Die Kinder hörten mit großen Augen zu.

„Nun will ich euch etwas erzählen, was euch ebensoviel Spaß machen wird wie diese Sagen“, sagte der Mann.

„Es gab einmal eine Zeit vor vielen tausend Jahren, die wir die Eiszeit nennen. Da brachten die Gletscher riesige Mengen von Ton und Lehm und Sand und mächtige Steine aus dem Norden in unser Land“, begann er. „Da, wo der Gletscher Sand auf den Ton und den Lehm geschüttet hatte, konnte das Wasser nach dem Schmelzen des Eises im Sand versikkern. Es gab aber viele Stellen, wo die Schmelzwasser über weite Strecken von Ton und Lehm abfließen mussten. Da blieben in allen Vertiefungen und am Rand der Flüsse diese Schmelzwasser auf der undurchlässigen Tonschicht stehen, wie in flachen, riesigen Tonschüsseln.“

Er lächelte und fuhr fort. „So sah das Land nach der Eiszeit überall da aus, wo jetzt die Moore sind; es war nichts als stillstehendes Wasser zu sehen, das ganz ohne Leben war. Nun müsst ihr aber wissen, dass alles Leben aus dem Wasser kommt und durch das Wasser am Leben erhalten wird. Darum kann auch das Wasser nicht lange allein bleiben, ohne sogleich zu rufen, ob nicht irgendein Lebewesen kommen will, um in ihm zu wachsen und sich an ihm zu nähren. Und als der Ruf des Wassers ertönte, kamen von allen Seiten sogleich winzige Geschöpfe herbei. Die waren so klein, dass ihr sie gar nicht mit dem bloßen Auge erkennen könntet, und nach ihnen kamen die Algen, die auch winzig waren, aber nicht ganz so klein."

Der Mann riss aus seinem Notizbuch ein Stückchen Papier und sprang dann so unerwartet an Dott vorüber, dass sie nicht schnell genug ihr Bein fortziehen konnte. „Sonderbar", sagte der Mann und blickte sich um, „mir war gerade, als sei ich über etwas Weiches gestolpert – fast wie über ein Menschenbein!" – Als er aber niemanden sah, schüttelte er den Kopf und wandte sich dem Rand des Moores zu, wo eine schwarze Wasserlache zwischen den Moosbülten lag, den kleinen Hügeln im Moor. Dahinein tauchte er das Papier und zeigte es dann seiner Frau und den Kindern.

„Seht ihr, hier habe ich eine dieser Froschlaichalgen“, sagte er, „sieht sie nicht wunderbar zierlich aus? Von diesen winzigen Lebewesen ist nun das Wasser ganz voll, und wenn sie sterben, so sinken sie auf den Grund, und dadurch wächst langsam eine dicke Schicht von Schlamm im Wasser bis an die Oberfläche.

Das Wasser ist aber gar nicht so recht froh über dieses Leben, denn diese Pflänzchen täuschen nur eine feste Erdschicht vor und locken den Wanderer, darüber hinwegzuschreiten. Und beim ersten Schritt versinkt er in diesem Urschlamm bis auf den Grund wie in einer Suppe aus Schlamm. Darum ruft auch das Wasser von neuem nach Lebewesen. Und da kommt auch endlich ein Pflänzchen, bei dessen Anblick das Wasser froh wird.“

Und wieder sprang der Mann so plötzlich auf, dass Dott nicht schnell genug ausweichen konnte. Diesmal stolperte er über ihre beiden Beine, und als sie unwillkürlich die Füße an sich zog, schlug sie mit der Ferse gegen sein Schienbein. Aber sofort blieb sie regungslos sitzen. Sie meinte, es wäre doch furchtbar schade, wenn sie aus der Nähe dieser Menschen hätte fliehen müssen.

„Aber das ist doch wirklich sonderbar“, murmelte der Mann. „Wieder genau an derselben Stelle bin ich über etwas Weiches gestolpert, und dann war mir, als hätte mir jemand mit einem Knüppel gegen das Bein geschlagen! Das begreife ich nicht!“

Und wieder ging er kopfschüttelnd dem Moor zu. Nach kurzer Zeit kam er mit einem Büschel Moos in der Hand zurück. „Das ist der neue Ankömmling, den das Wasser so froh begrüßte“, sagte er.

„Das ist doch bloß Moos!“, rief der Junge enttäuscht.

„Ja, aber warte nur ab, was dieses Moos alles fertig bringt!“, fuhr der Vater fort. „Blättchen nach Blättchen formt es aus nichts als aus Sumpfwasser, Sonnenschein und Mondlicht. Es wächst und schwillt zu dicken Polstern, die wir Bülten nennen, und je mehr es nach oben wächst, um so tiefer senken sich seine abgestorbenen Stängelteile nach unten und befestigen langsam die Schlammschicht zwischen dem Moos und dem Tongrund. Ganz voll saugen sich diese Mooskissen mit dem Wasser des Moors, des Regens und des Taus. Und dann kommt ein Tag, da gibt das Moos den Ruf des Lebens weiter, den es vom Wasser übernommen hat: „Kommt, ihr Pflanzen des Moores, kommt, ich will euch nähren und pflegen!“ Da kommen sie alle auf diese weichen, wasserdurchtränkten Mooskissen heraufgestiegen: der Sonnentau, das Fettkraut, Seggen und Simsen, Binsen und Riedgräser wachsen in hohen Büscheln auf dem Moos, die Moosbeere und die Moorheide werden durch das Moos mit Speise und Trank versorgt, und ihre Knospen schützt das Moos im Winter vor Frost. Denn das Torfmoos ist wie eine Mutter für alle, und es freut sich über das Gedeihen all dieser verschiedenen angenommenen Kinder.

Und nun schaut einmal über das Moor vor euch! Da seht ihr Moosbülte neben Moosbülte liegen, und an manchen Stellen sind sie bereits zugewachsen, da, gerade vor euch, steht schon ein Birkenbäumchen, und links von euch haben sich zwei kleine Kiefern auf das Moos hinaufgewagt. Und überall wogt es gerade jetzt von Wollgras und da segelt gerade vor uns ein Wollgrasflöckchen über den blauen Himmel.“

„Meine Augen, die gehen wohl hin und wohl her,
auf dem schwarzen, weißflockigen Moor,
auf dem braunen, grün schäumenden Heidemeer,
und schweben zum Himmel empor“,

begann die junge Frau das Lied vom Moor zu singen.

„Zum Blauhimmel hin, wo die Wolken ziehn,
wie ein Wollgrasflöckchen, so leicht,
und mein Herz, es singt ein leises Lied,
das auf zum Himmel steigt.

Ein leises Lied, ein stilles Lied,
ein Lied, so leis und lind,
wie ein Wölkchen, das über die Bläue zieht,
wie ein Wollgrasflöckchen im Wind.“

„Ich kann gut verstehen, Kunz, dass die Niedersachsen so um dieses Land gekämpft haben“, sagte sie, als sie das Lied beendet hatte, „wenn einer ihrer Nachkommen Moor und Heide so geliebt hat, dass er dieses Lied dichten konnte.“

Der Mann betrachtete seine Frau mit lächelnden Augen, während sie dieses schöne Lied sang, das Hermann Löns gedichtet hatte. Dann fuhr er in seiner Erzählung fort.

„Aber damit war die Aufgabe des Moores nicht beendet. Denn es hatte sich große Dinge vorgenommen! Als das Moor mit seiner Oberfläche immer höher über das Wasser emporwuchs und unten in seinen alten Teilen in Hunderten von Jahren abstarb, da gab es dem Wasser sich selbst als das kostbarste Geschenk in seinen abgestorbenen Pflanzenteilen zurück. Die zerfielen nun in schwarzbraunen, lockeren Schlamm, der zuletzt tiefschwarz und fest zusammengepresst wird. Dann nennen wir diesen Schlamm Torf. Ihr wisst, dass wir Torf trocknen und verbrennen können; wir können ihn auch als Streu für unsere Tiere nehmen, und zuletzt düngen wir unser Land damit.

Aber nun kann etwas ganz Wunderbares geschehen, etwas, was ihr euch sicher niemals träumen lassen würdet: Das Moos kann uns Licht und Feuer und Gas und Kraft schenken! Denn wenn der Torf nicht ausgehoben wird, wächst das Moor langsam zu einer Wiese zusammen, und wenn sich eine Erdschicht über die andere legt, und ein Jahrtausend nach dem anderen vergeht, dann wird die Torfschicht unter der Wiese und unter all den schweren Schichten von Erde zu Braunkohle zusammengepresst, und wieder nach Jahrtausenden wird aus der Braunkohle die schwarze harte Steinkohle.

Und das wisst ihr ja, dass uns die Steinkohle Feuer und Licht, Gas und Kraft und viele wunderschöne Farben schenkt, und nun werdet ihr sicher selber sagen, dass dieses Moor kein Teufelswerk ist, sondern dass uns das Wasser und das Moos das Allerwichtigste geben, was wir zum Leben brauchen."

„Oh, darum kann die Sage doch auch recht haben", sagte lächelnd die Frau. „Der liebe Gott kann eben auch das Werk des Teufels in Licht und Kraft und Wärme verwandeln! Es ist eben nur ein dummer, armer Teufel, der es nie fertig bringt, etwas ganz und gar Schlechtes zu machen."

Der Mann nickte, während er seine Frau wieder ansah.

„Aber nun muss ich euch noch etwas vom Moor erzählen", fuhr die Frau fort. „Als Vater Gnilica, der Schäfer, einmal mit seiner Herde im Westhavelland am Rand des krummen Fenns weidete, sah er von einem Moment auf den anderen ein Pflugrad mit gewaltigen glühenden Augen aus dem moorigen Boden hervorkommen. Das rollte auf ihn zu und begann mit lauter Stimme zu singen:

‚Wie schön leuchtet der Morgenstern
voll Gnad und Wahrheit vor dem Herrn.‘

Ich kann mir vorstellen, wie erstaunt der Schäfer war, aber er zog die Kappe und hörte andächtig zu. Im selben Augenblick kam eine Kutsche mit vier Schimmeln ohne Köpfe dahergefahren, darin saß der alte Edelmann vom schwarzen Berg. Der raste an ihm vorbei über das Moor gen Westen, wo die Kutsche in der Tiefe versank. Das Pflugrad, das ruhig zu Ende gesungen hatte, verschwand gleichfalls vor den Augen des Schäfers, und er hat es niemals wieder gesehen.

Er sagte mir selbst, dass er nun immer daran denken muss, wie der Herr der schwarzen Berge in die Tiefe versank und wie sich aus dem Dunkel des Moores das glühende Rad erhob, um ein Loblied auf Gott, den Herrn, zu singen.“

Die schwarzen Flüsse

Nun hätte ja Dott eigentlich froh sein müssen, dass sie so lange in der Nähe von Menschen sein durfte. Aber gerade das Gegenteil war eingetreten. Während sie die beiden großen und die beiden kleinen Gestalten in der Ferne verschwinden sah, brach die ganze Traurigkeit wieder über sie herein, und sie weinte bitterlich. Sie konnte sich selber nicht erklären, was so urplötzlich über sie gekommen war.

Als am Morgen die Sonne strahlend über dem See von Mellen aufgegangen war, hatte sie noch geglaubt, dass ihr Leben leicht und schön sei. Als sie aber dann auf ihrem Weg nach den schwarzen Flüssen in der Ferne ihr Heimatdorf liegen sah, da hatte es angefangen. Ihr war, als zöge es sie mit aller Gewalt zum Elternhaus. In dieser Stunde erst war es ihr bewusst geworden, was es bedeutete, dass sie weit weg von den Menschen leben musste, und da war ihr, als wenn ihr Leben überhaupt keinen Sinn mehr hätte. Sie musste allein durch die Welt irren, wer weiß, wohin, wer weiß, wie lange, und war doch nur ein kleines Mädchen, das nicht einmal so richtig wusste, wovon es sich ernähren sollte.

Und wie sie so weiter wanderte, wurden ihr die Füße schwer wie Blei. Sie sehnte sich danach, die Schuhe nur ein einziges Mal auszuziehen und die müden Füße in warmem Wasser zu baden. Niemand kümmerte sich um ihr Aussehen und um ihre Kleider, die schmutzig waren. Niemand beugte sich zur Guten Nacht über sie, und niemand weckte sie am Morgen. Sie wünschte, dass sie sich nur einmal wieder wie andere Kinder auskleiden könnte und in einem wirklichen Bett schlafen dürfte, statt sich in einem Pferdestall oder in einem Heuhaufen zu verkriechen. Je weiter sie ging, umso hoffnungsloser wurde ihr zumute, bis sie am Ufer der Löcknitz so weit war, dass sie alle Pläne und jedes weitere Suchen aufgeben wollte.

Finster blickte sie vor sich hin. Ein Birkhuhn streifte an ihr vorüber, aber sie dachte gar nicht daran, es anzureden. Jetzt, wo sie sich klarmachte, dass zwischen ihr und den Menschen eine unüberbrückbare Kluft bestand, war es ihr geradezu zuwieder, Freunde unter den Tieren zu suchen. Sie konnte sich selbst nicht erklären, warum sie seit dem Anblick ihres Heimatdorfs so verändert war.

Und wie sie so still und stumm dasaß, hörte sie starke Flügelschläge neben sich, und auf einmal stand Gurian, der Fischreiher, neben ihr. Er blickte sie prüfend an, und es kam Dott so vor, als hätte er ihre Stimmung bemerkt. Aber das war ihr gerade besonders unangenehm, und sie wandte ihr verweintes und verdüstertes Gesicht ab.

„Ich habe dich aus der Höhe gesehen", sagte der Reiher. „Hast du Erfolg in deiner Suche gehabt?"

„Ich habe gar nicht erst angefangen zu suchen", meinte die kleine Dott unfreundlich. „Du kannst dir vorstellen, dass ich nicht alle Flüsse ablaufen kann."

„Würdest du mir wohl sagen, was Glinka dir über Frau Harke mitgeteilt hat?", fragte Gurian.

„Oh, warum nicht?", erwiderte Dott. „Sie hat gesagt, Frau Harke sei weitergezogen zu den schwarzen Flüssen. – Sie hätte ebenso gut sagen können, dass ich in der ganzen Prignitz nach ihr suchen soll."

„Du kannst ruhig auf der großen Straße weiter nach Osten wandern", meinte der Reiher, nachdem er sie mit langem Blick betrachtet hatte. „Ich werde die Löcknitz auf und ab fliegen und dir Bescheid bringen."

„Du brauchst dir gar nicht so viel Mühe zu geben", sagte Dott. „Ich mache mir gar nichts mehr daraus, Frau Harke aufzufinden." Als sie aber den Kopf wandte, um zu erkennen, wie ihre Worte auf Gurian gewirkt hatten, war der Reiher längst davongeflogen.

„Ich kann ebenso gut auch weitergehen", dachte Dott verdrossen und ging auf die große Straße zurück, die über Karstädt nach Perleberg führte. Denn sie befand sich nun in dem Teile der Prignitz, wo Dorf an Dorf in fruchtbarem Ackerland lag, das nur durch die Flüsse und ihre schwarzen Sumpfufer unterbrochen wurde. Sie hatte gerade das Dorf Karstädt hinter sich, als der Reiher mit klingendem Flügelschlag herangesaust kam und sich neben ihr niederließ.

„Ich habe die ganze Löcknitz überflogen, von der Grenze zu Mecklenburg bis zur Mündung in die Elbe", sagte er. „Ich habe die Vögel der Moore und Brüche und die Vögel der Wälder und Gärten befragt – niemand hat Frau Harke seit der Nacht der Sonnenwende gesehen."

„Diese Antwort wirst du wohl immer erhalten", meinte Dott gereizt. „Etwas anderes wissen die Vögel wohl nicht zu sagen. So werden wir durch das ganze Land ziehen, und inzwischen kann ich verhungern."

Das Mädchen fühlte inzwischen durchaus, dass sie nun im Begriff war, schlecht und böse zu werden. Aber es war ihr, als wenn sie von einer dunklen Macht fortgerissen würde, gerade den zu kränken, der ihr helfen wollte. Der Reiher blickte Dott wieder lange und prüfend an. „Du kannst ruhig auf der großen Straße nach Osten weiterwandern“, sagte er. „Ich werde nun die Karthane, den Nebenfluss der Stepenitz, überfliegen und dann zurückkehren. Die Stepenitz brauche ich nicht abzusuchen, die ist kein schwarzer Fluss.“

Fischmahlzeit

Die kleine Dott war mit ihren müden Füßen erst bis zum zweiten Dorf hinter Karstädt gekommen, als sich der Reiher zum dritten Mal neben ihr niederließ und einen Karpfen neben sie legte.

„Ich bin die Karthane entlanggeflogen, von ihren Quellen im Dannewalder Bruch bis zu ihrer Mündung in die Stepenitz bei Wittenberge. Ich habe die unzähligen Vogelscharen im Torfluch bei Döllen befragt, ich bin zu der Plattenburg im Sumpf geflogen und habe mich bei den Nachtigallen und Amseln in den Jasminbüschen erkundigt. Ich habe mit den Schwalben bei der Wassermühle bei Wilsnack gesprochen und mit allen Wasservögeln am Garsedower See. Sie wussten alle nichts anderes, als dass Frau Harke wohl in der Nacht der Sonnenwende bei ihnen war, aber nach Osten zu den schwarzen Flüssen weitergezogen sei.“

„Ich kann den Fisch doch nicht auf offener Straße braten“, sagte Dott schlechtgelaunt, „hier in den Feldern kann ja jeder das Feuer sehen.“

„Du brauchst nur ein wenig weiter zu gehen, so kommst du in ein kleines Gehölz. Aber hüte dich, dass du mit der roten Blume nicht den Wald verbrennst“, erwiderte ruhig der Reiher. „Ich werde indessen die Dosse und Jägelitz und ihre Nebenflüsse überfliegen.“

Dott schleppte sich schlecht gelaunt und hungrig bis zu einem Wäldchen, das links von der großen Straße lag. In einem einsamen Seitenpfad trug sie dürren Reisig und Kiefernzapfen zusammen und legte die mitten auf dem Weg. Sie bohrte, so gut es ging, mit ihrem Messer der Länge nach einen Kanal durch den Fisch und schob einen kräftigen, langen Ast hindurch, den sie zuvor abgeschält hatte. Sie wollte den Fisch über der Flamme rösten, er war aber so schwer, dass ihr die Arme schon durch das Heben bei der Vorbereitung weh taten.

Darum stemmte sie zwei dicke, gegabelte Äste in den Boden zu beiden Seiten des Reisighaufens und legte den Bratspieß mit dem Fisch quer darüber. Und ohne dass sie es wusste, hatte sie sich damit eine Vorrichtung zum Braten geschaffen, die genau so war, wie ihre Vorfahren sie auf demselben Fleckchen Erde vor einigen Tausenden von Jahren benutzt hatten.

Bei diesen Vorbereitungen hatte sie ihren Kummer vergessen, all ihre Gedanken waren nur mit ihrer Arbeit beschäftigt und mit der freudigen Aussicht auf ein leckeres Fischgericht. Und als sie mit ihren Streichhölzern den Reisighaufen zum Brennen gebracht hatte und das brennende Holz lustig knisterte und sprühte, und als sie den Fisch langsam über den Flammen drehte, so dass er sich von allen Seiten gleichmäßig goldigbraun zu färben begann und ein verführerischer Duft aufstieg, da begannen auch Fröhlichkeit und Mut zu ihr zurückzukehren.

Gerade wollte sie mit einem spitzen Zweiglein in den Fisch hineinstechen, um zu prüfen, ob er gar sei, da sah sie etwas, das sie starr und bewegungslos machte. Wenige Schritte vor ihr, zwischen den Kiefern am Weg, stand ein Förster und blickte finster auf das Feuerchen auf dem Weg und auf den Fisch darüber.

„Das ist doch der Gipfelpunkt des Leichtsinns!", sagte er. „Ein Feuer im Wald anzuzünden und dann einfach wegzulaufen, damit es allein weiter brennt und inzwischen den ganzen Wald ansteckt!" Er packte den Hund, der mit lefzenden Lippen vorwärts drängte, fest an der Leine. „Aber warte nur", fuhr der Förster fort, „weit kannst du ja nicht sein, du wirst ja deinen Fisch nicht verbrennen lassen!" Und er blieb regungslos zwischen den Zweigen der Kiefern stehen.

Dott hatte sich von dem ersten Schrecken erholt und begann nachzudenken. Es war ein großes Glück für sie, dass sie gelernt hatte, bei jeder Begegnung mit einem Menschen sofort zu erstarren, so wie das Tier des Waldes in der Gegenwart eines Feindes.

Keine Bewegung verriet ihre Gegenwart. Aber sie wusste, dass sie noch nie in so großer Gefahr war! Denn dieser Mann in den Büschen hatte schärfere Augen als ein gewöhnlicher Mensch, und er hielt einen

Hund an der Leine, der nur darauf wartete, dass er sich auf sie stürzen durfte. Aber Dott verhielt sich so regungslos, dass ihre Glieder zu schmerzen begannen und in kurzer Zeit wie abgestorben waren.

So standen sich beide lange gegenüber, nur die Augen Dotts bewegten sich. Sie wanderten zwischen dem Mann und dem Feuer hin und her, und mit Schrecken beobachtete Dott, wie der Fisch auf der einen Seite langsam zu verkohlen begann. Je länger dieser stille Kampf dauerte und je schwärzer der Fisch wurde, umso trauriger wurde die kleine Dott und umso mehr rollten ihr Tränen über das Gesicht. Schließlich glaubte sie, dass sie wohl in Ewigkeit hier sitzen musste, denn keiner gab nach.

Da sah sie plötzlich hoch oben in der Luft den Reiher kreisen.

Niemals hatte sie geglaubt, dass sie ihn mit solchem Entzücken begrüßen würde. „Ach, wenn er mich doch nur sehen könnte!“, dachte sie.

Aber da fiel ihr ein, dass Reiher vom Menschen verfolgt werden und schussfrei waren, wo immer sie flogen. Sie dachte an die Treue des edlen Vogels, an sein Nest voller Jungen. In wenigen Augenblicken wurde ihr klar, was Gurian an diesem Tag für sie getan hatte. Er, der schon durch die Fütterung seiner Jungen übermüdet war und während seiner Abwesenheit vom Nest in ständiger Sorge um die Kleinen leben musste, war nun schon seit Stunden für sie unterwegs, so dass sein Weibchen alle Arbeit allein machen musste. – Er, der zu stolz war, mit Glinka, dem Teichhuhn, Rat zu pflegen, hatte um ihretwillen alle großen und kleinen Vögel der Moore und Gärten befragt, während sie nur böse und verdrießliche Worte für ihn hatte.

„Nein“, dachte Dott errötend, als sie an die stolze Dankbarkeit des Vogels dachte, „Gurian darf nicht durch mich in Gefahr kommen. Es muss nun gehen, wie es will.“ Und sie winkte dem Reiher mit beiden Armen zu, fortzufliegen. Es war auch, als habe der Vogel sie verstanden, denn blitzschnell flog er davon.

Sekunden später aber kam er in sausender Fahrt herabgeschossen und flog dicht am Förster vorüber. Der riss die Flinte an die Backe, bevor er aber losdrücken konnte, war der Reiher spurlos verschwunden. Und als der Förster seine Blicke wieder ärgerlich dem Feuer zuwandte, da war der Fisch ebenso spurlos verschwunden wie der Vogel.

„Das ist ja sonderbar“, dachte der Förster verdutzt. „Wer kann denn nur den Fisch in solcher Geschwindigkeit vor meiner Nase weggeholt haben!“ Er schaute in Verdacht auf seinen Hund, der winselnd vor Ungeduld zu ihm aufsah und auf den Befehl zum Losjagen wartete. Der Förster aber hielt ihn dicht an seiner Seite, zertrat das Feuer und ging in tiefen Gedanken nach Hause zurück.

Am Grabenrand der Landstraße aber saß ein kleines Mädchen, das abwechselnd mit großem Appetit einen gerösteten Fisch verzehrte und einen Reiher, der neben ihr im Weidengebüsch lag, um Verzeihung bat und ihm für die Rettung dankte. Es war wieder ein gutes, kleines Mädchen, und es war still und froh in ihrer Seele.

„Du hast mich noch nicht gefragt, was ich auf diesem Flug erfahren habe", sagte der Reiher, der sie freudig betrachtete.

„Ach", meinte Dott, „es ist ja nun alles gut, und ich will auch geduldig weitersuchen, selbst wenn diese schwarzen Flüsse überhaupt kein Ende nehmen sollten."

„Ich habe die Dosse überflogen und alle ihre moorigen Nebenflüsse", begann der Reiher seine Erzählung. „Wo ich auch fragte, alle Vögel des Wassers und der Luft wussten nichts anderes zu sagen, als dass Frau Harke in der Nacht der Sonnenwende bei ihnen gewesen ist. Und als ich an die Quelle der Dosse kam, da, wo gleich hinter der Grenze von Mecklenburg das Sumpfland der ‚faulen Pforte' liegt, erfuhr ich von einem Rotschenkel, dass Frau Harke zum schwarzen Rhin und seinen Luchen gezogen sei. Da ich wusste, dass du mit dem Essen zu tun hattest – ihr Menschen braucht ja viel Zeit für eine Mahlzeit – überflog ich in aller Eile den Rhin, den Stimmen folgend, die aus dem Rhinluch und Kremmener Luch zu mir drangen. So erreichte ich das Havelländische Luch, das in dem heißem Dunst zwischen Havel und Dosse liegt. Aber auch hier in all diesen Sümpfen und Luchen und Mooren hatte niemand Frau Harke gesehen.

Nun erhob ich mich hoch über das Land, um vor dem Abstieg der Sonne noch einmal nach allen Richtungen auszuschauen. Und nun sah ich, wie von allen Seiten die Tiere der Mark, Hirsche und Rehe und Wildschweine und Hasen, alle einzeln und auf heimlicher Fährte, in die Richtung zogen, die zum Frauharkenberge führt.

Da wusste ich, dass Frau Harke zum Gericht der Hundert Jahre gerufen hat, denn zu den Tieren des Waldes gelangt ihr Ruf zuerst, weil deren Weg der längste und gefährlichste ist. Ich erkannte aber an ihrem Weg, dass dieses Mal das Gericht in der Höhle der Frau Harke im Harkenberge abgehalten wird. Denn du musst wissen, Menschenkind, dass Frau Harke alle hundert Jahre die Tiere der Erde und der Luft aus ihrem Reich vor ihrem Hochsitz versammelt. Darum mach dich eilig auf den Weg, damit du ihre Höhle erreichst, bevor die Sonne sich zum dritten Mal erhoben hat; denn am Abend jenes Tages wird das große Thing der Hundert Jahre beendet sein."

„Wenn Frau Harke das Gericht im Harkenberg abhalten wird, dann muss auch Uff dort in der Nähe sein", überlegte Dott angestrengt und stützte den Kopf in beide Hände. „Das hat mir Marko, der Specht erzählt. Ich muss nun zuerst Uff suchen, bevor ich zum Gericht gehe, damit Buhuho für mich spricht."

Sie war sehr besorgt, weil sie nun den Rat des Storches nicht mehr befolgen konnte. Jetzt war es zu spät für sie, Frau Harke noch vor dem Gericht um ihre Hilfe zu bitten. Es würde gewiss schon schwer genug sein, auch nur Uff aus ihrer Not zu erlösen und die Fürsprache Buhuhos zu gewinnen!

„Kannst du mir denn sagen, wo ich Uff in der Nähe des Frauharkenberges suchen soll und was mit ihr geschehen ist?", fragte sie den Reiher schüchtern, denn sie wusste ja, dass es den Vögeln aus irgendeinem unbegreiflichen Grund verboten war, über Uff zu sprechen. Als sie sich aber voller Erwartung umwandte, sah sie, dass der Reiher sich in die Luft erhob und mit weit gespannten Flügeln davonsegelte, als habe er ihre Frage überhaupt nicht gehört. –

Auf einem Kiefernzweig über ihr jedoch hockte, von niemandem bemerkt, eine struppige alte Krähe, die mit schief geneigtem Kopf gedankenvoll aus den Winkeln ihrer scharfen, schwarzen Augen zu ihr niedersah.

Dieser struppige alte Krähenvogel aber, der heimlich ihr Gespräch belauscht hatte, war Cornix, der Knese, der Fürst der Nebelkrähen.

Der Wettstreit

Die alte und die neue Stadt

Es war einmal, dass an den Ufern ein und desselben Flusses zwei Städte erbaut wurden. Die stritten durch viele Jahrhunderte hindurch leidenschaftlich miteinander darum, welche von ihnen die größte und mächtigste sei, – Perleberg oder Wittenberge!

Nun waren aber beide in gleicher Weise entstanden. Beide wurden an den Ufern der Stepenitz errichtet, zur Zeit der großen germanischen Rückwanderung aus dem Reich unter Albrecht dem Bären. Beide wurden unter den Schutz des Adelsgeschlechts der Edlen von Putlitz gestellt, die zusammen mit vielen Bauern und Bürgern aus dem altsächsischem Gebiet in die Prignitz eingewandert waren. In beiden Städten erbaute sich Ritter Johann Gans von Putlitz eine Burg und ließ sich für seine Schirmherrschaft von den Bürgern Treue und Gehorsam versprechen. Die beiden Städte hätten daher auch in der ganz gleichen Weise wachsen können, wenn sich die Bürger in Perleberg nicht zu einem anderen Weg entschlossen hätten als die von Wittenberge.

„Sind wir etwa so schwach, dass wir eines Schutzes der Ritter bedürfen?“, fragten die Perleberger. „Wir verzichten auf die Schutzherrschaft des Adels und schützen uns selber!“ So machten sie ihre Stadt zu einer freien Handelsstadt, und wirklich! – von diesem Tag an war es, als sollten sie in allem Erfolg haben, und zuletzt wurden sie so reich und angesehen, dass keine Stadt in der Mark mächtiger war als die ihre.

Die große Handelsstraße Berlin–Hamburg führte mitten durch Perleberg, und so wurde die Mark Brandenburg durch die Handelsbeziehungen der reichen Kaufmannsfamilien von Perleberg mit der Ostsee verbunden. Sogar ein eigenes Landgericht erhielt die Stadt; und der steinerne Roland, das Sinnbild der Stadtrechte, durfte zum Zeichen der Gerichtsbarkeit auf ihrem Marktplatz stehen.

Damit aber begannen mörderische Kämpfe zwischen Perleberg und dem mächtigen Adel. Und innerhalb der Stadtmauern lagen die Ratsherren mit den Gilden, den Vertretern der Handwerker in Streit, denn seit die Ritter nicht mehr über beiden standen, wollten sich die Handwerker nicht mehr der Herrschaft der Handelsfamilien unterwerfen.

Die Bürger von Wittenberge hatten all diese Vorgänge schweigend beobachtet. Mit dem Rücken gegen die Burg des Ritters gelehnt, mit dem sie ein Bündnis zu Schutz und Trutz geschlossen hatte, legte die Stadt in aller Stille ihre Straßen so an, dass der ganze Handel zwischen Perleberg und der Altmark im Süden durch Wittenberge hindurch geleitet wurde. Damit wuchs auch Wittenberge neben Perleberg zu einer großen Handelsstadt heran.

Eine der wichtigsten Verbindungswege für diesen Handel war die Stepenitz, die damals noch viel tiefer und wasserreicher war als heute und durch deren Schleusen die Schiffe fahren konnten. Die Schiffe der Wittenbergen Kaufleute fuhren flussaufwärts auf der Stepenitz bis zum Hafen von Perleberg, der am Schiffgraben lag, und legten bei den steinernen Schwibbögen an. Sie wurden mit den kostbaren Handelsgütern beladen, die die Perleberger Händler von der Ostsee gebracht hatten. Danach fuhren die Schiffe hoch beladen flussabwärts wieder nach Wittenberge zurück. Von Wittenberge aus wurden die Waren dann über die Elbe in den Osten und den Süden des Reichs weitergeleitet.

Nun dachten aber die Bürger von Perleberg darüber nach, wie sie ihre Einnahmen noch vermehren könnten, und eines Tages hatten sie etwas Neues gefunden! „Haben wir nicht die Stepenitzmühlen an den Schleusen?“, fragten sie. „Wir werden die Mühlen verkaufen, dann haben wir das Geld und sparen uns die Arbeit, sie in Gang zu halten!" So verkauften sie die Mühlen an der Stepenitz, und es schien zunächst, als wenn sie einen recht guten Tausch gemacht hätten.

Denn ohne eigene Anstrengung floss nun ein neuer reicher Geldstrom in die Kasse der Stadt. Nach kurzer Zeit aber stellte sich heraus, dass die neuen Besitzer der Stepenitzmühlen keine Lust hatten, die Schleusen auf Befehl der Stadt hin zu öffnen und zu schließen, um die Schiffe hindurchzulassen. Die Ratsherren merkten zu spät, dass sie mit den Mühlen auch die Herrschaft über die Stepenitz verloren hatten. Dahin war die Bedeutung des Flusses als Handelsstraße zwischen Perleberg und Wittenberge!

Die Wittenberger hatten wieder in aller Stille beobachtet, wie sich die Geschehnisse entwickelten. „Der Handel mit der Ostsee hat ja doch nicht mehr die Bedeutung von einst", sagten die Kaufleute von Wittenberge zueinander. „Der Nordsee gehört die Zukunft, und wir haben den Strom der Nordsee!" Und sie bauten eilig den Hafen an der Elbe aus und wurden reich durch den Zoll der Schiffer.

Und Wittenberge wuchs neben Perleberg, so dass es dessen Bedeutung fast erreichte! Denn nun war die Zeit gekommen, dass kühne Schiffsreisen über den Ozean gemacht wurden. So wurde Amerika entdeckt, auch der Handelsweg nach Indien über das große Meer. Damit wurde die Elbe die wichtigste Handelsstraße, um die Güter von der Nordsee weiter nach Osten und in das Innere des Landes zu tragen.

Bald darauf kam die Zeit der großen Erfindungen. Damals wurde auch die Dampfmaschine erfunden, und die Städte wurden aufgefordert, für den Bau der Eisenbahn unentgeltlich Land zur Verfügung zu stellen.

Seht – da geschah etwas Unbegreifliches, das im Wettstreit der beiden Städte den Ausschlag geben sollte! Perleberg, die Hauptstadt der Prignitz, die mächtige freie Handelsstadt, die beinahe Hansestadt geworden wäre, weigerte sich, das Land für den Bau der Eisenbahn kostenlos abzugeben! „Ja, wie kommen denn wir dazu, Land für diese neue Erfindung zu verschenken?", fragten sich die Ratsherren der Stadt. „Soll das doch erst einmal woanders versucht werden!"

Und wieder beobachteten die Wittenberger schweigend das Verhalten der Perleberger, und eines Tages boten sie der Regierung unentgeltlich Land zum Bau der Eisenbahn an.

So geschah es, dass sich Wittenberge den Anschluss an die Fernbahn Berlin–Hamburg sicherte und die Eisenbahnverbindung nach Magdeburg ausbaute und zu einem der wichtigsten Eisenbahnknotenpunkte der Mark wurde, während Perleberg nur durch eine Seitenstrecke mit Wittenberge verbunden wurde. Dahin war die Bedeutung der stolzen Stadt, denn die einst so mächtige Hauptstadt der Prignitz lag nun außerhalb der Hauptverkehrsstrecke des Landes.

Wittenberge aber wuchs! Es wurde zu einer Stadt mit rauchenden Fabrikschloten und einem belebten Handelshafen, durchjagt von den D-Zügen von Ost nach West und von Nord nach Süd. Es wurde doppelt so groß wie Perleberg und zur anerkannten Hauptstadt der Prignitz.

Aber, wie es nun auch gehen mochte, die Perleberger wollten sich nicht geschlagen geben! „Ei, wäre es denn wirklich so gut, wenn diese in Grün gebettete, schöne alte Stadt mit ihren Holzschnitzereien an den Bürgerhäusern und ihren Jahrhunderte alten Kirchen und Handelshäusern von Fabriken umstellt und von Rauchwolken überzogen wäre? Wenn Schiffssirenen und Industrielärm und das Pfeifen und Rasseln der D-Züge durch die Straßen dröhnten? Ist nicht Wittenberge schön durch seine Arbeit und Perleberg schön durch sein mittelalterliches Aussehen und seine verträumte Ruhe?“

So sprachen sie. Und seht, sie hatten recht.

Die Nacht der Holzfiguren

An dem Abend des Tages, an dem die kleine Dott vom Rambower See bis nach Perleberg gewandert war, begann es zu regnen. Bald stürzte ein derart heftiger Regenschauer herab, so dass das Mädchen sich besorgt nach einer Unterkunft umsah. Zum Glück hatte sie die Stadt bereits erreicht, und sie fasste den Entschluss, in dieser Nacht Zuflucht bei den Menschen zu suchen. Und ohne lange zu überlegen, folgte sie bei der ersten Gelegenheit einer Frau in ein Haus.

Dieses Haus war eines der alten schönen Bürgerhäuser am Marktplatz in Perleberg. Die Treppe wand sich in großem Schwung wuchtig um das geräumige Treppenhaus, das mit breiten Steinfliesen gepflastert war. Die kleine Dott stieg auf Zehenspitzen hinter der Frau die Stufen hinauf und schlüpfte kurz entschlossen an ihr vorbei in die Wohnung und durch eine offen stehende Tür in eine Stube hinein.

Diese Stube aber war recht wunderlich ausgestattet! Uralte Schränke und Truhen standen an den Wänden und geschnitzte Balken und Figuren lehnten neben einem alten Ofen, der auf hohen Füßen in der Ecke stand. Hier, zwischen all den alten Sachen, verbarg sich Dott in einem Alkoven am Fenster in einem alten Sessel neben einer hohen Standuhr und wartete, bis die Stimmen der Menschen in den Nebenräumen verstummen und die Bewohner zur Ruhe gehen würden.

Sie hatte die Arme um die hochgezogenen Knie geschlungen und grübelte von neuem darüber nach, wie sie Frau Harke im Harkenberge gegenübertreten sollte, wenn es ihr nicht gelingen würde, die Unterstützung von Buhuho zu erlangen. Nur drei Tage blieben ihr noch, und sie hatte keine Ahnung, wie sie Uff aus einer Not befreien sollte, von der sie nicht einmal wusste, was die war. Was war das denn nur für ein Geheimnis um Uff, das Marko, der Specht, nicht brechen durfte und von dem selbst Gurian, der Reiher, nicht sprechen wollte? „Wenn ich wenigstens heute noch bis zum Havelberger Forst gekommen wäre, statt hier in diesem langweiligen Perleberg zu sitzen!", seufzte sie.

Endlich war es still im Haus geworden. Die Stube war von Dunkelheit erfüllt; nur ein breiter Lichtstreifen fiel von einer Laterne vor dem Fenster in einem Viereck auf die niedrige weiße Stubendecke und auf die gegenüberliegende Wand. Die kleine Dott erkannte in dem Lichtschein das Bild eines Mannes in altmodischer Kleidung. Er trug einen braunen Rock mit Samtaufschlägen, wie ihn heutzutage keiner mehr trägt, einen weißen, hohen Kragen und ein breites, schwarzes Halstuch. Das Mädchen fürchtete sich ein wenig inmitten dieser alten, fremdartigen Gegenstände, die hier wie in einem Museum aufgestellt waren, und sie beschloss, wach zu bleiben.

Sie blickte fest auf das Bild des Mannes an der Wand, der ebenso fest aus seinem goldenen Rahmen auf sie herabschaute. Aber ohne dass sie es merkte, fielen ihr die Augen zu, und sie versank in tiefen Schlaf.

Plötzlich schreckte sie auf, als die Uhr neben ihr mit tiefen, rasselnden Schlägen die zwölfte Stunde schlug. Sie rieb sich die Augen und blickte umher. Der Regen hatte aufgehört, der Mond füllte das Zimmer mit blauem Licht, und die Türen zum Flur und zum Treppenhaus standen weit geöffnet. Dott fühlte sich nun gar nicht mehr müde. Sie hatte auch nicht die geringste Furcht mehr. Neugierig schlich sie durch das Zimmer und die Treppe hinunter und trat vor das Haus. Die Luft war vollkommen klar, und der Mond und die Sterne leuchteten so hell, dass sie alles deutlich erkennen konnte.

Vom Mondlicht blau übergossen, stand der steinerne Roland auf seinem Sockel vor dem Rathaus. Das Schwert hielt er in der rechten Hand, die linke stützte er auf seinen Schild. So stand er ruhig und blickte vor sich hin, wie er seit vielen Hunderten von Jahren vor sich hingeblickt hatte.

Die kleine Dott ging über den weiten, menschenleeren Platz. Wie sie aber so eilig über die runden Pflastersteine schritt, hörte sie neben sich ein Trappeln wie von kleinen hölzernen Schuhen. Und als sie sich umsah, erblickte sie drei alte Heiligenfiguren, die nicht einmal so groß waren wie sie selbst. Sie gingen schnell neben ihr her mit ihren kleinen hölzernen Füßen. Der Weg über die runden Steine musste für sie schrecklich beschwerlich sein. Die Heiligenfigur in der Mitte stellte die heilige Maria dar, das konnte Dott gleich erkennen. In ihren steifen Armen hielt sie das Jesusknäblein; auf ihrem wallenden hölzernen Haar trug sie eine goldene Krone, und ihre blauen Augen blickten freundlich aus dem runden Gesicht.

„Ich hoffe nur, dass alle kommen werden", sagte die zweite Figur, wel-

che die heilige Hedwig darstellte, die große Herzogin von Schlesien, die Mutter und Wohltäterin der Polen und der Deutschen, die zum Andenken an ihre Kirchenbauten in der Mark mit einem Kelch und einer kleinen Kirche in der linken Hand abgebildet war.

„Irgendwer hätte uns früher Bescheid geben müssen“, sagte die dritte Figur, St. Georg, der große Krieger und Märtyrer. Er trug eine Feldherrnschärpe über der Rüstung und einen wallenden Mantel. Mit beiden Händen hielt er ein Kreuz, das am Ende wie ein Speer zugespitzt war. Er war beim Gehen stark behindert, weil der von ihm getötete Drache der Finsternis um sein Bein geschlungen war.

So schritten sie neben der kleinen Dott dahin. Und von allen Seiten kam ein eiliges Trippeln und Trappeln näher, und immer neue Gestalten schlossen sich ihnen an. Eine Schar von hölzernen Buchstaben lief über das Pflaster, ein eiserner kleiner Mann aus einer Wetterfahne rannte neben ihnen her, in Kittel und Hut, das Abzeichen eines Schlossermeisters in der Hand. Und über ihnen flog knarrend der rote Adler – das Symbol der Mark – aus einem Wirtshausschild.

Die kleine Dott lief immer schneller, um aus dieser sonderbaren Gesellschaft herauszukommen; aber die Gestalten eilten trappelnd und keuchend neben ihr her, bis sie alle dahin kamen, wo der steinerne Roland auf seinem Sockel stand. Sobald aber die kleine Dott mit allen Figuren vor ihm angekommen war, stieg die mächtige steinerne Gestalt mit einem dröhnenden Schritt vom Sockel herab und setzte sich auf denselben wie auf einen Richterstuhl.

Sein Schwert hielt er noch immer in der Hand, denn er hatte keine Scheide, es hineinzustecken. Seinen steinernen Schild mit dem märkischen Adler darauf lehnte er an den Sockel. Er ließ seine Augen unter der vorgeschobenen steinernen Stirn forschend über die Versammelten wandern; dabei musste er aber den ganzen Körper herumdrehen, da er sich nicht in den Gelenken bewegen konnte.

Sobald er Platz genommen hatte, stellten sich alle in einem dichten Kreis um ihn auf. Die hölzernen Buchstaben richteten sich in zwei Reihen aus, so dass das Mädchen sie lesen konnte:

TRU DET IS EN SELTZEN GAST
WER DEN HET DE HELT EM FAST

Die kleine Dott wusste, was das bedeutete, nämlich: „Treue ist ein seltner Gast, wer den hat, der hält ihn fest." Aber sie konnte nicht begreifen, was diese ganze sonderbare Versammlung zu bedeuten hatte!

„Jetzt redet, worüber ihr zu klagen habt, und was ihr zu unserer Rettung tun wollt", sagte mit grämlicher Stimme der steinerne Roland. „Sagt, was ihr zu sagen habt, aber macht es kurz!"

„Ja, was sollen wir denn tun!", riefen aufgeregt die hölzernen Buchstaben. „Man beginnt ja schon, alle alten Holzschnitzereien und alle alten Spruchbänder von den Wänden zu reißen, damit die Häuser recht neu und modern aussehen! Wie sollen wir uns denn noch vor dem Verderben retten?"

„Ja, wo ist da noch Rettung zu finden!", meinte eine kleine hölzerne Figur, die den heiligen Petrus darstellte, und die inmitten einer ganzen Schar von hölzernen Gestalten stand. „Die Festungsmauern unserer Stadt wurden bereits niedergerissen und die Gräben zugeschüttet, und nun beginnen die Handwerker, alle alten Häuser umzubauen und ihr schönes Balkenwerk mit Kalk zu bestreichen. Seit Jahrhunderten standen wir auf den Balkenköpfen unseres Hauses, jetzt wurden wir unter den Giebel gepresst, – und wer weiß, wie lange uns wenigstens noch dort ein Plätzchen gegönnt wird!"

„Was wir tun sollen?", riefen mit rasselnden Stimmen die Innungszeichen, die Dachfirste und Wetterfahnen. „In die Keller und Höfe werden wir geworfen und warten zitternd auf den Augenblick, wenn wir an der Altwarenhändler verkauft werden. Was sollen wir tun, wenn niemand mehr Ehrfurcht und Treue dem Alten gegenüber kennt?"

„Worüber wir zu klagen haben und was wir tun sollen?", rief mit weithin schallender Stimme St. Georg, der heilige Kriegsheld. „Wir sind es gewohnt, bei den Menschen zu stehen, wenn sie in der Kirche singen und ihre Kerzen vor Gott brennen lassen. Seit aber die alte Kirche niedergebrannt ist, müssen wir in einem hölzernen Turm stehen. Es ist einsam und dunkel im Turm, und wir haben Sehnsucht nach den Menschen! Was wir tun sollen? Sage selbst, was wir tun sollen!“

Nun trat die Heiligenfigur vor, welche die heilige Maria darstellte, die Mutter des göttlichen Kindes, die von den Menschen mit süßen Liedern besungen wird. Sie nennen sie den Morgenstern, die geheimnisvolle Rose und die Königin des Himmels. Als sie mit dem hölzernen Jesusknaben im Arm mit kleinen Schritten auf den steinernen Roland zutrippelte, stand dieser auf, als wenn er nur auf diesen Augenblick gewartet hätte.

Sie nickte ihm schweigend zu, und er wandte sich an die ganze Versammlung. „Ich habe nun eure Klagen gehört", sagte er mit gedämpfter Stimme, die gleichwohl wie ein dumpfes Grollen über den Marktplatz rollte. „Es ist wahr, wir können uns nicht selber helfen. Es gibt nur eine Hilfe für uns. Die Menschen haben uns in dieses Unglück gebracht, der Mensch muss uns nun auch in unserer Not helfen." Und mit dröhnenden Schritten ging er allen voran über den Marktplatz. Das war ein Stampfen und Trippeln und Gleiten von Füßen aus Stein und Holz und Messing und Ton! Dott war so neugierig zu erfahren, was nun geschehen würde, dass sie mitwandern musste, ob sie wollte oder nicht.

Als sie vor dem Haus ankamen, in dem sie sich am Abend zur Ruhe gelegt hatte, hielten sie an, und der steinerne Roland erhob sein Schwert und klopfte an ein Fenster im ersten Stock. Nach wenigen Augenblicken öffnete sich das Fenster, und der Herr aus dem Bild, im altmodischen Anzug, beugte sich herab und lächelte den Kunstschätzen seiner Heimatstadt beruhigend zu, während ihre Klagen zu ihm emporDrangen wie die Stimmen teurer Toten, deren Andenken entwürdigt und deren Erbe verschleudert wird.

Als die kleine Dott am nächsten Morgen erwachte, lag sie zusammengekauert auf dem alten Sessel und unter der großen, alten Uhr. Mit einem freundlichem Lächeln blickte der alte Herr aus dem Bild auf sie herab. Unter dem Bild aber las sie nun in der Morgensonne den Namen WILHELM RATIG.

Sie wusste, dass Wilhelm Ratig ein Kirchenkassenmitarbeiter war, der vor vielen Jahren in seinem Haus ein kleines Museum eingerichtet hatte für die Kunstschätze seiner Heimat, die vernichtet werden sollten. Er hatte sie, wenn er sie nicht an den eigentlichen Ort ihrer Bestimmung zurückführen konnte, unter großen Opfern aufgekauft, damit sie wenigstens so gerettet würden. Das aber war damals gewesen, vor langer Zeit, als noch niemand daran dachte, das unersetzliche Erbe der Vergangenheit vor sinnloser Zerstörung und Vergeudung zu schützen.

TRU DEL IS EN SELTZEN GAST
WER DEN HET DE HELT EM FAST
MARIA

König des Waldes

Cornix, der Knese

Im Dommühlenholz bei Havelberg haust das graue Raubgesindel der Luft. Dort, in dem zwanzig Morgen großen Eichenwald, haben Tausende von Nebelkrähen seit urdenklichen Zeiten ihre Horste gebaut. Hunderte von ihnen werden jährlich abgeschossen, aber die Lücken werden sofort ausgefüllt durch Zuwanderer und durch den jährlichen Nachwuchs.

Es ist ein wetterhartes, wind- und sturmzerzaustes, schmerzgehärtetes Völkchen. Sie werden von den Großvögeln verachtet, aber diese grauen Räuber sind trotz aller Verfolgung und Verachtung doch die wahren Herren der Prignitz unter allen Vogelstämmen. Wenn die Zugvögel aus den Sümpfen und Mooren aufsteigen und mit klagenden Schreien zum Süden ziehen, dann hocken die grauen Nebelvögel enger zusammen und blicken ihnen mit schief geneigten Köpfen spöttisch nach. Dann beginnt ihre große Zeit, und sie scharen sich wieder um Cornix, den alten Knesen, den Fürsten ihres Stammes.

Alt ist der Knese der Nebelkrähen, Cornix, der große Räuber. Er ist so alt, dass keine der lebenden Krähen sich entsinnen kann, ihn jung gesehen zu haben, und es gibt viele sehr alte Krähen. Die Federn in seinem Gesicht sind bis weit hinter die Augen abgerieben durch die jahrhundertlange Arbeit seines Schnabels, den er wie eine Keule in den Raubfahrten, wie eine Hacke im Durchwühlen der Erde gebraucht. Seine Fänge sind borkig, sein Federkleid ist struppig und an manchen Stellen kahl. Aber immer noch kann er alleine einen Hasen schlagen, und es gibt wenige unter den Jungkrähen, die ihm das nachmachen können.

Wenn die Krähenschar während des Winters im Havelberger Forst dicht an dicht in den kahlen Wipfeln der Bäume ihre Schlafplätze bezieht, dann erwählt er sich das wagenradgroße, feste Nest Gurians, des Fischreihers, zum Winterquartier. Jahr für Jahr bezieht er diese Burg über dem Wasser, sobald der stolze, königliche Reiher sein Nest verlassen und seine Winterreise nach Afrika angetreten hat.

Und Gurian weiß das. Seit er in einem Frühjahr zurückkehrte und den wilden, zerzausten Räuber in seinem Horst fand, wusste er, dass er sein Nest nie würde vor ihm schützen können. Mit wenigen scharfen Dolchstößen seines langen Schnabels hatte er den Eindringling hinausbefördert, das Nest gründlich gereinigt und dann neu zu bauen begonnen. Denn die Reiher hängen an ihrem Horst und geben den nicht eher auf, bis der Nestbaum selber umgeschlagen wird. Aber er wusste, dass Cornix in jedem Winter wieder sein Nest hier beziehen würde und dass er nichts daran ändern konnte.

So hauste Cornix im Winter im Nest des königlichen Vogels. Im Sommer verschmähte er nicht, die aus dem Nest gefallene Atzung der Jungreiher zu verzehren und lachte über den Hochmut der Großvögel, wenn er den Abfall verschlang. Er wusste, dass er zu einem Aasvogel gemacht war und dass die Welt stinken würde, wenn die Krähen nicht wären. Und da er seine Kraft erprobt hatte, aber auch ihre Grenzen kannte, so war er neben den Großen und Stolzen klug und furchtbar.

Wenn der Schnee im Winter in zusammengeballten Wolken über die Moore und Luche und über die weiten Ebenen der Prignitz wirbelte und die Elbe mit schweren Eisschollen beladen unter den Winternebeln träge dahinzog und dumpf gegen die Ufer schlug, dann erhob sich Cornix am frühen Morgen von seinem Lager und strich tief fliegend über die treibende Eisdecke des Stromes bis zu den Wäldern der Havel.

Kaum sahen die Wächter seines Volks von ihrem Lugaus hoch oben in den Wipfeln den dunklen Schatten ihres Knesen in den Nebeln, so stießen sie ihr heiseres und raues „Kroa, Kroa!“ aus, und gewaltige Schwärme von Nebelkrähen brachen aus den winterdürren Baumkronen und folgten ihrem Fürsten, der sie meilenweit über das Land und den Strom führte und über die ganze Prignitz und Altmark.

Cornix führte sie in die Vorhöfe der Dörfer, wo sie die Abfallhaufen der Menschen durchwühlten. Sie strichen über die Kiefernschonungen der Eiszeitdünen am Ufer der Elbe und äugten nach verendendem Wild in den großen Wäldern und Mooren. Sie folgten der Spur des Fuchses, die wie eine Perlenkette durch den Schnee lief, überwischt durch seinen nachschleifenden Schwanz. Cornix lehrte die Jungen, den spitzen Doppeleindrücken eines Rehbocks bis in den Wald zu folgen. Wenn sie aber die Viererspuren eines Hasen sahen, dann trieb er sie zur höchsten Eile an, um den Flüchtenden zu packen, bevor er sich im stakigen Unterholz der Kiefernschonung retten konnte.

Wenn die Krähen auf ihre Beute niedergestoßen sind und sich nach kurzer Zeit wieder in die Luft erheben, so bleibt nichts zurück als zerwühlter und blutbesprenkelter Schnee und die geraden, langen Striche, die ihre Stoßfedern beim Anfliegen in den Schnee gezogen haben.

Aber bitter hart ist der Winter auch für die Krähen, und es kann passieren, dass Cornix seine Scharen bis in die großen Städte der Menschen führen muss, wenn der Hunger in ihren Eingeweiden frisst. Weit verstreut über den gelben Nebelhimmel schaufeln sie die dicke Luft mit schweren Flügelschlägen, von unten aber scheint es, als schwebten riesige schwarze Rußflocken der Stadt entgegen.

Ach, wenn dann der erste Hauch des Frühlings kommt! Der Mensch ahnt noch nichts, für ihn gibt es nichts als leblosen, grimmigsteifen Winter ringsum, wenn im Januar bereits die Nebelkrähen das Kommen des Lenzes brausend im Blut spüren.

Dann klingen ihre Schreie erregender durch die Luft als zuvor. Dann erwacht in diesen rauen, harten Gesellen eine unerklärliche Sehnsucht. Das ungeordnete Durcheinander der Scharen endet, Paare schließen sich zusammen und sondern sich ab. Sie wissen auf einmal, dass es noch etwas anderes gibt als Raubzüge und wilde Fahrt. Sie fliegen emsig mit Wurzeln und trockenen Schilfblättern zu den alten Horsten, die, aus Zweigen und Reisig geschichtet, den Winter im Geäst der Eichen überdauert haben. Sie verkitten die Streu mit Lehm zu einer festen Unterlage und polstern die Nestmulde weich und sorglich mit Haaren, die sie aus den Fellen toter Tiere rissen, und mit Fetzen von Wolle.

Noch jagen die Winterstürme über das Land, da brütet bereits das Weibchen, und Schnee und Hagel schlagen noch zur Erde, wenn die

Jungen schon aus dem Ei kriechen, die wahrlich nicht verweichlichten Nachkommen des harten Räubergeschlechts.

Nur einer ist einsam im Lenz – Cornix, der Knese der Nebelkrähen. Die Zeit ist für ihn vorüber, in der er sich mit dem Aufziehen der Jungen abgab und vor dem brütenden Weibchen Wache stand.

Einsam hockt er im Horst von Gurian, dem Fischreiher, und schaut nach Süden, der Rückkehr des stolzen Vogels entgegen.

Uff und Buhuho

In dem Jahr bevor die kleine Dott ihre wunderbare Reise begann, saß an einem Nachmittag im Spätherbst Buhuho, der Uhu, in dem gespaltenen Stamm eines Eichenwipfels. Er hockte völlig regungslos in der Dunkelheit, die Augen halb geschlossen, die Federohren zurückgelegt. So hatte er seit Beginn der Morgendämmerung in dem Baumstamm gesessen, wie im Halbschlummer, aber mit scharfen Sinnen lauschend, ob Uff, seine Lebensgefährtin, zurückkehren würde. Er wartete seit der Morgendämmerung vergeblich auf sie und eine große Unruhe hatte ihn ergriffen.

Es mochte gegen sieben Uhr Abends sein, als ein Zweig der gegenüberliegenden Buche heftig auf und ab schwankte. Mit einem Ruck wandte der Auf seinen mächtigen Kopf und äugte blinzelnd in das Tageslicht.

„Gute Jagd dem König des Waldes!", rief eine scharfe Stimme aus dem Blätterdickicht der Buche zu ihm hinüber. „Gute Jagd auch Uff, dem Lockvogel!" Mit einem dumpfen Fauchen schoss der Auf aus der Eiche und stürzte drohend wie eine Gewitterwolke auf die Buche zu, um diese tödliche Beschimpfung seiner Gefährtin zu strafen. Bevor er aber den Baum erreicht hatte, erhob sich Pica-Pica, die Elster, aus dem Blättergewirr, die immer da war, wo es galt, eine Unglücksbotschaft zu bringen. Ihr weißschwarzes Gefieder blitzte im Sonnenlicht.

„Im Garten des Gutes Dreilinden am Rand des Havelberger Forstes findest du Uff, den Lockvogel!", rief sie spöttisch und verschwand.

Buhuho lauschte in die aufsteigende Dämmerung, dann flog er in tiefem Flug zwischen den Stämmen hindurch in der Richtung des Havelberger Forstes. Wo er seinen Weg nahm, da stob alles Getier auseinander, denn der Uhu ist der furchtbare Gebieter aller Tiere des Waldes und des Feldes. Die Vögel des Wassers und der Heide, der Hase, das Rehkälbchen und das Lamm sind ihm verfallen. Sein Flügelschlag ist lautlos und weich und sein Griff unentrinnbar.

Nur einen gibt es, der ihn mit seiner wilden Schar wenigstens am hellen Tag anzugreifen wagt, wenn der Auf nicht besser sieht als andere Vögel – Cornix, der Knese der Nebelkrähen.

An diesem Tag aber blieb Cornix reglos im Wipfel einer Kiefer sitzen und blickte ihm mit scharfen Augen nach, als der große Einsame auf seinem gefährlichen Flug im Dämmerlicht des Juniabends an ihm vorbeiflog. Cornix wusste, dass die Elster die Wahrheit gesprochen hatte und dass der Mensch Uff in der Morgendämmerung überlistet und gefangen hatte, um sie für die Hüttenjagd auf die Krähen zu gebrauchen. Aber an diesem Tag, als das Unglück den Uhu getroffen hatte, machte Cornix nicht den geringsten Versuch, den Flug seines Feindes zu hindern.

Erst spät am Abend stieß Buhuho auf den Käfig, in dem Uff im hintersten Winkel hockte. Wütend schüttelte er an den Stäben der Vorderseite, so dass der ganze Käfig klirrte und bebte. Dann versuchte er seinen dicken Kopf zwischen die Stäbe zu pressen, aber er erkannte, dass es für ihn ebenso unmöglich war, Uff zu befreien, wie zu ihr zu gelangen.

„Gib dein Bemühen auf", sagte Uff ruhig. „Ich habe den ganzen Tag nichts anderes getan, als um meine Freiheit zu kämpfen. Ich habe mir die Fänge wund gestoßen und die Flügel zerschlagen. Niemand kann mich aus diesem Gefängnis befreien als nur der Mensch."

Die beiden Großeulen saßen sich den Rest der Nacht schweigend gegenüber. Der Auf hatte sich merkwürdig verändert, seine Augen glühten und alle Federn waren starr aufgeplustert, hoch aufgerichtet standen die Büschel über den Ohren.

Uff wusste, was dieses Aussehen zu bedeuten hatte und kam nahe an das Gitterwerk heran. „Höre, was ich dir mitteilen muss", flüsterte sie. „Du weißt, dass ich das tue, was ich verspreche. Ich werde alles tun, was ich kann, um frei zu werden. Aber ich bin am stärksten allein. Ich will nicht, dass ich eines Tages umsonst nach dir suchen muss, weil du wahnsinnig über meine Gefangenschaft wurdest. Ich will auch nicht, dass du Zeuge meiner Entehrung wirst. Denn wir wissen beide, wozu

mich der Mensch eingefangen hat. Darum warte geduldig in unserem Baum auf mich, bis ich zurückkehre oder dich rufen lasse. Denn das sage ich dir, wenn du auch nur ein einziges Mal zu meinem Käfig zurückkehren wirst, so werde ich von jener Stunde an nicht einen Bissen mehr anrühren und vor deinen Augen verhungern."

Da drückte sich der Uhu fest gegen das Gitter, knappte mit dem Schnabel und verschwand lautlos in der Nacht.

Uff atmete erleichtert auf. Dann blockte sie auf einer Stange in der dunkelsten Ecke des Käfigs auf, richtete sich starr empor und blickte dem Morgen entgegen.

Im Käfig gefangen

Als der März kam, beschloss der Besitzer des Dreilindenhofes, die Hüttenjagd zu eröffnen, weil die Krähen und Raubvögel während des nassen Vorfrühlings kühner ausfliegen und den Lockvogel schneller eräugen als bei sonnigem Wetter.

So trat er eines Tages an den Käfig heran. Mit raschem Griff packte er die Eule und stülpte ihr einen Sack über den Kopf. Schnell schnallte er eine Schelle um ihren rechten Fang, während sie noch halb betäubt war, und befestigte die Kette mit dem Ring am Karabinerhaken. Schnell trug er den Vogel unter dem Arm zu der ersten seiner beiden Hütten. Hier schloss er die Kette an den Ständer und setzte die Eule auf die Querstange. Dann erst zog er ihr den Sack vom Kopf.

„Wenn jetzt ihre Feinde rund um sie herum zu Boden prasseln, wird sie schon verstehen, warum sie hier sitzt“, dachte er, als er sich in die Hütte zurückzog und vor eine der Schießluken trat.

Aber Uff wusste von Anfang an, dass sie als Lockvogel gegen Angehörige des Vogelvolks gebraucht werden sollte und dass sie die Schmach ertragen musste, ihre Brüder an den grimmigsten Feind zu verraten, eine Schande, von der die Vögel nicht einmal sprechen dürfen.

Mit eingezogenem Kopf hockte sie auf der Stange und blinzelte in die ungewohnte Helle. Sie dachte daran, wie einst, in der Zeit ihrer Freiheit, Cornix mit seinen Krähenscharen gegen sie angestürmt war. Obgleich er sie nur am Tag zu überfallen wagte, war es wenigstens ein ehrlicher Angriff des Raubgesindels gewesen. Sie hatte sich darüber gefreut, mit welcher Kühnheit der Fürst der Krähen gegen sie anflog, während Eichelhäher und Elster sie nur aus der Ferne zu beschimpfen wagten.

Als sie jetzt das lärmende Kroa! Kroa! aus der Luft hörte und wusste, dass die Jungkrähen sie erspäht hatten, stieß sie sofort ihr tiefes, lang gedehntes Huhu! aus, um sie zu warnen. Denn sie war fest entschlossen, alles zu tun, damit durch sie kein einziger Vogel der Flinte des Menschen erlag.

Aber die Krähen beachteten ihre Warnrufe nicht im Geringsten. Zwanzig bis dreißig Jungkrähen kreisten über ihr und senkten sich mit höhnischem Krächzen tiefer und tiefer herab.

„Huhu! – Fort! – Verrat!“, rief ihnen Uff entgegen und knappte verzweifelt mit dem Schnabel.

„Oh ja“, riefen die Krähen, „tute du nur! Du denkst vielleicht, wir fürchten uns vor dir? Du Tagesschläfer! Du Nachträuber! Du großer, dicker Ohrenvogel mit den blinden Augen!“

„Nun, so muss es denn sein“, sagte sich die Eule und schloss die Augen, um nicht zu sehen, was nun geschehen würde. Nicht ein Glied rührte sie, als eine der kühnsten Krähen gegen sie niederschoss. Dann stießen drei vor. Gleichzeitig knallte es dreimal, und gleich darauf hörte sie das Aufpoltern zweier Körper. Aber dadurch ließen sich die Krähen nicht abschrecken.

In wildem Hohngelächter schrien sie durcheinander: „Uff ist ein Lockvogel geworden! Die große Uff sitzt an der Stange fest gekettet und dient dem Menschen! Auf, wir werden ihr zeigen, ob wir uns fürchten!“

Und in wilder Schadenfreude schossen sie auf ihren furchtbaren Feind herab. Denn gefürchteter als Buhuho selber war Uff gewesen, der Schrecken des Waldes. Zwölfmal noch knallte es, neun Krähen lagen um den Ständer der Eule im Gras. Immer noch hockte Uff mit geschlossenen Augen auf der Stange. Plötzlich hörte sie, wie die Luft über ihr pfeilschnell durchschnitten wurde. So schmettert nur einer der starken Raubvögel aus der Höhe auf sein Opfer herab! Im selben Augenblick, da Uff das leise pfeifende Geräusch vernahm, stürzte sie von der Stange, um den Kampf anzunehmen, denn sie hatte bei diesem Ton ganz vergessen, wo sie war. Sofort riss die kurze Kette sie ins Gras, und von einer Kugel getroffen, schlug der Habicht zu Boden.

Seit aber einer der großen Raubvögel durch ihre Schuld in die Nähe der furchtbaren Waffe des Menschen gebracht worden war, begann Uff in ein teilnahmsloses Brüten zu versinken.

Als die Hüttenjagd im Frühling beendet war, überließ der Gutsherr die Großeule der Obhut eines Knechtes. Es hatte ihn verstimmt, dass der Vogel keiner einzigen Freundlichkeit zugängig war. Wie im Anfang, so saß Uff jetzt noch regungslos in der dunkelsten Ecke ihres Käfigs. Sie blickte ihm aus ihren bernsteinfarbenen, rötlich flammenden Augen feindlich entgegen und begann fauchend auf der Stange hin und her zu hüpfen, wenn er die Hand in den Käfig streckte. Wenn sie nichts anderes von ihm verlangte als die Nahrung, so sollte sie es ganz so haben, wie sie es wollte. Er würde ihre Einsamkeit bis zum Herbst nicht stören.

Der Knecht stellte täglich frisches Wasser in den Käfig und warf Fleischbrocken oder irgendwelche Eingeweide hinein, nachdem er die Reste vom vergangenen Tag herausgenommen hatte. Von der Eule bekam er nicht viel zu sehen, da sie immer in der dunkelsten Ecke saß. Er hatte auch wenig Zeit und Lust, sich mit ihr abzugeben.

So saß Uff Woche für Woche, von niemandem beachtet, im Hintergrund des Käfigs. Ihr Federkleid wurde struppig und rau, und in wirren Büscheln umstanden die Federn Augen und Schnabel. Der linke Fang schwoll an durch die ständige Reibung an der Fessel, denn auch im Käfig blieb sie angekettet. Das Bein entzündete sich und schmerzte bei jeder Bewegung. Da sie nur Weichteile als Nahrung erhielt und die Tiere nicht mehr wie in der Natur reißen und mit Knochen und Balg zerhacken konnte, so konnte sich auch der Schnabel nicht mehr um so viel abwetzen, wie er nachwuchs. So kam es, dass der Haken ihres Schnabels immer tiefer über den Unterschnabel hinwegwuchs. Immer mühsamer wurde es ihr, den Schnabel weit genug zu öffnen, um wenigstens kleine Bissen von dem Fleisch aufnehmen zu können. Und als der Haken mehr als zweieinhalb Zentimeter über den Unterschnabel herabgewachsen war, gab es für sie keinen Zweifel mehr, dass bald der Augenblick kommen musste, wo sie keine Nahrung mehr zu sich nehmen können würde, und dass sie dann sterben musste. Da ergriff sie eine große Sehnsucht nach dem Gefährten ihres Lebens, und sie ließ ihr dumpfes und heiseres Huhu! durch die Nacht erklingen.

Sofort erhoben alle kleinen Tiere in der Umgebung mit Entsetzen den Kopf und richteten sich auf, um zur Flucht bereit zu sein. Sie hatten die Anwesenheit der Eule im Käfig längst vergessen oder glaubten, dass sie gestorben sei, da in jener Ecke stets die gleiche Stille herrschte. Jetzt wussten sie nicht, woher plötzlich dieser furchtbare Ruf erklang.

Zum zweiten Mal heulte das dumpfe Huhu! durch die Nacht.

Da stob das Kleingetier in alle Richtungen in wahnsinniger Flucht auseinander. Die Hühner im Stall pressten sich in der hintersten Ecke zusammen, und selbst die Kühe erhoben sich und rissen erschrocken an den Ketten. Alle freien Tiere des Waldes aber waren in einem Augenblick aus dem Bannkreis der großen Eule verschwunden.

Nur Wirrli, das Eichhörnchen, war zurückgeblieben. Hoch aufgerichtet, mit spitzen Buschelohren, horchte es nach unten. Es hatte das Nest voller Jungen, die noch nicht ganz ausgewachsen waren, und es überlegte nur, wie es den Uhu von dem Nest fortlocken sollte.

Da erklang zum dritten Mal der Ruf der Eule durch die Dunkelheit, so tief und klagend, dass Wirrli sofort erkannte, das war nicht der Jagdruf eines Uhus, das war ein Ruf nach Hilfe. Und Wirrli beschloss sofort, seinen kleinen Kopf klar zu behalten.

Vorsichtig hastete das Eichhörnchen rund um den Baumstamm nach unten. Seine harten, krallenbewehrten Zehen kratzten raschelnd über die Borke. Dann sprang es mit einem Satz auf das Dach des Käfigs und blickte von oben in das stinkende Gefängnis hinein.

Es konnte in der Dunkelheit nichts unterscheiden. Aber Uff hatte Augen, die alle Dinge in der Nacht so klar erkennen konnten wie am Tag. Sie hatte das rasselnde Abwärtsgleiten Wirrlis und seinen Sprung aufs Dach gehört. Es kam ihr jedoch nicht der leiseste Gedanke, gerade Wirrli darum zu bitten, dass es eine Botschaft an den Auf überbringen möchte, der Unzählige aus seiner Sippe gefressen hatte.

Aber Wirrli hatte ein ehrliches und tapferes Herz. Und wenn es den Waldkönig auch fürchtete, so bewunderte es ihn auch, und das Eichhörnchen hatte die Gefangennahme und die ersten Kämpfe Uffs von seinem Baum aus miterlebt. Es hätte damals viel gewagt, um Uff die Freiheit zu schenken. „Kann ich vielleicht helfen?", fragte Wirrli mit seiner pfeifenden, dünnen Stimme höflich in den dunklen Käfig hinein. „Ich weiß wohl, wie klein ich bin, aber kann ich vielleicht irgendetwas für dich tun?"

Die Großeule hätte beinahe in ihrem Unglück gelacht und geweint, als sie diese kleine Stimme hörte, die der großen Uff ihre Hilfe anbot. Aber sie versuchte, den Schnabel so weit zu bewegen, dass sie eine Antwort geben konnte. „Du wirst wohl kaum bereit sein, dem Auf eine Botschaft zu überbringen", sagte sie, „aber solltest du jemanden finden, der sich dazu entschließt, so lass ihm sagen, dass Uff sterben muss und ihn zu sehen wünscht."

„Ich glaube wohl, dass ich diese Botschaft übernehmen werde", sagte Wirrli ruhig. „Du kannst dich darauf verlassen, dass der Auf noch heute die Nachricht erhält."

Die Burg im Wasser

Reise im Planwagen

An diesem heißen Junitag fuhr ein Planwagen klirrend die Landstraße entlang, die von Perleberg in die Mark hineinführt. Unter dem runden, grauen Leinendach war ein Warenlager von Wirtschaftsgeräten eingerichtet. Türme von weißen und hellblauen Emaille-Eimern und glänzend braune Tonschüsseln und Kruken zum Einlegen von Gurken; Siebe, Besen und Bürsten an den Wänden; draußen hingen Kessel in allen Farben, Bottiche und Waschwannen waren sogar unter dem Wagen aufgehängt. Mit dieser Last fuhr der Wagen lustig klingelnd die Straße entlang.

Unter dem Zeltdach des Wagens saß, für die Augen der Menschen unsichtbar, ein kleines Mädchen auf einem Berg von Kokosmatten. Ihre blonden Zöpfe waren schlecht geflochten, Hände und Gesicht waren zerkratzt und so schmutzig, als wären Tränenspuren darauf verschmiert worden, und ihre Kleider waren über und über mit dem Staub der Landstraße bedeckt.

Die kleine Dott sah nicht gerade hübsch aus, aber sie war überaus vergnügt, weil sie diese lustige Fahrgelegenheit gefunden hatte und weil es ihr gelungen war, sich in den Wagen einzuschleichen. Sie hoffte, auf diese Art die Wälder um den Frauharkenberg so frühzeitig zu erreichen, dass es ihr vor dem dritten Tag gelingen würde, Uff zu finden.

Sie saß bequem gegen einen Holzreifen des Wagens gelehnt und verzehrte mit Behagen eine Schlangengurke, die sie auf dem Marktplatz in

Perleberg gefunden hatte. Aber obgleich sie in dem alten Bürgerhaus am Marktplatz gut geschlafen hatte, musste sie sich doch bemühen, nicht einzunicken. Alles um sie her rasselte und klingelte so eintönig, dass sie trotz aller Anstrengung doch in den Schlaf gewiegt wurde.

Unvermittelt erwachte sie davon, dass sie heftig am Ärmel gezogen wurde. Als sie aufblickte, sah sie gerade noch, wie eine struppige alte Krähe aus dem Wagen hinausflog. Gleichzeitig aber beobachtete sie, wie der Wagen stehen blieb und wie einige Frauen und Kinder hereinblickten, während der Besitzer die Preise der Waren nannte. Dott verfolgte mit weit geöffneten Augen aufmerksam seine Bewegungen. Zwei Hausfrauen auf dem Dorf wollten eine Teppichbürste und einen Waschkessel kaufen, und beides konnte der Besitzer erreichen, ohne in den Wagen zu steigen. „Wenn wir so bei jedem Dorf anhalten, kann ich leicht entdeckt werden“, dachte das Mädchen, und sie beschloss, hellwach zu bleiben.

Als sie aber wieder eine Zeitlang gefahren waren, überfiel sie erneut die Müdigkeit, und ohne es zu merken, wurde sie durch die eintönige Landschaft und das Schaukeln und Klingeln des Wagens in den Schlaf gewiegt. Bis sie wieder fühlte, wie sie heftig am Ärmel gezerrt wurde, und als sie dieses Mal aus dem Schlaf auffuhr, kroch der Ladenbesitzer in das Innere des Wagens herein. Die kleine Dott drückte sich eng gegen das Zelttuch, und als der Mann vorübergestampft war, stand sie eilig auf und schlich zum Ausgang. Als sie aber beinahe die Treppe erreicht hatte, rutschte sie auf einer der Gurkenschalen aus, die sie achtlos in den Wagen geworfen hatte, und riss im Fallen einen Stoß Eimer um, die mit Gepolter auf die Straße fielen.

Mit einem Satz war sie aus dem Wagen, und während die Umstehenden mit dem Auflesen der Eimer beschäftigt waren, entkam sie unbemerkt. Nun schritt sie die Landstraße entlang, während der bunte Wagen bald hinter ihr her klingelte, bald sie überholte und in den Dörfern wieder zurückblieb. Im Süden wurde ihr Weg durch den bewaldeten Höhenzug der Urzeitdünen an der Elbe begleitet. Auch im Norden sah sie die Wellenlinien der Kiefernwälder. Der Streifen, den sie durchwanderte, war voller Äcker, Wiesen und Felder, und sie sah bis in weite Ferne Dörfer mit ihren emporragenden Kirchturmspitzen liegen.

Über ihr aber flog mit schweren Flügelschlägen immer dieselbe Krähe, die sie zweimal während der Fahrt gewarnt hatte. Und immer, wenn sie bei einer Wegkreuzung überlegte, welche Richtung sie einschlagen sollte, strich die Krähe dicht an ihr vorüber und rief ihr mit heiserer Stimme zu: „Geradeaus!“ – oder „Nach rechts!“– oder: „Spute dich!“, und erhob sich wieder in die Lüfte. Dott wunderte sich sehr darüber, warum wohl dieser struppige Vogel sie im Wagen geweckt hatte, als sie in Gefahr war. Sie beschloss aber, seinen Weisungen zu folgen, und gelangte so von Dorf zu Dorf bis in einen dichten Wald.

Als die Sonne sich im Westen abwärts neigte, war Dott bereits tief in den Wald hineingedrungen, und plötzlich stand sie vor einer Burg, die dunkel mitten im Sumpf lag, von einer Burgmauer umgeben und von einem doppelten Wassergraben umzogen.

„Ich möchte doch wissen, wohin mich der alte Vogel geführt hat!“, dachte die kleine Dott, denn es war ihr unheimlich zumute.

„Geh nur um die Burg herum“, hörte sie nun die Stimme des struppigen Vogels ganz dicht an ihrer Seite, „dort findest du, was du suchst.“ Mit diesen Worten erhob er sich von einem Kiefernzweig und verschwand im Wald.

„Wer war denn das?“, entfuhr es der kleinen Dott unwillkürlich.

„Was, kennst du ihn nicht?“, knarrte eine Stimme zu ihren Füßen. „Das war Cornix, der Fürst der Nebelkrähen, und es ist gut, wenn du seinem Rat folgst, denn er ist der Weiseste der Vögel, und es geschieht wenig in der Prignitz, von dem nicht Cornix Bescheid weiß.“

Das Elliken

Als Dott verwundert zur Erde blickte, sah sie eine dicke Kröte neben sich sitzen. Sie hatte sich immer vor Kröten geekelt, darum wandte sie sich hastig ab und folgte dem Rat des Krähenfürsten Cornix.

Sie wanderte am Ufer des Wallgrabens entlang, bis sie im Süden zu einer Allee gelangte, die über den Graben hinweg auf die Burg führte.Sie schritt die hochgewölbte Allee zwischen den Bäumen hinunter und stieg dann die breite, mit Putten geschmückte Treppe zur Terrasse hinauf, die vor dem Hauptgebäude der Burg lag.

„Wie schön!“, sagte Dott und blickte umher. Das Wasser des Grabens ruhte still und von der Abendsonne beleuchtet unter ihr. An den Ufern war das Wasser mit Seerosen bedeckt, deren Blätter wie Kupfer glänzten, und von den Baumwipfeln der gegenüberliegenden Ufer wallten die dunklen Schatten wie schwere Mäntel herab. Die Mauern der Burg leuchteten rot in der Abendsonne. „Was für eine verzauberte Burg mag dies sein?“, flüsterte Dott vor sich hin.

„Das ist die Burg im Wasser, die Burg an der Karthane; es ist die Burg, die ihr die Plattenburg nennt“, antwortete wieder die knarrende Stimme neben ihr, und mit einem

Satz hüpfte die Kröte auf Dott zu. „Mich hungert", sagte sie. „Hast du vielleicht etwas Brot bei dir?"

Zögernd öffnete die kleine Dott ihren Beutel und warf der Kröte einen Brocken von dem Brot hin, das sie von den Pferden erhalten hatte. Kaum aber hatte die Kröte den Bissen verschlungen, als sie anschwoll und sich vor den Augen der kleinen Dott in ein winziges Männchen verwandelte, das nicht größer war als ein Schuh. Es trug ein rotes Jäckchen und einen hohen Hut mit breiter Krempe. Sein Kleidchen aber sah aus, als wenn es aus lauter Läppchen und Flickchen zusammengesetzt sei.

„Das ist ja einer von den kleinen Leutchen", dachte die kleine Dott erschrocken und trat einen Schritt zurück. Sie wusste, dass die kleinen Leute, die in ihrer Heimat Elliken oder Öllerken genannt wurden, ihre Wohnungen im Wald haben, wo sie bei einem Feuerchen sitzen und Bernsteingold brennen. Aber auch bei den Menschen wohnen sie gerne, und sie schleichen sich heimlich in ihre Küchen, wenn gebacken wird, denn sie essen Teig und frisches Brot über alles gern. Um Brot zu naschen, nehmen sie auch die Gestalt einer Kröte an. Dott wusste, dass sie stark und fleißig sind und den Menschen helfen. Aber sie vertauschen auch gerne ihre Kinder mit den Kindern der Menschen; denn die Sehnsucht aller Geister der Natur geht dahin, am Leben der Menschen teilzunehmen. Darum erschrak Dott auch, als sie das Elliken neben sich sitzen sah, denn es war nicht leicht, die kleinen Leutchen wieder loszuwerden, wenn man sich einmal mit ihnen eingelassen hatte.

Das Elliken saß ruhig neben ihr auf der Schwelle der Tür, die von der Terrasse in das Innere der Burg führte. Es hielt eine Spindel unter dem Arm und spann. Dabei sang es vor sich hin:

„Das Läppchen kommt auf das Loch,
das Loch auf das Läppchen."

Als die kleine Dott seinen Singsang eine Zeitlang mit angehört hatte, konnte sie nicht mehr an sich halten und fragte: „Warum singst du eigentlich immer: „Das Läppchen kommt auf das Loch, und das Loch kommt auf das Läppchen?"

„Ei, das ist doch leicht zu verstehen", lachte das Elliken. „Wer so lange gelebt hat wie ich, der weiß, dass immer das Läppchen auf das

Loch kommt und das Loch immer auf das Läppchen, solange diese Welt steht."

„Das verstehe ich nicht", antwortete die kleine Dott.

„Dann sieh einmal in das Fenster hinter dir", erwiderte das Männchen. Die kleine Dott wandte sich um und sah in das Spiegelglas der hohen Eingangstür. Sie erschrak, denn da blickte ihr das spitze, völlig verschmierte Gesicht eines kleinen Mädchens entgegen, über dessen Schultern zwei halbaufgelöste verfilzte Zöpfe hingen.

„Es ist ja wirklich weit mit dir gekommen, Dorothea Kersting vom Kerstinghof", sagte Dott zu sich selbst und schaute mit spöttischem Lächeln auf ihr Spiegelbild. Dann wandte sie sich wieder dem Öllerken zu. „Ich wünschte selbst, ich könnte mich endlich einmal ordentlich waschen und kämmen", erklärte sie, denn sie dachte, das Öllerken habe sich über sie lustig gemacht.

„Oh, ich meinte nicht, dass du dich selber im Fenster betrachten solltest", sagte das Männchen ruhig und spann weiter. „Du musst über dich hinausschauen, wenn du wirklich etwas sehen will. Blick nur durch dich hindurch in den Saal."

Dott brachte ihr Gesicht ganz dicht an die Scheiben und sah nun in einen prunkvollen Saal mit Kreuzgewölben, die auf einer Mittelsäule ruhten. Sie sah einen spiegelblanken Parkettfußboden und tiefe Fensternischen und hohe Fenster in der gegenüberliegenden Wand. Fragend wandte sie sich um.

„Das ist eines von den Läppchen auf einem Loch", erklärte das Männchen.

„Ich verstehe überhaupt nicht, was du redest", meinte Dott ärgerlich.

„Nun, dann sollst du wissen, wie für mich das erste Loch ins Läppchen kam", sagte der Kleine. „Einst, vor vielen hundert Jahren, als es hier keine Burg aus Steinen, keine gepflegten Wege und Alleen gab, sondern nur Sumpf und Urwald und Wasser und als Wege Knüppeldämme, – da gab es hier statt der Burg nur einen hohen Ringwall aus Erde, die festgeschlagen und durch Bohlen gestützt wurde. Und im Innern dieses Walles wohnten meine lieben Leute, die Wenden, in ihren kleinen Holzhäusern. Wölfe hausten in solchen Mengen in den Wäldern, dass die Bauern ihren Pferden die Vorderfüße mit schwerem Eisen beschlagen mussten, damit sie sich wehren konnten; denn wenn die Wölfe zwischen ihren Beinen hindurchsprangen, so rissen sie den Pferden den Leib auf. Die riesigen Auerochsen, die ihr auch Urstiere nennt, durchzogen die Sumpfwälder bis dicht zu den Wohnstätten der Menschen. Die Äcker, die meine Wenden bebauten, waren so morastig, dass sie ihre hölzernen Pflüge von vier Pferden ziehen lassen mussten. Wenn die Hirten das Vieh heimtrieben, mussten sie sich auf den Rücken der Tiere setzen, so hoch stand der Schlamm auf den Straßen. Darum gingen auch die Menschen barfuß. Schwer hatten es meine lieben Wenden, aber du kannst mir glauben, gut lebten wir! Und immer rollten mir die Hausfrauen Brotkügelchen zu oder stellten mir ein Schüsselchen mit Kuzki an die Schwelle."

Die kleine Dott wusste, was er damit meinte, denn sie hatte oft genug bei ihrer wendischen Großmutter im Spreewald Kuzki gegessen, ein Schüsselchen Milch mit Brotbröckchen darin.

„Und nun sieh, Menschenkind!", fuhr das Elliken fort, „eines Tages war alles verschwunden, zerrissen war der Wall, niedergebrannt die Büdchen meiner Wenden, geflohen die lieben Menschen, bei denen ich lebte. – Das war das Loch auf dem Läppchen, Menschenkind. – Aber bald kam das Läppchen auf das Loch. Eine Burg aus Stein wurde hier gebaut, nicht wie diese – kleiner, trotziger, zur Verteidigung gegen die Wenden errichtet. Hier, der Pallas gerade hinter dir, ist noch von dieser alten Burg zurückgeblieben. Große weiße Männer und Frauen aus Sachsen wohn-

ten hier statt meiner dunklen Wenden, und ich schlich in ihre Küche und holte mir, was ich fand. Sie stellten Schüsselchen mit Speise für die Hansemannken auf, die ihnen aus ihrer Heimat bis hierher gefolgt waren, für mich aber warfen die wendischen Mägde heimlich Brocken hinter den Ofen. Und sieh, Menschenkind, wieder kam ein Loch auf das Läppchen. Eines Tages waren die Burg und die Küche leer. Ich blieb ganz allein zurück und wurde spindeldürr.

Dann kam aber die Zeit, wo die Bischöfe von Havelberg dem Kurfürsten Waldemar die Burg für sechshundert Mark Silber abkauften; ich weiß es genau, denn ich war dabei, als sie hier in dieser Burg auf den Tisch gezählt wurden! Da war wieder ein Läppchen auf dem Loch, und ich fand meine Nahrung in der bischöflichen Küche, so, wie es gerade abfiel. Aber schönes, weißes Brot wurde dort gebacken!

Und als es zweihundert Jahre lang so gegangen war, dachte ich, nun könnte ich für alle Zukunft ruhig sein. Da starb der letzte Bischof, der hier residierte, und wieder stand die Burg leer. Das Loch auf dem Läppchen war da! Nun gab der Kurfürst die Burg seinem Kämmerer Matthias von Saldern zu Lehen, und ein ganz neues Leben begann! Herausgerissen wurden die alten Holzstützen, und die Balken aus den Sälen wurden entfernt. Der Neubau, den du rechts siehst, wurde errichtet, die Terrasse, auf der du stehst, wurde angelegt und mit Putten geschmückt, und in die ernsten Bischofsgemächer zogen Prunk und Tanz und Spiel, und schöne Frauen und Männer füllten die Gemächer.

Dann kam ein furchtbares Loch! Der Dreißigjährige Krieg brach herein. Ich sah Dörfer und Städte und Burgen brennen. Ich sah, wie die Frauen und Kinder nackt in die Sümpfe und Moräste getrieben wurden. Die von Saldern in dieser Burg aber waren glücklicher als ihre Bauern. Die Plattenburg lag im Frieden eines Schutzbriefs, den Gustav Adolf, der Schwedenkönig, für den Rittersitz ausgestellt hatte. Während die schwedischen Soldaten in der Mark wie die Tiere hausten und meine kleinen Leute mit den Menschen flüchtig im Lande umherirrten, konnte ich in Frieden mit meinen Herren in der Burg bleiben. Aber auch auf der Plattenburg wurde das Loch gefühlt, und ich habe oft hungrig in meinem Winkel sitzen müssen. Und wieder kam das Läppchen auf das Loch. Das Geschlecht derer von Saldern wurde reich und mächtig. Die Städte und Dörfer in weiter Runde mussten ihnen

Erbhuldigung leisten. Die Saldern hielten Gericht und erhielten Abgaben und Zehnten, und ich wurde wieder dick und rund."

„Und nun", fragte Dott gespannt, „ist es jetzt Läppchen oder Loch?"

Da lachte das Öllerken, dass es sich überschlug, weil die kleine Dott ihn so gut verstanden hatte. Dabei aber schrumpfte es vor den Augen der kleinen Dott zusammen und sprang als Kröte mit großen Sätzen die Stufen der Terrasse hinunter. Aus dem Gras hörte sie noch seine knarrende Stimme: „Immer kommt ein Loch auf das Läppchen, Menschenkind", rief es, „sorge nur dafür, dass das Läppchen auf das Loch kommt!" Dann war es verschwunden.

Wirrli, das Eichhörnchen

Dott blickte dem Elliken verwundert nach und fragte sich, ob der Knese Cornix, der Fürst der Nebelkrähen, sie vielleicht hierher gebracht hatte, damit sie es treffen sollte. Kurz darauf aber hörte sie ein lautes Rascheln in einer Buche und sah ein Eichhörnchen in rasender Eile rund um den Stamm jagen. In weitem Bogen sprang es auf die Terrasse und kauerte sich zu ihren Füßen nieder, während ein großer Vogel mit weit gespannten Schwingen lautlos über den Rasen schwebte und sich auf dem niedrigsten Ast eines Baums niederließ. „Töte mich nicht, großer Auf!", rief das Eichhörnchen. „Ich bringe dir Botschaft von Uff!"

Mit schnellem Griff packte Dott das Eichhörnchen und barg es in ihrer Jacke – jetzt wusste sie, warum Cornix sie hierher geführt hatte. Sie hatte aber keine Zeit, darüber nachzudenken, woher Cornix wusste, dass sie Uff suchte, denn im selben Augenblick stürzte sich Buhuho, der mächtige Auf, mit seiner ganzen Wucht von seinem Sitz und wie ein furchtbares Geschoss auf die kleine Dott zu, um ihr Wirrli zu entreißen.

Mit einem Schrei und einem einzigen Satz erreichte Dott die Tür und schlug sie hinter sich zu, gerade als der Auf gegen den Holzrahmen polterte. Als sie sich in Sicherheit fühlte, wagte sie hinauszublicken. Sobald aber der Auf sie sah, schoss er auf die Scheibe zu, so dass Dott sich hinter den Falten der schweren Vorhänge verbarg, damit der Uhu nicht die Scheiben zertrümmerte. Ihr Herz schlug laut, denn Gefahr drohte ihr von allen Seiten. Das Haus, in dem sie sich befand, war kein Bauernhaus, wo sie sich auf einer Flucht zurechtfinden konnte. In diesen Räumen war ihr alles fremd. Sie lief geduckt an den Fenstern entlang durch den prunkvollen Saal, um den Augen des großen Vogels zu entgehen. Durch die Scheiben sah sie, dass der Auf ihr von Fenster zu Fenster folgte. Da stürzte sie die Treppe hinauf, die von hölzernen Löwen bewacht wurde, die in ihren Pranken die Wappenschilder derer von Saldern trugen. Sie riss die prachtvoll geschnitzte Tür auf und stürzte in den Nebensaal, erkannte aber sogleich, dass es für sie in diesem Saal noch gefährlicher war, denn hier gab es zwar ebenso tiefe Fensternischen, aber keine andere Tür als die, durch die sie eingetreten war. Und schon tauchte der furchtbare Auf vor den Fenstern dieses Raumes auf.

Schnell zog sie sich wieder in den Nebenraum zurück und kauerte neben der Tür zum Garten nieder. „Was soll ich jetzt nur anfangen?“, dachte das Mädchen. Noch hatte niemand in der Burg das Getöse auf der Terrasse gehört; aber in jedem Augenblick konnte ein Mensch den Saal betreten. Sie selbst hatte gelernt, sich durch ihr Schweigen zu schützen, aber das Eichhörnchen würde sie durch seine hohe, pfeifende Stimme verraten. „Höre“, flüsterte sie schnell dem Eichhörnchen zu, „ich spreche eure Sprache. Ich tue dir nichts. Ich will dich vor dem Uhu schützen, aber du musst mir auch sagen, wie ich zu Uff gelangen kann!“

„Dann lass mich frei, Menschenkind“, sagte Wirrli ebenso schnell, „ich muss dem Auf eine Botschaft bringen, mit der ich nicht warten darf.“

Da ließ Dott seufzend das Eichhörnchen durch einen Spalt der Tür schlüpfen und beugte sich vor, um zu lauschen, ob das Eichhörnchen etwas über Uff sagen würde. Sobald Wirrli auf die Terrasse gesprungen war, stürzte sich der Auf weich und lautlos wie eine Wolke nieder und packte es fest mit seinen fürchterlichen Krallen.

„Was sagt Uff?“, fauchte er, „sprich sofort oder ich zerreiße dich!“

Schwer ist es für den Starken, vom Schwachen abhängig zu sein! Er wird von Ungeduld geschüttelt, bevor er lernt, dass die Körperkraft ohnmächtig ist, da, wo das Denken beginnt.

„Ich werde sprechen“, sagte Wirrli ruhig, „aber nur, wenn du mich loslässt und dich ruhig dort auf den Zweig des Baums setzt.“

Da ließ der Auf das Eichhörnchen los und setzte sich auf den Ast des Baumes, presste den Schnabel zusammen und starrte mit seinen rot glühenden Augen auf Wirrli nieder.

„Uff schickt mich zu dir, damit ich dir ihre Botschaft bringe“, sagte Wirrli. „Uff muss sterben, und wünscht dich zu sehen.“

Kaum hatte der Auf diese Worte gehört, als er zwischen den Bäumen verschwand, als hätte die Dunkelheit ihn eingesogen. Wirrli blieb auf der Terrasse sitzen, in tiefen Gedanken. Es hatte kein Wort des Dankes empfangen und es auch nicht erwartet. Das Eichhörnchen hatte sein Leben eingesetzt, weil sein Herz es dazu trieb, und nun saß es da, weil in seinem Köpfchen ein neuer, kühner Gedanke aufzuleuchten begann. „Muss denn Uff wirklich sterben?“, fragte es sich. „Sie lebt ja, und wenn sie nur aus diesem stinkenden Kasten befreit werden könnte, so würde sie wohl noch nicht zu sterben brauchen.“ Ihm fielen die

Worte Uffs ein, die es in seinem Versteck über dem Käfig belauscht hatte, als die Eule dem Auf Lebewohl sagte: „Niemand kann mich aus diesem Käfig befreien als nur der Mensch selber."

„Ei, hier ist ja ein Mensch, der Uff wohl befreien könnte, wenn es auch nur ein Kind ist!", dachte Wirrli und sprang eilig zur Tür zurück.

Der Kampf um die Eule

Dott und Wirrli hatten fast zwanzig Kilometer in dieser Nacht zurückgelegt, und sie waren so schnell geeilt, wie es ihre verbrauchten Kräfte zuließen. Denn Dott hatte nach der anstrengenden Wanderung des vergangenen Tages keinen Schlaf gefunden.

Eigentlich aber war es Dott allein, welche die Anstrengung dieses nächtlichen Weges zu tragen hatte, denn Wirrli saß auf ihrer Schulter und gab ihr nur den kürzesten Weg an. So selten sie sich auch Ruhe gönnten, gelang es ihnen doch nicht, das Gutshaus zu erreichen, bevor im Osten der erste blasse Schimmer des Tages emporstieg.

„Bleib hier stehen“, sagte das kluge Eichhörnchen, „es ist besser, dass ich die beiden Großen vorbereite, denn sie sind von Hass gegen die Menschen erfüllt.“ Mit diesen Worten ließ Wirrli das Mädchen vor dem Gutshaus stehen und verschwand um die Ecke im Obst- und Gemüsegarten, der hinter dem Haus bis an den Kiefernwald heranreichte.

Nur wenige Augenblicke verstrichen, bis Wirrli wieder um die Ecke sprang und sie bat, ihm zu folgen. Als sie vor dem Käfig anlangten, glaubte die kleine Dott erst, sie sei zu spät gekommen. Der Auf war nirgends zu sehen, und im Käfig war alles vollkommen still.

„Ich komme, um dir zu helfen“, sagte die kleine Dott schüchtern. „Ich will versuchen, dich aus dem Käfig zu befreien.“

Es war auch jetzt noch ebenso still im Käfig wie zuvor. Aber sie sah, wie sich zwei große, runde Augen öffneten und fest auf ihr Gesicht richteten. Vor dem ernsten Blick des Vogels stieg der kleinen Dott das Blut in die Wangen, so sehr schämte sie sich, weil die Menschen den Tieren etwas so Böses antun konnten. Sie begann sogleich den Käfig zu untersuchen. Der Eisenriegel war vor die Tür geschoben und durch ein Vorhängeschloss abgeschlossen. Es war unmöglich, die Tür zu öffnen. Dann versuchte sie, das Gitter aus dem Holz zu heben, aber sie sah bald, dass auch das unmöglich war. Sie ging rund um den Käfig herum und betrachtete ihn von allen Seiten, aber die Bretter waren zu dick, als dass sie ein Loch mit ihrem Messer herausschneiden konnte.

„Höre, Uff“, sagte Dott traurig, „ich werde alles tun, um dich zu befreien. Aber wir müssen warten, bis irgendjemand kommt, der die Tür aufschließt, um dir Essen und Wasser zu bringen. Dann aber muss alles so schnell gehen, dass du auf und davon bist, bevor der Käfig wieder abgeschlossen wird.“

Dott war ganz mutlos geworden, weil die Eule kein einziges Wort erwiderte. Nichts ließ sich hören als ein leises Knacken des Schnabels. Auch hatte Uff die Augen wieder geschlossen. Dott wusste nicht einmal, ob sie ihre Worte überhaupt gehört hatte.

„Ich muss eben versuchen, alles ganz allein zu machen“, dachte sie. Denn wie schwer es ihr auch gemacht wurde, sie war fest entschlossen, die Eule zu befreien, und wenn sie selber dabei in Gefahr geraten sollte. Ja, sie wagte an diesem Morgen alles, denn es konnte sehr gut sein, dass sie nun zu spät bei der Höhle der mächtigen Frau Harke eintreffen würde. Dott hatte in dieser Stunde sogar vergessen, dass sie Uff helfen sollte, um die Fürsprache des Auf zu gewinnen. Sie brannte nur vor Ungeduld, die Eule zu retten.

Langsam dämmerte der Morgen herauf. Dott konnte nun das Innere des Käfigs genauer erkennen. Regungslos saß die Großeule auf der Stange. Ihr Federkleid stand struppig und glanzlos vom Körper ab. Der Kopf der Eule war von einem Kranz starrer Federn wie von wildem Gebüsch umwuchert, in dem die geschlossenen Augen tief eingesunken waren.

„Was ist denn nur mit dem Schnabel?", dachte Dott plötzlich. Der obere Haken des Schnabels war in einem Bogen tief über den unteren Schnabel gekrümmt, und es sah aus, als wenn er in das Federkleid des Halses hineingewachsen wäre.

Dott setzte sich schweigend ins Gras. Sie wagte überhaupt nicht mehr aufzublicken, so schrecklich war es ihr, als Mensch diesen drei Tieren gegenüber zu sitzen. Über ihr wartete regungslos der Auf in den Zweigen der Eiche, und dicht an seiner Seite saß Wirrli, das Eichhörnchen.

Viele Stunden vergingen, und die Sonne stand bereits hoch am Himmel, als der Knecht mit schlürfenden Schritten den Gartenweg entlang kam. Er steckte den Schlüssel ins Schloss und öffnete das Gitter.

„Wieder nicht angerührt", murmelte er, als er die Milz vom vergangenen Tag herausnahm. „Nichts ist ihr gut genug." Schlechtgelaunt warf er ein frisches Stück Fleisch in den Käfig, nahm die Wasserschüssel heraus und ging, um sie frisch zu füllen.

Als er nach seiner Rückkehr den Käfig abschließen wollte, da war der Schlüssel aus dem Vorhängeschloss verschwunden.

„Merkwürdig!", dachte er und suchte in allen Taschen und tastete unter dem Käfig im Gras herum. „Das verstehe ich nicht", sagte er ärgerlich. Da er aber nach Havelberg fahren sollte, um für die Hausfrau Futter für das Geflügel zu holen, gab er das Suchen bald wieder auf.

„Das Ungetüm wird schon keiner wegholen", dachte er und stampfte fort. Sobald er verschwunden war, eilte Dott zum Käfig, öffnete das Gitter und kroch eilig in das Innere, indem sie die Tür wieder hinter sich zuzog, um ihre Anwesenheit nicht zu verraten. Dann versuchte sie, die Schnalle behutsam vom Fuß der Eule zu lösen, aber bei der geringsten Berührung zuckte Uff zusammen.

„Ich muss den Riemen losmachen, Uff", sagte die kleine Dott, „versuche bitte, ruhig zu stehen. Es tut mir so leid!" Mit zusammengebissenen Zähnen öffnete sie, so schnell sie es konnte, die Schnalle und löste den Riemen vom Fuß der Eule, in den er hineingewachsen war. Uff rührte sich nicht, und als Dott ihre Arbeit beendet hatte, fiel die Eule wie leblos zu Boden.

„Nun habe ich Uff vielleicht getötet", dachte Dott traurig. Sie kroch aus dem Käfig hinaus, die große Uff mit beiden Armen vor sich hertragend, und blieb dann ratlos vor dem Käfig stehen.

Der Auf und Wirrli waren vom Baum herabgekommen und blickten vom Dach des Käfigs schweigend auf die Großeule, die mit geschlossenen Augen in den Armen der kleinen Dott lag.

„Ach, Wirrli", sagte die kleine Dott, „was soll ich nun tun? Ich glaube, Uff ist sehr krank."

„Ich kenne einen Mann", erwiderte Wirrli, „der kam in dieses Haus, als die Frau einmal gefallen war und wie tot dalag. Er band ihr lange weiße Tücher um die Arme und den Kopf und gab ihr kleine graue Eier zu essen und braunes Wasser zu trinken. Ich habe alles durch das Fenster gesehen, hinter dem die Frau in ihrem weißen Nest lag. Nach einiger Zeit aber war die Frau wieder gesund. Wenn du Uff zu diesem Mann bringst, dann wird er auch sie gesund machen", schloss Wirrli seinen geheimnisvollen Bericht.

„Oh, du meinst einen Doktor", rief Dott voll Erleichterung. „Ja, der Doktor wird Uff helfen. Ich werde gleich mit Uff in die nächste Stadt gehen und ihn suchen."

In Havelberg

Die Nacht im Dom

Der Organist saß an einem Juniabend an seiner Orgel im Dom zu Havelberg. Er dachte, dass er allein wäre; aber dicht neben ihm stand ein kleines Mädchen, das sich müde an die Brüstung lehnte und seinem Spiel lauschte. Es war die kleine Dott. Sie hatte an der Tür des Doktors ein Gespräch belauscht und erfahren, dass der Arzt erst spät in der Nacht heimkehren würde. Da wusste sie sich nicht anders zu helfen, als dass sie die schwere Eule in den kühlen Dom hineintrug und sie in einem versteckten Winkel hinter der Orgel niederlegte, denn die Eule war nur so lange unsichtbar, wie sie in den Armen der kleinen Dott lag.

Es begann bereits zu dämmern, und das Licht, das durch die Fenster fiel, hatte nicht mehr die Kraft, Dinge zu erhellen. Es schien, als wenn die letzten Strahlen des Tages das Kirchenschiff mit Schleiern verhängten, so dass es sich auf eine sonderbare Weise veränderte und belebte.

Der Organist liebte diese Stunde, in der er allein in der Kirche war und seine Lieblingsmelodien auf der Orgel erbrausen ließ oder die gewaltigen Flöten aus Metall so zart zum Klingen brachte, als würde seine Seele von den Tönen emporgetragen.

„Herr, ich danke dir, dass du mir einen so schönen Beruf gabst!", sprach er an diesem Abend vor sich hin. „Ich danke dir, dass ich dich loben und preisen darf! Und ich danke dir, dass du mich zum Organisten dieser herrlichen Kirche bestellt hast!"

Der Organist liebte den Dom von Havelberg, der einer der schönsten und ältesten Dome Norddeutschlands ist, wie ein lebendes Wesen, das er bis ins Herz hinein kannte und mit dem er gerne Zwiesprache hielt. „In einem alten Burgwall bist du entstanden, mitten in dem Land der Slawen", begann der Organist mit dem Dom zu reden, während er aus einem alten Notenheft spielte, auf dem Dott las: „Oratorium von Georg Friedrich Händel". – Er fuhr fort: „Sächsische Mönche haben dich aus den Bruchsteinen ihrer Heimat erbaut, die sie auf der Elbe herbeibrachten, breit und fest wie eine Gottesburg. Zwischen Lobgesang, Belagerung und Verteidigung wurdest du errichtet, du ältester Dom im Slawenland!" Während er sprach, dröhnten die Orgelpfeifen wie Posaunen, und die Oberstimmen des Instruments tönten weit schallend wie die Fanfaren eines vorwärtsstürmenden Heeres.

Da begann sich eine Melodie aus diesen Tönen zu erheben, so stark wie die Stimme des Friedens. „Es kamen aber Zeiten, da die Fürsten der Slawen zu dir kamen“, fuhr der Organist fort. „Aus allen Ländern, deren Haupt du wurdest, von der Elbe bis zur Peene, kamen sie mit Friedensschwüren und mit Geschenken zu dir. Auf die Zinnen deines Wehrturms wurde ein Haus für die Glocken gebaut, um den Frieden einzuläuten. Es kam ein Tag, da war dein Bau vollendet, und der große Fürst, Albrecht der Bär, kam selber, um bei der Weihe zugegen zu sein. Oh du herrlicher Dom, du erster und vornehmster Zeuge der Kultur im Lande der Sümpfe und Moore!“

Laut brausten die Töne der Orgel durch das wuchtige, lang gestreckte Kirchenschiff, dessen Tiefe durch die Schatten der Dämmerung wie von einem dunklen Meer erfüllt wurde.

Als die kleine Dott den Klängen wie verzaubert lauschte und dabei in die Tiefe blickte, da sah sie plötzlich ein kleines Lichtlein zitternd aus dem Querschiff herauskommen und sich vorwärtsbewegen. Bald darauf leuchtete das Licht einer Kerze auf, die von einem hohen Leuchter getragen wurde. In ihrem Schein erkannte sie die Gestalt eines weißen Mönches, der die Kerzen an den Leuchtern durch einen brennenden Wachsdocht an einer langen Stange anzuzünden begann.

Auch der Organist hatte die Gestalt des Mönches gesehen. Er war aber gar nicht erstaunt darüber. Er war im Geist so ganz in diese erste glorreiche Zeit seines Domes zurückgestiegen, dass es ihm ganz natürlich erschien, dem weißen Prämonstratensermönch zu begegnen. Er spielte ganz leise weiter, um die Erscheinung nicht zu verscheuchen.

Der Mönch steckte eine Kerze nach der anderen an dem Wandleuchter an, und der Organist sah in ihrem Licht, das die hohen gotischen Gewölbe verschwunden waren. Auch das prunkhafte Gitterwerk des Lettners, der den Altarraum vom Kirchenraum abteilte, war nicht mehr vorhanden, und statt der hohen, spitzen Bogen des Seitenschiffs sah er die runden, massigen Bogen der ersten, romanischen Bauzeit.

Aber auch darüber war er an diesem Abend gar nicht verwundert. „Ganz so habe ich es mir vorgestellt“, sagte er und spielte leise weiter. „Ich habe mir immer gedacht, dass der Dom so wuchtig und ernst sein musste in der ersten Zeit der Not und der ausdauernden Entsagung seiner Erbauer, damals, als die Zeit der Sicherheit und des gefährlichen Glanzes noch nicht gekommen war.“

Als er aufmerksam in dem schwach erleuchteten Gotteshaus umherblickte, sah er, wie der weiße Mönch langsam den Mittelgang entlangschritt und sich der Kirchentür unterhalb der Orgel näherte. Im selben Augenblick hörte er vor der Kirchenpforte einen wunderbaren Gesang erschallen, der sich harmonisch mit seinem Spiel vermischte. „Das Haus des Herrn ist erbaut auf dem Gipfel der Berge, hocherhaben über alle Hügel“, sangen die Stimmen vor dem Tor. „Es strömen zu ihm die Völker alle und sprechen: Herr, Ehre sei dir!“

„Das ist der berühmte Sängerchor des Domes“, dachte der Organist voll Entzücken, „das ist der Chor, den die Alten ‚Chorus angelorum‘ nannten, den Chor der Engel! Herr Gott, dass ich das erleben darf!“

Die kleine Dott war zu ihm getreten und lauschte den Klängen des Chores. Dem Organisten traten vor Freude die Tränen in die Augen. Als nächstes erklangen drei laute Schläge gegen die Tür, und eine Stimme sprach vor dem Tor: „Erhebet eure Häupter hoch, ihr Tore, hebt euch empor! Einziehen will der Herrlichkeiten König.“

Der weiße Mönch im Innern der Kirche fragte laut: „Wer ist denn der König der Herrlichkeiten?“

Und die Stimme draußen antwortete: „Gott der Herr! Der Starke! Der Herr, mächtig im Kampf!“

Nun hörte der Organist, wie sich die Kirchenpforten öffneten und wie eine gebietende Stimme sprach: „Friede sei diesem Haus!"

„Mit deinem Eintritt!", erwiderte leise der Mönch.

Der Organist beugte sich weit vor, um in das Innere der Kirche zu blicken. „Was ist das für ein feierlicher Einzug, den ich miterleben darf?", fragte er. Er war ganz unglücklich, dass er nicht genau wusste, was gerade hier unter ihm geschah. Und auch die kleine Dott neben ihm beugte sich tief über die Brüstung.

Da sahen sie endlich die große Gestalt eines Kirchenfürsten, in die herrlichen Gewänder der großen Feste gekleidet, die Mitra auf dem Haupt, das große Kreuz auf der Brust.

„Aber das ist ja der Erzbischof Wichmann von Magdeburg!", entfuhr es dem Organisten. „Das ist Barbarossas, des großen Kaisers, Freund, der zur Weihe des Doms nach Havelberg kam! Sollte es möglich sein, dass ich die Weihe des Doms erleben darf? – Ja, dann werde ich vielleicht den Bischof Walo sehen, den ersten Propst des Klosters!" Seine Gedanken überstürzten sich, und er presste aufgeregt die Hände zusammen. „Vielleicht werde ich sogar den Markgrafen Albrecht den Bären zu sehen bekommen!" Er starrte angestrengt nach unten, um nichts von der großen Zeremonie der Weihe zu verpassen. Einen Moment später brach ein Gesang in die Stille der Kirche, so dass er zusammenfuhr.

„Wie furchtbar ist dieser Ort!", sang der Chorus angelorum die jahrhundertealten Weihegesänge. „Nichts anderes wahrlich ist hier als Gottes Haus, die Pforte des Himmels!"

Ein helles Licht strömte in den Dom. In einem Meer von Lichtern und Weihrauchwolken zog der Erzbischof in das Gotteshaus ein, von hohen Geistlichen umgeben und gefolgt von dem Zug der weißen Mönche. Langsam und feierlich folgten ihnen die Mächtigen, die Fürsten des Reiches und die Fürsten der Slawen, unter ihnen die Pommernfürsten Kasimir und Bogislaw, die gekommen waren, um sich dem Markgrafen Albrecht dem Bären mit Friedensschwüren zu verbinden.

Denn der Tag der Weihe des Doms im Jahr 1170 war ein großer Tag, an dem der Friede besiegelt werden sollte, und an dem der greise Markgraf Albrecht seine Länder unter seine Söhne verteilen wollte.

An der Spitze der Fürsten betrat Markgraf Albrecht der Bär die Kirche inmitten seiner Söhne. Weite Mäntel wallten von den hohen Gestalten,

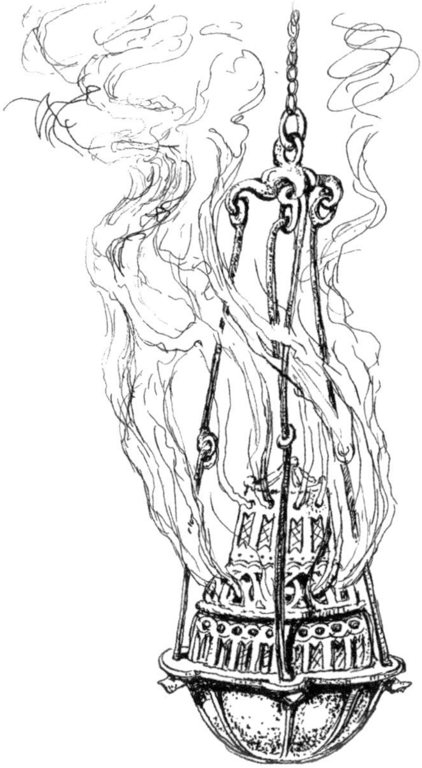

und über das Haar der Frauen waren kostbare Schleier gebreitet. Es war ein Zug stolzer Männer und Frauen, die gekommen waren, um an diesem Tag des Sieges und des Friedens den Altar des Herrn zu weihen. Hinter ihnen drängte die Menge der eingewanderten Bürger der Städte und der freien waffentragenden Bauern des Landes. Auf einmal war die Empore hinter dem Organisten und der kleinen Dott angefüllt mit einer Schar Novizen, die Notenblätter mit eckiger Notenschrift in den Händen hielten und die alles, was unten geschah, mit ihrem engelhaften Gesang begleiteten.

„Wandert, ihr Heiligen Gottes“, sangen sie, „zieht ein in die Stadt des Herrn, denn erbaut ist eine neue Kirche, in der das Volk die Majestät des Herrn anbeten soll.“

„Von welchen Heiligen singen sie denn?“, dachte die kleine Dott. Da erkannte sie, dass die Geistlichen an der Spitze des Zuges einen goldenen Schrein trugen.

„Wenn ich nur wüsste, wen sie da so glanzvoll zu Grabe tragen!“, flüsterte der Organist. „Ob es wohl die Gebeine des wendischen Fürsten Godeskalk sind, den die Wilzen in Lenzen beim Gottesdienst erschlagen haben, oder die seines Priesters Eppo, den sie auf ihrem Altar opferten?“

„Mit Frohlocken zieht aus und mit Freude lasst euch geleiten!“, sang der Chor, während der Erzbischof den Reliquienschrein zum Altar trug und ihn in eine Vertiefung in der Altarplatte bettete, die er mit Chrisam, dem königlichen und priesterlichen Öl, salbte und mit einem Kreuz zeichnete.

„Unter dem Altar Gottes habt ihr eure Ruhestätte erhalten, ihr Helden Gottes!“, sagte die machtvolle Stimme des Erzbischofs, während er das Grab mit einer Grabplatte schloss. Feierliches Schweigen lag über den Andächtigen. Der Erzbischof weihte nun den Altar. „Lasset uns beten, Brüder", sprach er, „dass der Herr diesen Stein segne und weihe, und was von uns gesalbt ist, gesalbt sei in seinem Namen."

Die Mönche hoben ein goldenes Kreuz auf den Altar. Weiße Wachskerzen in kostbaren Leuchtern wurden auf den Altar gestellt und Weihrauchwolken umhüllten ihn, während der Chor sang: „Bekleidet hat dich der Herr mit dem Gewand der Freude, in strahlendem Lichte wirst du erglänzen, und alle Enden der Erde werden dir huldigen!"

„Ja, mit dem Gewand der Freude ist dieses Haus Gottes bekleidet!", dachte der Organist. Und plötzlich musste er sich an die Orgel setzen und ihre metallenen Stimmen mit den Stimmen der Menschen vereinen. Immer stärker ließ er die Töne erklingen. „Ja, du bist wahrlich eine Burg der Kraft und Herrlichkeit, du ältester Dom im Slawenland!", sprach er, während er spielte. Er war so hingerissen, dass er gar nicht merkte, wie der Gesang um ihn verstummte, wie die Kerzen erloschen und alle Gestalten lautlos in der Dunkelheit der Nacht verschwanden. Ganz allein saß der Organist neben der kleinen Dott und ließ die Melodien des Oratoriums von Händel aufrauschen und verklingen. Plötzlich senkte er seine Blicke wieder in die Tiefe. Da sah er, dass die Kirche leer war und dass er bis tief in den Abend hinein gespielt hatte.

Ein Schauer lief ihm über den Rücken. Hastig tastete er nach dem Schalter, und als das vertraute grüne Licht über den Noten aufleuchtete, atmete er auf. Kalt wehte es aus der Tiefe herauf, verschwunden war die wuchtige Balkendecke, hoch wölbten sich wieder die spitzen gotischen Bogen über ihm. „Ich weiß nicht, was ich hier erlebt habe", sagte der Organist verwirrt. „Ich muss das alles wohl nur geträumt haben!"

Er wusste aber nicht, dass an diesem Abend ein Kind neben ihm gestanden hatte, das die Rennefarre im Schuh trug, so dass sich vor ihm die Zeit öffnete und die Gestalten der Vergangenheit emporstiegen. Als er kopfschüttelnd die Treppe hinunterging, folgte ihm die kleine Dott lautlos, die Eule behutsam im Arme tragend. Und ein blauer Schleier des Weihrauchduftes stieg ihnen aus dem Schiff der Kirche entgegen, wie ein Hauch aus der fernen, großen und glorreichen Zeit, da dieses Gebiet nach einem dreihundertjährigen Ringen dem Abendland gewonnen war und der Gottesfriede verkündet wurde.

Ein seltsamer Gast

An demselben Juniabend schritt in Havelberg ein feiner Herr eilig seinem Haus zu. Es dunkelte bereits, und er hatte nicht viel Zeit zu verlieren, denn er erwartete an diesem Abend drei Freunde, auf deren Besuch er sich schon lange gefreut hatte: den Pfarrer aus Seedorf, einen Lehrer aus Havelberg und den Organisten des Havelberger Domes.

In dem einen Arm trug der alte Herr eine Tüte voll Erdbeeren, im anderen Arm drei Flaschen Wein, denn er wollte diesen Abend besonders festlich mit einer Bowle feiern. Wie er gerade die Stufen zu seiner Haustür hinaufsteigen wollte, fühlte er auf einmal, dass ihn etwas am Ärmel zupfte. Als er sich aber umblickte, war niemand zu sehen.

Er wandte sich wieder der Tür zu, als eine helle Stimme neben ihm zu sprechen begann. „Wollen Sie mich nicht anhören, Herr Doktor?", fragte die Stimme. „Ich bitte Sie, erschrecken Sie nicht, denn ich bin unsichtbar, aber wollen Sie mich nicht anhören?"

Der alte Herr war gar nicht so erstaunt, als er diese Stimme hörte. „Ich habe den ganzen Tag erwartet, dass heute etwas Besonderes geschehen müsste", dachte er. Laut aber sagte er mit freundlichem Lächeln: „Ich kann gar nicht sagen, wie ich mich freue, dass ich mit einem Unsichtbaren sprechen darf! Bist du vielleicht ein Hansemannken? Ich habe einen alten Ofen mit hohen Beinen, unter dem du leben könntest; ich könnte dir auch eine Truhe einrichten. Möchtest du vielleicht bei mir wohnen?" Er gab sich große Mühe, höflich zum Wichtelmännchen zu sein, damit es Vertrauen zu ihm fasste.

„Es tut mir so leid", sagte die Stimme neben ihm, „aber ich bin gar kein Hansemannken."

„Wer bist du denn?", fragte der alte Herr etwas enttäuscht, aber mit der gleichen Freundlichkeit.

„Ich bin nur ein kleines Mädchen und ich heiße Dott", sagte die kleine Dott und seufzte. „Weil ich heimlich in der Johannisnacht zum Johannisfeuer gelaufen bin, bin ich verzaubert worden. Niemand kann mich nun sehen, und alle, die mich berühren, erschrecken vor mir oder werden böse. Ich komme aber nicht, weil ich etwas für mich haben will", setzte sie schnell hinzu. „Ich möchte Sie nur bitten, Uff zu helfen, sonst muss sie sterben. Bitte, würden Sie uns wohl in Ihr Haus hineinlassen?"

Der Arzt verbarg seine Überraschung. „Gib mir doch einmal deine Hand, kleine Dott", sagte er, „denn ich kann dich wirklich nicht sehen. So, und nun wollen wir zusammen ins Haus gehen und nach deiner Uff sehen, wer sie auch sein mag."

Als die Wirtschafterin auf sein Klingeln die Tür öffnete, führte er die kleine Dott an ihr vorbei ins Haus. „Steig nur ruhig die Treppe hinauf", wandte er sich zu Dott. Dabei nickte er ihr freundlich zu und wies mit der Hand nach oben.

„Liebe Frau Conradi", sagte er zu der Frau, die ihn mit erstaunten Augen betrachtete, „hier habe ich Früchte und Wein für eine Bowle mitgebracht. Aber es hat Zeit. Seien Sie so gut und heizen Sie gleich im Badeofen ein. Und dann bringen Sie mir doch, solange das Wasser warm wird, heißen Kakao und Brot und Honig und etwas von dem Braten von heute und Salat. Und bringen Sie bitte auch ein Schüsselchen mit Erdbeeren und Sahne mit herauf."

Ohne auf ihre Verwunderung zu achten, eilte er die Treppe hinauf. Die Wirtschafterin stemmte die Arme in die Seiten und blickte ihm kopfschüttelnd nach. „Was sind denn das wieder für neue Moden?", sprach sie zu sich selber. „In einer halben Stunde kommen die Gäste zum Essen, und da will der Herr Doktor sich vorher schon satt essen? Und Kakao, den er sonst nicht anrührt? Und was ist das für ein Gerede in die Luft hinein und für ein Genicke und Gewinke? Entweder ist der Herr Doktor nicht ganz bei Sinnen, oder er hat mich zum Besten!"

Sie war schon den ganzen Tag schlecht gelaunt gewesen, denn sie liebte es gar nicht, wenn diese Freunde zu ihrem Doktor kamen, die über nichts anderes zu sprechen hatten als über Spukgeschichten. Aber das, was sie soeben erlebt hatte, schlug doch dem Topf den Boden ein.

Als der Arzt in sein Arbeitszimmer trat, sah er auf dem Teppich in der Mitte des Zimmers einen mächtigen Uhu, der sich aufzurichten versuchte, aber sogleich wieder kraftlos niederfiel. Es war Uff, die im Arme der kleinen Dott unsichtbar gewesen war; denn alles, was Dott vom Boden hob, verlor sogleich seine sichtbare Gestalt.

Der Arzt blieb auf der Schwelle stehen und starrte verständnislos auf das struppige Ungeheuer in seiner Stube, das sich nun auf die Seite wälzte und ihn mit halb erloschenen Augen anblickte. „Würden Sie wohl der armen Uff helfen?", fragte eine zaghafte Stimme neben ihm. „Ich habe sie den ganzen Weg bis hierher getragen. Ich glaube, sie ist sehr krank."

„Und das also ist Uff!", sagte der Doktor. Er schloss die Tür und kniete neben dem riesigen Vogel nieder. Als er den verwachsenen Schnabel und die eiternden, zerschundenen Beine der Eule gesehen hatte, fuhr er schnell in seinen weißen Kittel und nahm aus seinem Arztköfferchen ein Wachstuch heraus, das er über dem Schreibtisch ausrollte, dazu einige Mullbinden, ein Fläschchen und ein Etui mit Messerchen. „Erzähl mir, wie du zu dem Vogel gekommen bist", befahl er kurz.

Während der Arzt die Beine der Großeule mit einer Flüssigkeit auswusch und mit einer Mullbinde verband, erzählte ihm Dott alles, was sie von Uffs Gefangenschaft wusste. Je weiter sie aber erzählte, umso freundlicher wurde das Gesicht des Doktors, und als Dott über die Befreiung Uffs berichtete, schlug er sich auf die Knie vor Freude.

„Das war gut!", rief er entzückt, „Das hast du gut gemacht! Aber der gedankenlose Besitzer verdiente eine ganz andere Strafe als den Verlust der Eule!" Er lächelte. „Und du bist ein Prachtmädel! Warte, du wirst mir noch von dir selbst erzählen. Wir müssen Freunde werden!"

Damit begann er mit seinen scharfen Messern den oberen Haken des Schnabels der Eule so weit zurückzuschneiden, bis Uff den Schnabel genügend öffnen konnte, um ihre Beute zu packen. „Ich glaube, deiner Uff fehlt nichts als eine kräftige Nahrung", sagte der Arzt, und seine hellblauen Augen leuchteten hinter den Brillengläsern.

Die Wirtschafterin klopfte an die Tür und wollte gleich mit dem Essen in die Stube kommen. Der Doktor aber nahm ihr das Tablett und die Tischdecke an der Tür ab. „Danke, Frau Conradi", sagte er lächelnd. „Ich werde schon allein decken. Aber bringen Sie mir doch bitte gleich ein Pfund rohes, frisches Fleisch herauf!" Und er schloss die Tür vor ihren Augen.

Der Doktor deckte schnell und geschickt den Tisch für die kleine Dott. „So, kleine Dott, ich glaube, ein warmes Essen wird dir gut tun nach deiner langen Wanderung. Setz dich und iss nach Herzenslust! Für Uff wird auch gesorgt."

Das war ein Mahl für Dott! Braten und Kartoffeln, duftige Salatblätter, Erdbeeren mit Sahne und danach dicken, süßen Kakao und weiße Brötchen mit Honig! Das Schönste aber war, dass der gute Doktor neben ihr saß und ihr immer wieder etwas Leckeres zuschob und ihr mit seinem guten Lächeln zunickte. Der Doktor aber glaubte zu träumen, als er Messer und Gabel allein auf dem Teller arbeiten sah und beobachtete, wie sie zusammen mit den Bissen in der Luft verschwanden, sobald sie vom Teller hochgehoben wurden, denn es wurde ja alles unsichtbar, was Dott in die Luft hob.

Vor den Augen des Doktors rührte der Teelöffel allein in der Tasse herum und verschwand dann zusammen mit der Tasse in der Luft, um gleich wieder zu erscheinen, sobald die Tasse auf den Tisch gestellt wurde. Es war wirklich ein geisterhaftes Mahl, wie so nach und nach die Schüsseln und Teller leer wurden, ohne dass der Doktor sehen konnte, wohin die Dinge gerieten, – und er musste sich sehr zusammennehmen, um nicht laut zu lachen oder vor Entsetzen davonzulaufen! Er beschloss, seinen unheimlichen Gast möglichst vor Frau Conradi verborgen zu halten, und überlegte, wie er nun alles einrichten sollte.

„Da habe ich mich ja in eine sonderbare Geschichte eingelassen", dachte er besorgt. „Es gehört doch mehr Mut dazu, dem Unsichtbaren und Wunderbaren gegenüberzustehen, als der schrecklichsten Wirklichkeit, die wir erkennen können!"

Wie er aber seinen Kopf in die Hand stützte und ein wenig mit geschlossenen Augen nachdachte, fühlte er, wie der Schrecken in ihm nachließ. Mit geschlossenen Augen streckte er der kleinen Dott seine Hand entgegen und sagte zu ihr: „Willst du mir deine Hand geben, mein Kind, und einmal ganz nahe an mich herankommen?"

Immer noch hielt er die Augen geschlossen, als er gütig über ihr Haar und ihre Wangen strich. „Wo unsere äußeren Augen nichts sehen können", sagte er lächelnd, „da müssen wir mit unseren inneren Augen versuchen zu schauen."

Solange der Doktor an diesem Abend mit dem Mädchen sprach, schloss er wieder und wieder die Augen, um ihre Gegenwart zu spüren. Während des Abendessens musste Dott dem Arzt alles erzählen – wie ihre Verwandlung vor sich gegangen war und was ihr auf ihrer Reise begegnet war. Und er hörte ihr mit vor Staunen weit geöffneten Augen zu.

„Die Rennefarre im Schuh!", rief er, als sie geendet hatte, während er vor Begeisterung im Zimmer auf und ab ging. „Das musst du meinen

Freunden erzählen!“ Damit blieb er vor Dott stehen. „Aber du bist ja ein Glückskind!“, sagte er. „Weißt du denn, dass du all das so einfach erlebst, von dem nur zu hören wir uns in unsern kühnsten Träumen sehnen? Preise jeden Tag, den du in diesem Zustand erleben darfst, kleine Dott! Die Natur öffnet ihre Geheimnisse vor dir, die Vergangenheit enthüllt sich dir, die Geister der Wälder und Seen halten Zwiesprache mit dir, du wirst allen Geschöpfen zur Bruderseele! Ja, Abenteuer und Freuden wirst du erleben, von denen du heute noch keine Vorstellung hast!“, rief der Doktor und blickte in die Ferne. Er fühlte, wie schon die Nähe dieses Wunders ihn zu einem Dichter machte.

Es klopfte. Mit einem Satz war der Doktor vor dem Türspalt, um ihn mit seiner kurzen, stämmigen Gestalt zu verdecken, als Frau Conradi die Tür öffnete. „Hier ist das Fleisch“, sagte sie unwirsch und reichte dem Doktor ein Stück Ochsenfleisch auf einem flachen Teller.

„Rohes Fleisch!“, murmelte sie vor sich hin, als sie die Treppe hinunterstieg. „Er wird doch kein rohes Fleisch essen?! Und was ist das für eine Heimlichtuerei! Da stimmt was nicht!“ Und düster vor sich hinblickend, ging sie in die Küche hinunter.

Der Doktor hatte das Fleisch auf den Boden vor Uff hingestellt, die sich gierig darüber herwarf und es mit ihrem Schnabel zerfetzte, hin- und herschleuderte und in sich hineinwürgte, dass den Doktor und Dott die Angst packte, sie könnte daran ersticken. Als sie ihr Mahl beendet hatte, hüpfte sie schwerfällig hin und her, knappte mit dem Schnabel, stieß einige heisere Laute aus und breitete ihre mächtigen Schwingen weit auseinander.

„Uff dankt Ihnen“, sagte die kleine Dott, „sie bittet uns, wir möchten sie ins Freie lassen, denn draußen wartet der Auf.“

Nun sah auch der Doktor einen großen Vogel regungslos in den Zweigen einer Ulme hocken, die vor dem Fenster der Stube stand. Da öffnete der Arzt das Fenster, nahm Uff auf den Arm und hielt sie ins Freie. Langsam hob und senkte Uff ihre Flügel, die ausgespannt fast zwei Meter betrugen. Dann schwang sie sich empor, und groß und lautlos schwebten die beiden königlichen Vögel in den Abend hinein.

Dott schob ihre Hand in die Hand des Arztes, und beide sahen lange und schweigend den verschwindenden Vögeln nach. „Es ist seltsam“, sagte der Doktor endlich, „es ist ein Abschied, der einem schwer fällt.“

„Ja“, erwiderte die kleine Dott, „so ist es mir immer, wenn die Tiere fortgehen.“ Und sie seufzte.

Der Doktor drückte ihre Hand, denn er verstand nun, wie einsam das Mädchen war. „Heute bist du mein Gast“, sagte er. „Heute wirst du in einem richtigen Bett schlafen. Und nun sollst du ein schönes warmes Bad haben!“

Er führte Dott in das Badezimmer und forderte sie auf, nach dem Bad leise und möglichst unbemerkt wieder in die Arbeitsstube zurückzukommen. Hei, wie sie ihr ganzes Zeug ablegte und die Zöpfe um den Kopf band und mit den unvermeidlichen Schuhen zusammen ins Bad stieg! Wie sie sich schrubbte und seifte und im warmen Wasser untertauchte! Plötzlich öffnete sich leise die Tür hinter Dott, und ohne dass sie es merkte, trat die Wirtschafterin auf die Schwelle. Sie wusste, dass der Doktor unten im Zimmer war, um die Gäste zu empfangen, und da ihr das laute Platschen im Badezimmer verdächtig vorgekommen war, hatte sie die Tür geöffnet.

Mit einem Blick übersah sie den Raum, die schmutzigen Spuren auf den Fliesen, die wenigen staubigen Kleidungsstücke auf dem Stuhl, das rauschende und heftig bewegte Wasser in der Wanne, die Seife und den Schwamm des Doktors, die bald kamen, bald verschwanden, und plötzlich sah sie, wie sich das Badelaken mit einem Ruck aufrichtete und auseinanderbreitete, als bereite es sich vor, einen unsichtbar Badenden aufzunehmen. Mit einem Schrei schlug sie die Tür zu und stürzte die Treppe hinunter!

Nach kurzer Zeit trat sie voll Würde in das Zimmer, in dem die vier Freunde versammelt waren. „Oben im Badezimmer spukt es, Herr Doktor“, sagte sie. „Der Herr Doktor kann nicht von mir verlangen, dass ich bleibe, wenn es hier nicht mit rechten Dingen zugeht. Der Tisch ist gedeckt, die Bowle steht in der Küche. Der Herr Doktor wird mich wohl für heute Nacht entbehren können.“ Innerlich setzte sie hinzu: „Das Haus voll Heimlichkeiten, der Herr von Sinnen und dazu noch Spukgeschichten!“ Und mit einem erbosten Blick auf die drei Freunde, die sie verwundert anblickten, verließ sie das Zimmer. „Das kommt davon, wenn sich der Herr mit solchen Spintisierern und Märchenerzählern abgibt!“, brummte sie vor sich hin, packte ihr Köfferchen und verließ das Haus, um die Nacht bei einer Freundin zu verbringen.

Der Abend, an dem die kleine Dott bei dem guten Doktor zu Gast war, war klar und still. Die vier Freunde saßen nach dem Essen auf dem Balkon und blickten auf die Inselstadt zu ihren Füßen. Da lagen die Fischerhäuschen wie in einem Ring am Ufer. Wie ein zweiter, innerer Ring schlang sich das durch Laternen erhellte Band der Hauptstraße um den Kern der alten Stadt, aus dem sich wie mit ausgebreiteten Flügeln die jahrhundertealte Pfarrkirche erhob.

Es war deutlich zu sehen, wie die Straßen im Innern der beiden Straßenringe gradlinig gebaut waren, so wie sie vor siebenhundert Jahren von den Baumeistern angelegt wurden, von den ersten Einwanderern der Mark Brandenburg. Auch wenn die Häuser im Lauf der Jahrhunderte immer wieder abgebrannt sind oder neu errichtet wurden, so war doch die Anlage aus der Kolonistenzeit geblieben.

Die vier Freunde waren an diesem Abend beisammen, um zu bestimmen, wer von ihnen den Preis für seine Arbeit im vergangenen Jahr bekommen sollte. Dafür hatte sich jeder von ihnen eine Aufgabe gestellt.

Der Lehrer hatte die Prignitz durchwandert, um über ihre Pflanzen und Tiere und Landschaften zu schreiben. Der Pfarrer hatte die Dörfer und Gutshöfe auf der Suche nach alten Sagen durchstreift. Der Organist hatte jeden Winkel des Doms erforscht, um einen Plan der Anlage zu zeichnen: die Werkstätten der Brüdermönche, ihre Schmiede und Tischlerei, die Schuster- und Schneiderbuden, die Bäckerei neben der Steintreppe, die zur Fähre führte, und die Mühle im Gärtlein des Bischofs und die Bauten der alten Klosteranlagen hinter dem Dom, mit dem Friedhof der Mönche, der von einem Kreuzgang umschlossen war. Und der Arzt hatte sich vorgenommen, alles niederzuschreiben, was er aus Chroniken über die Vergangenheit der Prignitz erfahren konnte.

An diesem Abend sollte jeder von ihnen erzählen, was er erreicht hatte. Und den Anfang machte der Lehrer.

„Freunde", sagte er, „ich komme mit leeren Händen zu euch. Zwar habe ich mein Buch beendet. Aber als ich heute auf den Turm des Doms hinaufstieg, um über die Prignitz zu schauen, sprach eine Stimme in mir: ‚Ja, das ist ein feines Buch. Aber was sagst du zu dem, was noch fehlt? Zu dem Flugsand im Havelberger Forst? Zur ‚nordischen Wüstenei', die jahrhundertelang eine öde Wildnis war, wo der Sand der Urzeit wehte? Zur Putlitzer Heide, ein zugeschütteter See der Schmelzwasser der Eiszeit? Willst du nicht auch über die Moore, Luche und Brüche schreiben, den Sophiendorfer Totenbusch und die schwarzen Flüsse? Über die Löcknitz, der größte Fluss der Prignitz, die Schwarzwasser genannt wird, weil sie einem Moor entspringt? Über das Land mit der schwermütigen Schönheit seiner Moore und schwarzer Flüsse, seinen Wäldern und seinem weißen Sand und blauen Himmel? Und darum sitze ich heute vor euch, mit einer Arbeit, die nur halb getan ist."

„Das war eine schöne Rede", sagten die drei Freunde.

„Nun will ich euch erzählen, was ich erlebt habe", sagte der Pfarrer. „Auch mein Buch war eigentlich so gut wie beendet. Da traf ich einen alten Fischer der Inselstadt, der behauptete, der Löwe auf dem Steinsarkophag des Bischofs Wöpelitz im Dom sei gar kein Löwe, sondern ein Lindwurm! Ihr wisst ja, Freunde, dass der Drache lange das Sinnbild für die Finsternis und den Tod war. Dieser Drache stach den Bischof in die Schläfe, so dass er starb, heißt es, und doch liegt das Unge-

tüm in Stein gehauen besiegt zu Füßen des Toten. Da verstand ich, warum viele glauben, der Bischof liege gar nicht in dem Sarkophag im Dom, sondern am Domberg, gen Sonnenaufgang. Denn alle Kirchen hatten früher ihren Altar gen Osten gerichtet, wo die Sonne an jedem Tag von neuem die Finsternis vernichtet. Im Sinnbild der Sonne, dem ur-ewigen Gleichnis unseres Erlösergottes, sah das Volk zu allen Zeiten seine Auferstehungshoffnung. Dort also soll er in einem goldenen Sarg ruhen, der in einem silbernen steht, der von einem kupfernen umschlossen ist. So sitze auch ich heute vor euch mit einem halbfertigen Buch, Freunde."

„Das war eine schöne Rede", sagten darauf die Freunde auch zu ihm.

„Nun aber muss ich euch erzählen, was ich heute erlebt habe", begann der Organist. Und er berichtete, was er im Dom hatte sehen dürfen. „Und darum weiß ich, Freunde, dass meine Arbeit an dem Plan der Klosteranlagen nur Stückwerk bleibt, wenn ich nicht die Gestalten und den Geist der Vergangenheit lebendig werden lassen kann."

Nun sprang der Doktor auf. „Freunde!", rief er. „Was soll ich euch sagen! Wenn ich in den alten Schriften las und die Denkmäler der Vergangenheit betrachtete, so spürte ich oft, wie sich in all den Jahrhunderten die Kräfte aneinander zerrieben, dass mich die Verzweiflung packte um so viel vergeudetes Gut! Immer wieder Gewalt und Brand und Mord, von Ost gegen West, Stand gegen Stand. – So hätte auch ich heute mit Bruchwerk zu euch kommen müssen, wenn ich nicht gerade heute ein wunderbares Erlebnis gehabt hätte!"

Damit stand der Doktor auf und brachte die Bowle auf den Balkon. „Bevor wir die Gläser füllen, um den zu feiern, der in diesem Jahr die größte Leistung vollbracht hat, werde ich euch meinen kleinen Gast bringen", fuhr er fort. „Ein Kind, das durch ein Wunder die Gabe erhalten hat, Dinge zu sehen, die uns verborgen bleiben. Aber erschreckt nicht, wenn ihr meinen Gast nicht seht! Denn sie trägt die Blüte der Rennefarre im Schuh und ist für Menschen unsichtbar."

So geschah es, dass Dott an diesem Abend endlich im Kreis von Menschen saß, unsichtbar nicht nur durch die Blüte der Rennefarre, sondern auch verborgen in der Dunkelheit der Nacht. Sie musste alles berichten, was ihr seit der Johannisnacht begegnet war. Als sie geendet hatte, erhoben die vier Freunde ihr Glas und riefen: „Ihr gebührt der Preis! Wir wollen mit dem Kind auf das Wohl unseres Landes anstoßen!"

„Und nun, Freunde, wollen wir die kleine Dott bitten, am Ende ihrer Wanderung wieder zu uns zurückzukehren", sagte der Doktor. „Möge sie vor keinem Abenteuer zurückschrecken, damit sie alle Wunder der Rennefarre erfährt!"

Frau Harke

Herrin der Winde und Wolken

Südlich von Havelberg, in den Kamernschen Bergen, hat Frau Harke ihren Hochsitz aufgerichtet. Ihr, die einst unumschränkt über die weiten Ebenen und Berge zwischen Weser und Havel herrschte, hat der Mensch nur noch diese kleine Gruppe von Bergen gelassen. Seit undenklichen Zeiten heißt der Berg, in den ihre Höhle hineingebaut ist, Frauharkenberg, und ein langer, tiefer Abgrund in seiner Nähe heißt Frauharkengrube. Auch der Weg, auf dem sie von ihrem Berg zum Schönfelder See hinuntersteigen kann, trägt den Namen Frauharkenstieg. Dieses ganze Gebiet und die höchste Erhebung der Kamernschen Berge ließ der Mensch Frau Harke als Wohnsitz, und er glaubte, dass sie hier gut untergebracht sei.

Aber er hatte vergessen, dass Frau Harke die mächtige Herrin der Winde und Wolken war, die große Frau der Moore und Flüsse, die Beschützerin des Wildes und der zahmen Tiere, die den Menschen dienen. Sie war es, die im Winter in die Wolkenballen griff und sie schüttelte und auseinanderwarf, so dass der Schnee auf die Erde hinunterrieselte, damit die Tiere und Pflanzen vor dem Erfrieren geschützt wurden. Sie jagte wie Sturmesbrausen auf ihren schwarzen Rossen durch die Wälder, dass alles morsche und tote Gezweig zu Boden prasselte. Sie spann am Morgen und am Abend den Nebel und breitete ihn über die Moore und Brüche, damit das Kleingetier für kurze Stunden am Tag vor Überfällen gesichert sei.

Einst kannte ihr Reich keine anderen Grenzen als die, welche ihre Aufgabe ihr bestimmte. Alle Wälder und Sümpfe waren ihr untertan. In ihrem Reich lebten die Riesen, welche die Berge bauten, und die Riesenfrauen, die in ihren Schürzen Sand für die Höhenzüge herbeischleppten. Und tief in der Erde arbeiteten die Hansemannken – die starken, kleinen Erdleute mit den dicken Köpfen – Tag und Nacht, um die Grundwasser zu Quellen zusammenzuziehen und zur Oberfläche zu lenken und den Wurzeln der Bäume und Pflanzen Nahrung zu spenden. Deren große Aufgabe war es, bei der Entstehung der Metalle und Kohlenlager mitzuwirken.

Mit gewaltigen Kräften, mit Niederreißen und Wiederaufrichten, arbeiteten alle gemeinsam unter Frau Harkes Schutz am Aufbau der Landschaft und an der Ordnung des Lebens in der Natur. Bis der Mensch die Herrschaft ihren Händen entriss. Schritt für Schritt sahen sie sich aus ihren Aufgaben zurückgedrängt. Wo die Hansemannken früher die Erde bearbeiteten und auftürmten und neu ordneten, da arbeitete und ordnete jetzt der Mensch. Hilflos und nackt war er in das Land gekommen; bald aber jagte er das Wild der Wälder und die Fische der Gewässer, er fällte die Bäume und beackerte die Felder, er dämmte die Ströme ein und entwässerte die Sümpfe. Immer größere Menschenscharen strömten ins Land; sie stellten ihre steinernen Dörfer und Kirchen auf und zogen Straßen und Wege von Ort zu Ort.

Da erhoben sich die Gewalten der Natur, um die Menschen zu vertreiben. Die Zwerge ließen die Quellen frei, um die Wohnstätten der Eindringlinge zu überschwemmen, die Riesen unterwühlten die Berge, die sie erbaut hatten, so dass sie zusammenstürzten und die Gewässer sich über weite Flächen ergossen und ganze Dörfer und Städte in ihnen versanken. Sie bliesen in den Sand der Höhenzüge, dass er aufwirbelte und die Saaten überdeckte. Aber der Mensch blieb im Land und nahm ein Gebiet nach dem anderen in seinen Besitz.

Eines Tages verließ Frau Harke ihre Höhle, in die sie sich, um die Unterwerfung der Natur nicht mitansehen zu müssen, in grimmigem Schweigen zurückgezogen hatte. Sie stieg auf ihren Berg, wuchs riesenhaft empor und schaute drohend über das Land. Überall, wohin ihr Blick fiel, lagen im weiten Kreis die Städte und Dörfer der Menschen, und überall dort, wo die Menschen wohnten, da erhob sich hoch über die Dächer empor der Turm einer Kirche, und von allen Türmen in der Runde dröhnten die Glocken über das Land mit ihren ehernen und mächtigen Stimmen, lockend süß und furchtbar zugleich.

In verhaltenem Grimm bückte sich Frau Harke zur Erde. „Wenn alle diese Türme zerstört sein werden und diese Glocken schweigen, dann wird die Zeit unserer Herrschaft wiederkehren!“, dachte sie. „Dann wird der Mensch sich unserer Gewalt wieder beugen müssen, wie alles

Getier des Landes, dann werden die Bande der Flüsse wieder gesprengt und die Moore und Sümpfe wieder frei! Dann gehört die Erde wieder uns – mit allem, was auf ihr lebt!"

Und sie beugte sich nieder und hob einen mächtigen Felsen vom Boden. Fest stemmte sie den einen Fuß auf den Kamernschen Berg, den anderen setzte sie breit und sicher auf die Rhinowschen Berge, dann streckte sie die Arme hoch über den Kopf empor und schleuderte den Felsen auf den Havelberger Dom.

Aber sie musste wohl mit allzu zornigem Druck zugepackt haben, denn der Felsen zerbrach in ihren Händen in drei Teile. Der erste Teil fiel zu ihren Füßen nieder auf den Frauharkenberg, der zweite Brocken flog nach Rehberg, der dritte nach den Stöllenschen Bergen.

Da bückte sich Frau Harke zum zweiten Mal in Hass und Grimm. Wieder hob sie einen Felsen vom Boden und zielte nun scharf auf die Türme der Marienkirche in Stendal. Der Felsen aber nahm im Flug seinen eigenen Weg und brach mit furchtbarer Gewalt auf dem Arneberger Galgenberg nieder.

Zum dritten Mal bückte sich Frau Harke und schleuderte mit äußerster Kraft einen riesigen Felsblock auf die Marienkirche in Brandenburg, damit die zerschmettert in sich zusammenfalle. Es war aber, als würde der Stein ihr aus den Händen geschlagen. Er fiel, ohne den geringsten Schaden zu stiften, bei den Dörfern Kotzen und Laudin nieder. Da erkannte Frau Harke endlich, welche Macht es war, die ihre Hand schützend über die Werke der Menschen hielt, und zog sich still in ihre Höhle im Harkenberg zurück. Und auch die kleinen Erdleute verbargen sich und wagten sich nur noch selten auf die fast überall bebaute und vom Menschen beherrschte Erde. Die Riesen aber nahmen ihre großen Bündel auf den Rücken und ihre Eichenstämme in die Hand und wanderten aus.

Während die Unterirdischen in der Stille der Erde saßen, geschah es, dass ihr Hass gegen den Menschen einschlummerte. Alle süßen Erinnerungen der alten Zeit erwachten in ihnen, aus jener Zeit, als der Mensch noch wie ein Bruder inmitten der wilden, unbeherrschten Natur stand. Sie erinnerten sich daran, wie sie ihm halfen, seine ersten Waffen zu schmieden und auf seiner Herdstatt die nie verlöschende Glut zu erhalten. Sie halfen, seine Ernten tränken und nähren, und er wusste damals noch, dass die Geister der Natur ihm zwar zerstörend und niederschmetternd, aber auch gütig und helfend zur Seite stehen.

Damals glaubte er noch nicht, dass er allmächtig über den Kräften der Natur stünde und dass sie nichts anderes für ihn bedeutete als eine Ansammlung von Stoffen, die er zu seinem Nutzen und zu seinem Vergnügen ausbeuten konnte. Die Hansemannken, die kleinen Erdleute, vergaßen in der Dunkelheit der Erde diese letzte bittere Zeit. Sie dachten nur daran, wie sie einst des Menschen Freunde waren, und wie er ihnen kleine Schüsselchen mit Milch an den Herdrand gestellt hatte. Sie begannen sich nach dem Menschen zu sehnen und versuchten, ihm wieder nahe zu kommen.

Auch Frau Harke vergaß die Kämpfe der letzten Zeit. Ja, der Mensch hatte sich in seiner Blindheit aus der Harmonie der Schöpfung ausgesondert. Aber es hatte eine Zeit gegeben, da er die mächtige Frau des Wassers und der Wälder „die große Mutter allen Überflusses“ genannt hatte und die „vlughende Frowe“, fliegende Frau. Und um dieser Erinnerung willen beschloss Frau Harke, wieder durch das Land zu ziehen und, vor den Menschen verborgen, die ihr gestellte Aufgabe zu erfüllen.

Und so geschah es, dass Frau Harke wieder in vielen Gestalten durch die Lande wanderte, die Mutter aller stummen Geschöpfe, die zu lohnen und zu strafen weiß, denn sie hat die Macht, Holzspäne in Gold zu verwandeln und Gold in Dreck und Staub.

Vor allem zur Weihnachtszeit ist es, als wenn die Menschen ihre Nähe wieder spürten. Dann schlagen die Knechte einen Keil für ihre gläserne Kutsche, in der sie durchs Land fährt, und legen ihn auf die Schwelle der Haustür. Da tritt der Bauer vor das Haus und hebt den feuchten Finger in die Luft, denn in diesen zwölf Nächten darf Frau Harke die Richtung der Winde für die zwölf Monate des kommenden Jahres angeben. In dieser Zeit besucht Frau Harke die Ställe der Tiere und sorgt dafür, dass ihre Nahrung verdoppelt wird und dass ihr Stall vor Kälte geschützt ist. Sie schwebt durch Rauchfang und Luken in die Häuser hinein und prüft, ob die Spinnrocken in einen Knoten geschlungen sind und unberührt in der Ecke stehen. Wehe dem Mädchen, das in den heiligen Weihnachtsnächten spinnt! Ihr Garn wird von unsichtbaren Händen verwirrt und Gesicht und Hände werden ihr mit einem schmutzigen Flachsbüschel zerkratzt.

Denn Frau Harke ist die unnachsichtige Hüterin der Heiligen Zwölf Nächte, die zwischen der Christnacht und dem Fest der Heiligen Drei Könige liegen, der Nächte, in denen die Engel des Himmels und die Hirten des Feldes kamen, um das Wunder der Heiligen Nacht anzubeten, der Nächte, in denen die vielen Tiere der Freiheit ihre Kämpfe einstellen und der Fuchs friedlich neben dem Hasen liegt, in denen der Wald von wunderbarem Klingen und strahlendem Licht erfüllt ist und die Rosen unter dem Schnee erblühen.

Der Thing der Tiere

Wenn der Rothirsch röhrt, wenn der Keiler bläst,
Brecht mit Mann und mit Hund durch Getann und Geäst,
Halali! Halali! da das Waidrecht gilt!
Dumpf kracht das Gehölz, es knistert im Rohr.
Hintendrein durch den Sumpf, durch den Schlick und das Moor,
Auf der Jagd, auf der Jagd nach dem Wild!

(Lied Marbods, des Jägers)

Seit drei Tagen zogen die Leittiere, die Ältesten und Weisen der freien Rudel und der Haustiere aus dem Reich Frau Harkes, auf heimlichen Pfaden zum Frauharkenberg. Die Hasen flitzten auch am Tag durch Gräben und Felder. Das Wild verließ den sicheren Standort erst gegen Abend; wenn die Sterne am blauen Sommerhimmel zu leuchten begannen, überquerten sie die gefährlichen Lichtungen zwischen den Wäldern, und sie verschwanden in sicherer Deckung, sobald die Sterne am Morgen verblassten. Die größten Schwierigkeiten hatten die Tiere der Menschen zu überwinden. Und zuletzt von allen machten sich die Vögel auf den Weg, weil sie am wenigsten Zeit für ihre Reise brauchten.

Unaufhörlich trafen die Wanderer aus allen Himmelsgegenden vor der Höhle im Harkenberg ein. Am Eingang zu dieser Höhle stand Frau Harke selber, ein riesenhaftes Weib in grauem Kleid, die Figur wuchtig und breit und überwallt von blondem Haar, das einen Glanz hatte wie reifendes Korn. Ein herrliches, strahlend schönes Gesicht hatte sie, und ihre blauen Augen blickten mild und gebieterisch zugleich. Ja, schrecklich schön ist Frau Harke, die Mutter der Natur und ihres Überflusses!

Sie steht am Eingang der Höhle und zählt die Ankommenden. Wenn das Frührot der Dämmerung den Himmel säumt, so treibt sie mit einem Eichenstamm die müden Tiere schneller den Berg hinauf und in die Höhle hinein. Und sobald die ersten Strahlen der aufgehenden Sonne aus der Tiefe über den Rand der Erde schießen, wälzt sie einen riesigen Stein vor den Eingang zu ihrem Wohnsitz.

Dann kommt die Zeit, da sie den Tieren Ratschläge zum Schutz vor den Feinden erteilt und die alte Schutzfärbung verbessert. Sie fleckt das Jungreh wie mit Sonnentupfen, damit es dem von der Sonne überrieselten Boden des Waldes gleicht. Sie überstreift die scheue Trielvogelmutter und ihre Jungen mit der Farbe alter Borkenstücke und streicht die Färbung des trockenen Laubes über das Häschen. Dem Tier verrät sich das Tier durch Geruch und Geräusch, die der Wind meilenweit mit sich fortträgt. Um sie aber vor dem Menschenauge zu schützen, denkt Frau Harke für jedes ihrer Kinder, besonders aber für die sanften unter ihnen, immer neue Schattierungen für ihre Kleider aus. Und das Kleid, das Frau Harke dem Tier gibt, vererbt sich auf die Nachkommen, bis sie selber es wieder ändert, wenn die Not es erfordert.

Am dritten Tag des Things setzt sich Frau Harke auf ihren Hochsitz, der am Ende der Halle aus Felsen errichtet ist. Sie setzt sich aufrecht und in starrer Haltung auf den Felsenthron, und ihr Blick ist streng und drohend. Denn am Gerichtstag des großen Things, der nur einmal in hundert Jahren stattfindet, nimmt sie die Klagen der Tiere gegen den Menschen entgegen.

Sie ist es gewohnt, an den Tagen des Gerichtes harte Klagen über die vielen gequälten Geschöpfe ihres Reichs zu erfahren, über die abgeschossenen Muttertiere und verwaisten und verhungerten Rehkälbchen. Über die angeschossenen Wildschweine, die ihr heraushängendes Gedärme auf der Flucht hinter sich herschleppten oder die Fährte mit ihrem Blut bespritzten und mit ihren Knochensplittern bedeckten, bis sie todwund zusammenbrachen. Sie ist es gewohnt, an diesem Tag von den Angstschreien des verängstigten, hin- und her gestoßenen Rindes in den Schlachthöfen zu hören und von den Zusammenbrüchen der überbürdeten Pferde in den Betrieben.

Darum sitzt sie nun aufrecht auf ihrem Thron, um all dieses Elend an ihr Herz zu nehmen, in dem es unlöschbar aufgezeichnet wird bis zum Tag des großen Gerichts vor Gott. Es ist eine dunkle Stunde, und es ist nicht gut für einen Menschen, zur Zeit des großen Things vor Frau Harke hinzutreten! Und doch kommt gerade jetzt ein kleines Menschenkind auf dem Weg daher, der durch die Ebene zwischen Havel und Elbe zum Berg von Frau Harke führt.

Frau Harke blickt über die unter ihr wogenden Scharen ihrer Untertanen und wartet, dass der erste Sprecher hervortritt, um den Menschen anzuklagen. Aber alle Tiere blicken ruhig und schweigend vor sich hin, und kein einziges bewegt sich, um vor ihren Thron zu treten. Die große Frau blickt erwartungsvoll von einem zum anderen. Denn sie weiß, dass das Maß des Leidens ihrer Kinder auch in diesem Jahrhundert übervoll wurde. „Bedenkt wohl, meine Söhne und Töchter", sagt sie, „die Stunde ist da, wo ich eure Klagen anhöre und Gericht halte! Bedenkt euch wohl!" Ja, die Zeit ist wahrlich nicht gut gewählt, dass ein Mensch vor Frau Harkes Thron treten sollte! Und doch kommt die kleine Dott immer näher. Sie hat sich für diese Stunde mit Blumen geschmückt und ihre Zöpfe gelöst, denn sie weiß, dass sie vor eine mächtige Herrin treten wird.

Noch einmal wendet sich Frau Harke an die Tiere: „Wer etwas zu sagen hat, der trete vor!", ruft sie gebieterisch. Da tritt mit gemessenem Schritt ein Hirsch aus der schweigenden Schar. Es ist Busso, der größte der lebenden Hirsche, der in jedem Jahr die weite und gefährliche Fahrt aus den masurischen Sümpfen bis in die Mark unternimmt, um dort den Sommer zu verbringen. Er ist so klug, dass die Jäger seine Fährte, die so groß ist wie die eines Rindes, nur einmal in drei bis vier Jahren entdecken. Kein Mensch hat ihn jemals gesehen, und wo er steht, weiß niemand. Sein königliches Geweih ist voller Enden und ragt anderthalb Meter über seinen Kopf.

„Wir Hirsche und Rehe können dieses Mal keine Klage über den Menschen führen“, sagt Busso mit seiner tiefen Stimme. „Die Jagd muss sein, und wir würden stumpf und träge, wenn nicht der ständige Kampf mit dem Menschen wäre. Und seit er den Abschuss der Muttertiere verboten hat und Krippen mit Futter im Winter einrichtet und Heu- und Moosbetten gegen die Kälte, seit er große Bezirke des Landes unter den Bann des Friedens stellt, damit kein Stamm der Tiere von der Erde vertilgt wird, haben wir keinen Grund mehr, über den Menschen zu klagen.“

Sobald Busso wieder in die Schar zurückgetreten ist, schiebt sich ein mächtiger Elchschaufler vor und schaukelt leicht auf seinen hohen, schwankenden Beinen bis zu den Stufen des Thrones. Er ist aus der Uckermark gekommen, aus dem weit gedehnten Tierschutzgebiet im Norden Berlins. Als er vor Frau Harke steht, hebt er stolz das gewaltige, todbringende Schaufelgeweih über die hochgewölbte Schulter, saugt die Luft wie in die Ferne witternd durch die breit hängende Oberlippe und blickt aus seinen kleinen, rot glühenden Lichtern wissend und wie aus Urzeiten kommend zu der Herrin der Tiere auf.

„Der Tod muss sein“, spricht vorsichtig und zögernd der Elch. „Das Sterben ist notwendig, damit neues Leben entstehen kann, solange diese Erde ist. Und seit der Mensch unserer Ausrottung entgegentritt, seit wir nicht mehr auf die lächerlich kleinen Reviere der Nehrung verbannt sind, seit der Mensch uns und unserem Bruder der Urzeit, dem Wisent, wieder Heimatrecht überall in deutschen Ländern gibt, haben wir keine Klage gegen ihn zu erheben.“

Kaum hatte der Elch sich wieder zwischen die lauschenden Brüder geschoben, als ein altes Pferd vor den Hochsitz trat. Es hatte den Weltkrieg mitgemacht und ein Auge verloren, und Narben und kahle Stellen bedeckten seinen Leib. „Das Tier muss dem Menschen dienen, so ist es sein Schicksal“, sagte es ruhig. „Und seit der Mensch Heimstätten gebaut hat für diejenigen unter uns, die den Krieg mit ihm durchgemacht haben, seit er die Grubenpferde aus den Schächten holt und ihnen Ferien schenkt auf der blumigen Weide, seit er Erholungsheime einrichtet für alle kranken und ermatteten Pferde, seitdem haben wir keine Klagen mehr über den Menschen vorzubringen, selbst wenn auch heute noch hier und dort Bosheit und Unrecht geschieht."

Frau Harkes Augen wurden immer heller, als ein Tier nach dem anderen über die Versuche der Menschen berichtete, dem Tiere ein gerechter und gütiger Bruder zu sein. Nach dem Pferde trat ein Rind vor den Hochsitz. „Das Vieh ist dazu geschaffen, dass es den Menschen kleidet und ernährt", sagte es und blickte mit seinen geduldigen Augen zu Frau Harke auf. „Der Mensch ernährt auch uns und schützt uns vor unseren Feinden. Und seit er jeden bestraft, der uns ängstigt und quält, seitdem haben wir keine Klage gegen den Menschen zu führen."

Nachdem das Rind seinen Platz wieder eingenommen hatte, schwebte ein großer weißer Vogel vor den Hochsitz. „Streng und hart sind viele Gesetze der Menschen für das Tier", sagte Heinotter, der Storch. „Viele unserer Brüder werden erbarmungslos vernichtet, wenn sie außerhalb der Bezirke angetroffen werden, die für sie von den Menschen als ihr Wohnsitz bestimmt sind. Seit aber ein Menschenkind es auf sich nahm, zwei einfache Ackerpferde vom Tod zu retten, glauben wir Vögel, dass wir uns nicht beklagen dürfen." Er hatte noch nicht ausgesprochen, als sich neben ihm ein großer grauer Reiher niederließ.

„Seit ein Menschenkind in das Wasser sprang, um mein Junges zu retten und für einen von uns sein Blut vergossen hat, glauben wir Vögel, dass der Mensch trotz allem unser Bruder sein kann", sagte er.

Bei seinen letzten Worten fiel ein dunkler Schatten groß und weich neben Gurian, dem Fischreiher, nieder. „Seit dieses Menschenkind Uff, mein Weib, aus ihrer Schmach als Lockvogel befreit und sie vor dem Tod errettet hat, preisen alle Vögel guten Willens diese Tat", sagte Buhuho, der König unter den Vögeln. „Alle Moore und Wälder sind erfüllt von Lobliedern auf das Menschenjunge, das unsere Sprache sprechen kann, und alle glauben jetzt, dass der Mensch auch gut ist."

In diesem Augenblick ertönte ein zaghaftes Klopfen am Felsen. So leise es war, so hatte doch nicht eines unter den Tieren es überhört, und keines war im Zweifel, dass ein Mensch vor dem Felsen stand.

Ein vierter Schatten schwirrte schwarz neben die drei Vögel vor dem Hochsitz. „Das Menschenjunge steht vor der Tür“, sprach Marko, der Schwarzspecht, schnell und mit fester Stimme. „Ich spreche für das Menschenjunge, weil es eine Lehre anzunehmen verstanden hat und den Rat der Vögel nicht verachtete.“

„Wir sprechen für das Menschenjunge, weil es uns in unserer Not geholfen hat“, sagten die drei großen Vögel neben ihm.

Da erhob sich Frau Harke lächelnd von ihrem Thron und schritt auf den Eingang der Höhle zu. Sie schob den Felsen zur Seite, beugte sich nieder und trug Dott auf ihren Armen in die Höhle hinein.

Nun sah das Mädchen, dass die mächtige Wölbung der Höhle von Fackeln erhellt war und dass die Wände von einer satten Feuchtigkeit tropften und glitzerten; sie blickte in das lachende, gütige Gesicht Frau Harkes und die wogenden Rücken und unzähligen Geweihe unter sich und die rauschenden und schillernden Wolken der Vögel auf den Felsvorsprüngen der Wände. Und wie im Traum hörte sie die Stimme Frau Harkes über sich: „Merkt wohl, meine Söhne und Töchter, merkt wohl! Dieses ist das Menschenkind, das eure Sprache spricht und das euch Bruder war. Nach allen Gesetzen unseres Reiches ist es in eure Reihen aufgenommen durch die Fürsprache der vier Großvögel, Buhuhos, des Königs der Vögel, Heinotters, des Storches, Markos, des Schwarzspechtes, und Gurians, des Fischreihers. Schützt es von heute ab, wo ihr es findet, helft ihm, wie ihr könnt, und haltet ihm die Treue, wie es euch die Treue gehalten hat.“

Dann bückte sich Frau Harke und zupfte aus einem Spalt der Höhle drei blühende Gräser, die das Volk „Frauharkenbartgräser“ nennt und die überall da wachsen, wo Frau Harke ihren Aufenthalt hat. „Bei jedem dieser Gräser kannst du dir etwas wünschen“, sagte die mächtige Frau zum Abschied. „Wenn du eines dieser Gräser in die Luft wirfst und dabei einen Wunsch aussprichst, so wird er dir erfüllt werden. Nur von der Rennefarre kann das Gras dich nicht befreien, denn die ist stärker als sie. Nun lebe wohl, kleine Dott, aber hüte dich, dass du diese Gabe nicht töricht verschleuderst oder dir dein Unglück herbeiwünschst!“

Ritt durch die Nacht

In den ersten Abendstunden einer hellen Juninacht ritt Dott auf dem breiten Rücken Bussos den Abhang des Frauharkenberges hinunter. Zu beiden Seiten der seidenhaarigen, warmen Wölbung seiner Flanken baumelten ihre nackten Beine. Ihre Hände umspannten das weit ausladende, endenübersäte, tiefdunkle Geweih des riesigen Wanderhirsches.

Frau Harkes Thing war zuende gegangen; alle Tiere waren auf dem Heimweg. Gurian kehrte in diesen Stunden zu seinem Horst am Elbdeich zurück, gefolgt von Cornix; Uff, Buhuho, Marko und Heinotter flogen nach Hause in den Dammrower Forst. Busso aber, der Wanderhirsch, wollte im Herbst über den Werbellinsee und die Schorfheide die Masurischen Seen erreichen. Und so hatte Dott ihn gefragt, ob er sie ein Stück nach Osten mitnehmen könnte.

Nun jagt der Hirsch lautlos durch die nächtlichen Äcker und Wiesen. Schnell wie der Sturm und gegen den Wind fliegt er dahin, ständig witternd, ob der Menschengeruch ihm stärker oder schwächer zugetragen wird. Er vermeidet die Landstraße, aber nun nähert er sich der Stadt Havelberg, da er mit dem Kind auf dem Rücken den Fluss nicht durchschwimmen will. Die dunkle Mauer der Stadt wächst immer höher vor ihm auf, er erreicht die Havel, und in rasender Fahrt poltert Busso über die Sandauer Brücke, stürmt wie ein herrlicher Waldspuk der Nacht durch die Lange Straße der Inselstadt an den nächtlichen Fußgängern vorüber, die ihm erstarrt vor Schreck nachschauen, und stürmt durch die nächste Quergasse dem Feldgeruch folgend ins Freie.

Wie ein Pfeil flog er durch die Felder und tauchte lautlos im Havelberger Forst unter. Dott lag tief niedergebeugt auf Bussos Hals, denn der sausende Wind zerschlug ihr den Atem. So betäubend war der Ritt, dass sie nichts um sich herum wahrnahm und nur daran dachte, wie sie sich auf dem glatten, wogenden und federnden Rücken festhalten konnte.

Wehe ihr, wenn sie nicht den festen Halt an den Stangen des Geweihes gehabt hätte! Auch mit dieser Stütze war der Ritt gefährlich, und Dotts Arme schmerzten von der Anstrengung. Aber ihr Herz schlug vor Freude über die wilde, abenteuerliche Fahrt!

In einer Dickung des Forsts blieb Busso plötzlich stehen, und Dott richtete sich auf. „Wir müssen in dieser Nacht noch die Seen erreichen“, sagte der Hirsch mit seiner tiefen, weichen Stimme. „Der sichere Weg führt durch die Niederung, aber die Fährte durch die Luche und Sümpfe ist nicht geeignet für dich. Darum müssen wir durch die Wälder. Es gibt auf diesem Weg nur eine Gefahr, Menschenkind, das sind die großen, rollenden Lichter, die auf den Straßen dahergebraust kommen, und die uns Tiere in sich hineinsaugen. Von diesen Feuern musst du mich fortwenden, wenn sie mich an sich ziehen wollen, sonst sind wir verloren.“

Dott hatte aufmerksam zugehört. „Die großen, rollenden Lichter können nichts anderes sein als die Scheinwerfer der Autos oder Eisenbahnen“, dachte sie. Ihr war beklommen zumute, als sie hörte, dass sie dem herrlichen, königlichen Busso helfen sollte.

Busso schritt vorsichtig durch den Forst. Auch hier ging er dem Wind entgegen, damit der ihm jeden gefährlichen Geruch und jedes Geräusch zutragen konnte. Wie eine silberblaue Glocke stand der Himmel über den Wipfeln der Kiefern. Die Luft stieg warm vom moosigen Boden auf, und nichts war zu hören als das Knacken der trockenen Zweige unter den Hufen Bussos. „Ist denn niemand im Wald wach in der Nacht?“, fragte die kleine Dott flüsternd.

„Im Wald wachen viele“, erwiderte der Hirsch, „du musst nur lernen zu hören. Gegen Abend, hundert Sprünge von hier, ziehen in diesem Augenblick sechs Rehe über eine Lichtung. Gegen Morgen, an einem ruhigen Wasser, kriechen drei Fischottern durch hoch stehendes Gras. Sieh nur nach rechts, da hat sich der Iltis vom Feld hierher verirrt.“

Dott suchte das Gestrüpp mit den Augen zu durchdringen. Da sah sie, dicht zu ihren Füßen, zwei grünlich blaue Lichter, die stechend auf sie gerichtet waren. In der Ferne hörte sie einen Ruf, der wie ein helles und fremdartiges Bau-Bau klang. „Bellt hier ein Hund?“, flüsterte sie.

„Das ist kein Hund“, antwortete Busso, „das ist der Kampfruf der Ohreneule, wenn sie die Jagd beginnt. Aber nun schweig, Menschenkind, denn die Nacht verlangt Stille.“

Sobald sie den Rand des Walds erreicht hatten, begann der Hirsch wieder mit seinem schnellen, federnden Lauf. Im blauen Licht gebadet lagen die Äcker und Wiesen endlos ausgebreitet, und die Dörfer waren dunkel und schweigsam in sie hineingebettet.

Schneller wurde der Gang Bussos, und das Mädchen klammerte sich

wieder an den Stangen fest. „Ein lockerer Griff ist besser als ein harter", rief Busso ihr zu und begann in großen, weichen Sprüngen über die Ackerfurchen zu setzen. Dott lockerte den Griff, sofort aber glitt sie zur Seite und wäre gefallen, hätte sie nicht sogleich wieder fester zugepackt. Sie presste sich mit ihrem ganzen Körper gegen den Rücken des Hirsches. Und Busso mäßigte nicht im Geringsten die Schnelligkeit seines Laufes.

„Ein federnder Sitz ist besser als ein steifer", rief Busso wieder. Dott versuchte nun, den Bewegungen des Hirsches zu folgen, statt sich mit ihrer schwachen Kraft dagegen zu stemmen. Zuerst wurde sie furchtbar auf und ab geschleudert und war ständig in Gefahr, auf einer der Seiten hinabzugleiten. Nach und nach aber verstand sie das Gleichmaß, und als sie erkannt hatte, dass sie nur das Gleichgewicht zu halten brauchte, da begann sie sich vertrauensvoll dem herrlichen Emporgehobenwerden und weichen Niedersinken hinzugeben. Nach einigen Stunden spürte sie, wie sie sogar der kleinsten unvorhergesehenen Wendung zu folgen vermochte, ohne sich am Geweih festklammern zu müssen.

Wie im Sturm flogen sie über die Äcker zwischen den Dörfern dahin, sie durchwateten unzählige Rinnsale und Bäche, spritzten und platschten durch die Moräste der Jägelitz, tauchten wieder unter in den schützenden Kiefernwäldern der kleinen Gehölze auf ihrem Weg, und wieder ging es durch die bebaute Ebene, die in dem Blau der Juninacht wie die Landschaft eines Traumes ausgebreitet dalag, während das Sternenzelt über ihr langsam seine gewaltigen Kreise von Osten nach Westen zog.

Vorsichtig durchwanderten sie die Kiefernforste der Natte Heide und der Fretzdorfer Heide, denn der Wald war gefährlicher als die Ebene, weil er die Geräusche verriet. Aber der Hirsch wusste, dass Schonzeit war. Was er fürchtete, war nicht der Tod, sondern die Gefangenschaft.

„Marbod, der Jäger, versucht meine Spuren wiederzufinden, hat mir Pica-Pica, die Elster erzählt. Sie freut sich, wenn sie eine böse Nachricht verkünden kann, aber ich weiß, dass er wirklich bei den großen Seen der Havel meine Fährte gesehen hat. Er wird keine Ruhe finden, bis er mich gefunden hat", sagte Busso ruhig, während er durch den Wald schritt.

Da wurde mitten in dem dichten Forst der Fretzdorfer Heide die Dunkelheit von einem hellen Licht durchbrochen, das mit Stampfen und Pfeifen auf sie zustürmte. Busso begann unruhig zu werden und zu zittern, und die kleine Dott merkte erschrocken, dass er nach einigem Hin- und Herschwanken wie im Schlaf zu trotten begann und dem Lichtschein entgegenlief. Sie erinnerte sich an seine Warnung und versuchte mit Gewalt, seinen Kopf am Geweih zur Seite zu wenden. Aber ihr Druck bewirkte nicht mehr, als wollte sie versuchen, eine Eiche umzubiegen.

Immer näher brauste der Zug, und immer schneller lief der Hirsch gerade in das Licht hinein. Da warf sich Dott über ihn, umschlang seinen Nacken mit beiden Armen und bedeckte seine Augen mit ihren Händen. „Nach rechts, Busso!", keuchte sie, „nach rechts!"

Und mit einem mächtigen Satz schwenkte der Hirsch vom Gleis weg. Hinter ihm donnerte der Zug vorüber. Dott hatte sich wieder aufgerichtet, und beide sahen, vor Erregung bebend, dem verschwindenden roten

Licht nach. „Das ist der weiße Zauber der Menschen, durch den sind sie so stark“, sagte Busso. „Durch das Licht und durch die rote Blume des Feuers herrschen sie über uns.“

„Oh, Busso, wenn das Licht so gefährlich für dich ist, dann darfst du doch nicht so weit durch die Länder wandern!“, rief Dott.

„In der freien Ebene ist es nicht gefährlich, kleine Dott“, antwortete Busso. „Da sehen wir es von weither kommen, wenn es noch harmlos ist, und dann können wir wenden und fliehen. Aber im Wald, wenn es überraschend aus der Dunkelheit hervorbricht, da sind wir verloren.“

Langsam durchzog Busso die Kiefernwälder, die das ganze Land zwischen der Fretzdorfer Heide und den Seen bei Zechlin bedecken, die mächtige Endmoräne der Eiszeit, die nichts anderes ist als der Schutt aus Steinen und Sand, der von den Gletscherströmen aus Skandinavien bis hierher geschleppt worden war. Jahrhundertelang ist diese ganze Gegend die „nordische Wüstenei“ genannt worden, bis ihre Sandwüste mit Kiefernwaldungen bedeckt wurde. Dott fühlte nach dem langen Ritt in allen Gliedern Schmerzen. Sie hatten bereits fünfzig Kilometer zurückgelegt und die ganze Ostprignitz durchjagt. Das Mädchen wurde bei jedem Schritt matter und schläfriger, und es geschah, dass sie von Zeit zu Zeit auf den Hals Bussos sank und einnickte. „Ich fürchte, ich werde einschlafen und hinunterfallen“, sagte Dott endlich verschlafen.

„Wenn du dich aufrecht hältst und auf den Weg achtest, geht es besser“, erwiderte Busso und setzte den Ritt fort. Dott straffte sich und blickte umher. Da merkte sie, dass die erste Morgendämmerung in grauen Schleiern zwischen den Bäumen lag. Mit dem Lied der Drossel, die süß und sehnsuchtsvoll die Töne wie schimmernde Perlen aneinander reihte, erwachte der Wald. Zaghaft begann ein Baumpfeifer zu dudeln, ein Rotkehlchen sang traumverloren in einem Birkenbäumchen. Von den Ästen und Büschen tropfte und rieselte es, die Haare Dotts waren feucht vom Tau, und Tautropfen hingen an den Dornen der Brombeerranken. Lange silberne Lichtstreifen tasteten zwischen den hohen Kiefernstämmen über den Moosboden, aus dem es feucht und warm empordampfte. Und als Dott von einer Anhöhe hinunter nach Osten blickte, da lag ein großes Wasser unter ihr, von dem sich die letzten Nebelschleier hoben, denn der Tag erwachte und die Sonne stieg rot und glühend aus der Tiefe.

Die drei Zaubergräser

Der Wunschbaum

Strahlend erhob sich der Morgen über dem großen Wummsee, der sein blaues Auge zum Himmel aufschlug. Dott stand lange auf dem gleichen Fleck, ohne sich zu bewegen und sah auf die schwarzen Kiefernwipfel zu ihren Füßen, in die der große Busso eingetaucht war, um in einem Versteck die Nacht für seine Weiterreise zu erwarten. „Jedes Tier weiß genau, was es zu tun hat, und wohin sein Weg führt", dachte die kleine Dott ein wenig bitter. „Nur ich, dic sic das Menschenkind nennen, weiß nicht, wohin mein Weg gehen soll, und von Stunde zu Stunde muss ich mich neu entscheiden."

Sie warf sich ins Moos und überlegte lange. „Ich möchte doch wissen, was ich nun eigentlich tun soll und wohin ich weiterreisen soll", dachte sie. „Busso will erst Ende Oktober zu den Masurischen Seen weiterreisen und bis dahin werden noch vier Monate vergehen. Eigentlich hätte ich Busso gar nicht erst bitten zu brauchen, mich mitzunehmen, wenn ich nun bis zum Herbst in diesem Wald herumsitze!"

Während sie aber missmutig vor sich hinstarrte, fiel ihr plötzlich die Abschiedsgabe der Frau Harke ein, und sie versuchte, sich die letzten Worte der großen Frau ins Gedächtnis zu rufen.

„Wenn du eines dieser Gräser in die Luft wirfst und dabei einen Wunsch aussprichst, so wird er dir erfüllt werden", sagte Frau Harke, als sie ihr die drei Gräser gab. „Aber hüte dich, dass du diese Gabe nicht töricht verschleuderst oder dir dein Unglück herbeiwünschst!"

Die kleine Dott holte die Gräser aus ihrem Beutel. Sie hatte ihren Sack beim Doktor umgearbeitet, so dass sie ihn nun am Gürtel tragen konnte. Zwei der Gräser verwahrte sie wieder sorgfältig in dem Beutel, der neben ihr im Gras lag. Den dritten Grashalm aber behielt sie in der Hand.

„Nun könnte ich mir ja allerhand wünschen", überlegte Dott. „Ich werde mir vielleicht ein Fahrrad wünschen, dann würde ich viel schneller vorwärtskommen." Denn ihr war der Gedanke gekommen, sich auf den

Weg zu machen, um die Großmutter im Spreewald zu besuchen. Wenn ihr auch niemand raten und helfen konnte, die Großmutter würde ihr sicher beistehen und sich nicht vor ihr fürchten. Während sie sich noch ausmalte, wie geschwind sie mit dem Rad zur Großmutter kommen könnte, fiel ihr ein, dass das Fahrrad nicht verschwinden würde, wenn sie auf ihm fuhr, da ja nur das unsichtbar wurde, was sie vom Boden hob. Da würden die Leute schön staunen, wenn sie ein Fahrrad sehen würden, das ganz von selbst dahergesaust kam! Nein, das wollte sie doch lieber gar nicht erst versuchen! lachte sie vor sich hin.

„Aber wenn ich doch wenigstens eine Landkarte hätte, damit ich den Weg leichter finden könnte“, überlegte sie weiter, denn ihre Weiterreise erschien ihr an diesem Morgen voll von Schwierigkeiten. „Wie leicht haben es doch die Vögel“, dachte sie. „Sie brauchen nur in die Höhe zu fliegen, und dann sehen sie das ganze Land mit allen Straßen und Dörfern! Ach, ich wünschte, ich könnte wenigstens einmal aus dem Wipfel jener höchsten Kiefer über das Land blicken, dann wüsste ich gleich, wie ich weiterzugehen hätte!“, rief sie ungeduldig.

Kaum aber hatte sie das gesagt, als ein Lufthauch den Grashalm erfasste und forttrug. Die kleine Dott sprang auf und lief hinterher, um ihn zu erhaschen; im selben Augenblick aber wurde sie selbst von einem Windstoß ergriffen und emporgewirbelt, und bevor sie sich versah, saß sie oben in dem Wipfel der hohen Kiefer, die vor ihr gestanden hatte. Das Mädchen wurde rot vor Ärger. So hatte sie es ja gar nicht gemeint! Es war ja nur so ein dummer Gedanke gewesen, und nun hatte sie ihren ersten Wunsch vertan!

Da sie aber nun schon da oben saß, beschloss sie, sich die Umgebung gründlich anzusehen. Da erkannte sie sofort, wo sie sich befand. Sie wusste, dass die vielen großen und kleinen Seen, die sie hinter den ungeheuren, weit gedehnten Wäldermassen sah, nur die Seen vor Rheinsberg und die der Ruppiner Schweiz sein konnten. Sie befand sich also an der östlichen Grenze der Prignitz, ihrer Heimat, die den nordwestlichen Zipfel der Mark Brandenburg bildet.

Sie brauchte nur weiterzugehen, um Rheinsberg und die herrliche Landschaft der Ruppiner Schweiz zu erreichen, die der Dichter Theodor Fontane so schön beschrieben hat. Das wusste sie aus der Schule. Ein Land voller Schönheit erwartete sie, voller Schlösser und

kunstvoller Parkanlagen, mit Marmorstatuen und verträumten Seen. Mittendrin war das Schloss von Rheinsberg mit seinen gelben Mauern und seinen prächtigen Rabatten; hier hatte Friedrich der Große gelebt, als er noch jung war, und danach sein jüngerer Bruder Heinrich.

Nun lag die Prignitz hinter ihr, das Land der schwarzen Tränenflüsse, der großen und heißen Kämpfe, die dunkle Leidenspforte! Eine große Ungeduld packte die kleine Dott, sich nun sogleich auf den Weg zu machen, über Rheinsberg in das Havelland und über den Fläming in den Spreewald zur Großmutter!

Als sie aber vom Baum steigen wollte, da merkte sie, dass das ganz unmöglich war. Die Äste standen so weit voneinander entfernt, dass sie nicht einmal von einem zum anderen klettern konnte. Und selbst wenn sie den untersten Ast des Wipfels erreicht hätte, so würde ihr das gar nichts geholfen haben. Denn der unterste Ast dieser Riesenkiefer reckte sich haushoch über dem Erdboden in die Lüfte, und der rostrote mächtige Stamm ging astlos und steil wie ein Mast zur Erde.

„Da hast du dir ja etwas Feines gewünscht!“, dachte die kleine Dott, und ihr fiel wieder ein, wie Frau Harke sie beim Abschied gewarnt hatte: „Dass du deine Wünsche nicht töricht verschleuderst oder dir dein Unglück herbeiwünschst!“ Ja, nun konnte die kleine Dott zusehen, wie sie wieder hinunterkam! „Ach, warum habe ich den Grashalm nicht festgehalten, bis ich ganz sicher war, was ich mir wünschen wollte!“, dachte sie. „Nun muss ich wohl noch den zweiten Grashalm hinterherschicken, um mich von diesem Baum hinunter zu wünschen!“

Als sie aber nach dem Beutel griff, da entdeckte sie erst, dass sie ihn in das Gras neben sich gelegt hatte, als sie den törichten Wunsch aussprach. „Dümmer hättest du die Sache nicht anfangen können“, dachte die kleine Dott und presste die Lippen zusammen.

Gurian in Gefahr

Zur selben Zeit, als Dott auf dem Rücken von Busso ihren wilden Ritt durch die Prignitz begann, kehrte Gurian, der Fischreiher, hoch über der Elbe schwebend, zu seinem Horst zurück. Als er im Licht des Sternenhimmels und des Mondes seine großen, ruhigen Kreise über seinem Nistbaum zog, schien es ihm, als sei das Nest seltsam still und verlassen. Und als er sich langsam und vorsichtig hinabließ, erkannte er mit seinen scharfen grellgelben Augen, dass sich tatsächlich nichts auf dem großen, flachen Horst bewegte.

Gurian war ein kluger, ruhiger und stolzer Vogel. An diesem Abend aber, als er von dem großen Thing der Tiere heimkehrte und sein Nest leer fand, verlor er vor Schmerz fast die Besinnung.

Er warf die weiche Nestmulde mit seinem Schnabel und seinen Beinen auseinander, so dass Wolle und Federn, Reisig und Schilf über den Rand in die Tiefe flogen. Jeden Winkel durchsuchte er nach den Seinen, er fuhr in das Dickicht unter dem Stamm, er hackte im Sumpf zwischen den fauligen Fischresten tief hinein in den Morast, dann schwang er sich wieder empor und zog kreischend seine Kreise um den verheerten und ausgestorbenen Ort.

Es war keine Anmut und Schönheit mehr in ihm an diesem Tag, als der Mensch seine Gefährtin und seine Brut erschossen hatte. Gurian fühlte nichts als einen zerstörenden und fürchterlichen Kummer und umkreiste mit gellenden und grellen Klagelauten seinen Baum. Es war ein Glück für ihn, dass die Nacht bereits hereingebrochen war, denn sonst wäre er blind in den Umkreis der Schusswaffe hineingeflogen. Jetzt tönten seine blechernen Schreie durch die Stille der Nacht, und kein Mensch war zwischen Deich und Strom zu sehen.

Auf einem Erlenast, ganz fest gegen den Stamm gedrückt, saß ein dunkler, struppiger Vogel. Das war Cornix, der Knese der Nebelkrähen. Aufmerksam verfolgte er jede Bewegung des Reihers und hörte seine immer wieder gleichen Rufe: „Was habt ihr mit Ruanda getan und mit den Jungen? Wisst ihr nicht, dass sie in den nächsten Tagen fliegen lernen sollten? Wo habt ihr sie gelassen?“

Cornix hätte Gurian die Antwort geben können. „Wenn du nicht so laut schreien würdest, könnte ich dir schon etwas erzählen“, dachte er und legte den Kopf auf die Seite. Regungslos hockte er im Baum und beobachtete die wilde Klage des Reihers. Er kannte dies. Viele Gelege waren ihm selber zertrümmert worden, viele hoffnungsvolle Nachkommen waren im Lauf seines langen Lebens aus seinem Nest bei seiner Heimkehr verschwunden gewesen. Er wusste, wie weh solche Stunden taten und dass nur die Erschöpfung helfen konnte. In der Mitte der Nacht sank Gurian auf den leeren Horst und fiel sofort in tiefen Schlaf.

Während der ganzen Nacht saß Cornix auf einem Nachbarbaum

und beobachtete unverwandt den großen Vogel. Viele Gedanken zogen durch seinen Kopf. Da lag der, den er viele Jahre hindurch als seinen Feind betrachtet hatte, den er auf jede Art mit immer neuen Mitteln zu reizen und zu ärgern versucht hatte. Da lag der, der sich nicht einmal so weit herabließ, ihn, Cornix, zu verachten, für den er, der Knese, ganz einfach nicht da war und den der Krähenfürst doch in jedem Frühjahr dazu zwang, so weit Kenntnis von ihm zu nehmen, dass er ihn aus seinem Horst vertreiben musste. Da lag der, den Cornix, der große Räuber, allein noch in seinem wilden Leben bewunderte und dessen Ankunft er in jedem Frühjahr mit Ungeduld und Verlangen entgegensah, wenn der Reiher herrlich und sieghaft wie der Lenz dahergebraust kam und Cornix, der harte Ritter des Winters, nie wusste, warum er ihm immer mit der gleichen sehnsüchtigen Erwartung entgegensehen musste, in Liebe oder Hass.

Als die Dämmerung des Morgens in rosigen Dunstschleiern über der Elbe aufstieg, erwachte Gurian in seinem einsamen Nest. Im ersten Augenblick fühlte er nichts als eine graue Leere in sich, und als er müde den Kopf hob, schwang sich der Knese in den Wipfel des Nestbaums und rief mit harter, rauer Stimme: „Auf, Gurian! Der Mensch hat beschlossen, dich zu töten, wie er dein Weib und deine Jungen getötet und fortgeschleppt hat. Auf und rette dich!"

Gurian rührte sich nicht, es war, als habe er den Zuruf des Cornix überhaupt nicht gehört. „Der ist nicht zu zerbrechen!", dachte der Knese und lachte in sich hinein. „Ich sah es voraus. Sowenig wie zuvor bin ich auch jetzt für ihn vorhanden."

Aber er war gar nicht ungehalten darüber. „Da muss ein Mächtigerer reden, wenn Gurian gerettet werden soll", dachte er. Und mit starken, schweren Flügelschlägen schaufelte er sich durch die Luft. Noch nie war Cornix so geflogen! Unermüdlich und hart wie Eisen arbeiteten die Flügel. Jeden Wind ausnutzend, hochgewirbelt, niedergeworfen, wie ein schwerfälliges Wurfgeschoß dicht über der Erde dahinsausend, dann wieder mit breiten Schlägen rudernd, immer seinem Ziel zu, so flog Cornix, der Raubritter der Luft, um Gurian vor dem Tod zu retten.

Der goldene Becher

Als Dott hoch oben im Wipfel der Kiefer saß und auf die weite Landschaft zu ihren Füßen hinunterblickte, wusste sie wirklich nicht, wie sie sich aus dieser Lage befreien sollte. Busso schlief irgendwo im Wald und wer weiß, ob er überhaupt zurückkehrte. Sie dachte wohl daran, einen Vogel herbeizurufen, und gewiss würde sich keiner geweigert haben, ihr den Beutel heraufzubringen, seit sie im Gericht der Tiere anerkannt worden war. Aber sie schämte sich so ihrer Unbedachtsamkeit, dass sie sich nicht dazu entschließen konnte, ein Tier um Hilfe zu bitten, sie, die von den Tieren das Menschenkind genannt wurde.

Wie sie vor sich hinstarrte, wurde sie auf einen schwarzen Vogel in der Ferne aufmerksam, der mit eiligen Flügelschlägen die Luft durchschaufelte. Als er näher herangesaust kam, erkannte sie in ihm Cornix, den Knesen der Nebelkrähen, der ihr den Weg zu Buhuho gewiesen hatte. Sie hörte, wie er mir krächzender Stimme Fragen in die Tiefe warf und wie ihm von allen Seiten Antwort erteilt wurde.

„Wo ist das Menschenjunge, das auf Bussos Rücken vom Frauharkenberg bis zur Grenze der Prignitz geritten ist?", fragte der schwarze Vogel. Dott duckte sich hinter den Baumstamm. Da aber hörte sie von allen Seiten die Antwort: „In der höchsten Kiefer sitzt das Menschenjunge! In der höchsten Kiefer!" Dott war ärgerlich, als sie merkte, dass sie von allen Tieren beobachtet worden war. Sie hatte aber keine Zeit, lange darüber nachzudenken, denn nun schoss die Krähe mit starken Schlägen gerade auf den Wipfel zu und ließ sich dann, nach Luft schnappend, auf einen Ast neben Dott nieder.

„Ich bin Cornix, der Knese der Nebelkrähen", sagte der Vogel nach einigen Augenblicken ohne weitere Umstände. „Gurian ist in Gefahr."

Dott erschrak. „Im Wald liegt mein Beutel, bringe ihn mir, damit ich wieder von diesem schrecklichen Baum hinunter kann!", rief sie. Wie ein Stein sauste die Krähe in die Tiefe und kam nur wenige Augenblicke später mit dem Beutel im Schnabel zu Dott zurück.

Dott drückte sich fest gegen den Baumstamm um nicht hinunterzufallen, öffnete den Beutel und nahm vorsichtig den zweiten Halm heraus. Sie hielt ihn fest zwischen den Zähnen, bis sie den letzten Grashalm sorgfältig verwahrt und den Beutel am Gürtel befestigt hatte. Dann erst nahm sie den Grashalm aus dem Mund und hielt ihn zwischen Daumen und Zeigefinger der rechten Hand. „Ich wünsche, dass ich sofort wieder von diesem Baum hinunterkomme und unten im Moos sitze!“, rief sie und blies so stark auf den Grashalm, dass er eilig davonsegelte.

Während sie ihm noch besorgt nachschaute, war es wieder, als würde sie von einem starken Windstoß ergriffen und fortgetragen, und bevor sie sich versah, lag sie wieder im Moos, so bequem, als hätte sie sich die ganze Zeit nicht von der Stelle gerührt und alles nur geträumt. Neben ihr aber hockte Cornix, der sie mit schiefgeneigtem Kopf betrachtete.

„Du musst wissen, dass Gurian sterben wird, wenn du ihm nicht hilfst“, sagte er wieder ohne alle Umschweife. Und dann erzählte er ihr kurz, was inzwischen geschehen war, und dass Gurian gar nicht daran dachte, sich von dem gefährlichen Baum fortzubewegen.

„Es gibt nur noch eines, das ihn fortzubringen vermag, das ist dein Ruf, Menschenkind“, fuhr er fort. „Wenn du ihm eine Botschaft und ein Zeichen schickst, dass du seiner bedarfst, so wird er kommen. Denn es gibt nur eine Macht über die Großen, und das ist ihre Dankbarkeit. Aber beeile dich, denn in jedem Augenblick kann der Mensch zum Baum zurückkehren, um sein Werk zu vollenden.“

Dott nahm ihr Taschentüchlein heraus, an dem noch die Spuren des Bluts von der Wunde des Otterbisses zu sehen waren. Sie reichte es Cornix und rief: „Fliege zu Gurian, dem Reiher, und sage ihm: Das Menschenkind braucht seine Hilfe, und dies schickt es ihm zum Zeichen! Ich werde ihn an dieser Stelle erwarten.“

Die kleine Dott hatte ihre eigenen Gedanken gehabt, als sie Cornix mit der Botschaft zu Gurian schickte. Ja, sie sie wollte Gurian helfen, aber sie brauchte auch einen Freund auf ihrer Wanderung. Nun hoffte sie auf seine Ankunft wie auf ein großes und kostbares Geschenk. So ungeduldig war sie, dass sie bereits den schweren Kummer des Freundes zu vergessen begann. Sie saß am Feldrain und war so vertieft in ihre Fantasien, dass sie nicht einmal hörte, wie der Reiher sich vor ihr niederließ. „Du hast mich gerufen“, sagte er ruhig und legte das Tüchlein zu den Füßen Dotts ins Gras.

Dott hatte sich ausgedacht, wie sie dem Reiher alles über ihre Pläne erzählen wollte. Als sie ihn aber nun so ernst und ruhig vor sich stehen sah, wusste plötzlich wieder, welch ein schweres Leid Gurian getroffen hatte. Am liebsten wäre sie im Gras neben ihm niedergekauert, um ihn zu umarmen, aber ihr Herz sagte ihr, dass sie mit diesem stolzen Vogel nicht über seinen Kummer sprechen durfte.

Errötend hob sie das Tüchlein auf. Dann sagte sie leise: „Ich fürchte mich vor der Weiterreise, Gurian. Ich habe Angst davor, allein zu sein. Ich wollte dich fragen, ob du dich wohl entschließen könntest, mit mir zusammen zu reisen." Als Gurian schwieg, fuhr sie schnell fort: „Ich werde versuchen, dir ganz wenig Mühe zu machen", sagte sie. „Ich will so klein werden, dass ich auf deinem Rücken reiten kann und dass mir als Nahrung Beeren und Pilze genügen. Wir wollen zusammen durch die ganze Mark Brandenburg reisen, und du sollst frei sein, mich zu verlassen, wann du willst!"

Dott öffnete ihren Beutel und nahm den dritten und letzten Grashalm heraus. „Damit du aber siehst, dass es wirklich so geschehen kann, wie ich sagte, will ich gleich hier vor dir so klein werden, dass du mich bequem tragen kannst."

Das alles hatte sich die kleine Dott schon vorher so ausgedacht. Nun überlegte sie noch einen Augenblick lang, und dann rief sie: „Ich wünsche mir einen goldenen Becher, der so beschaffen ist, dass ich so klein werde wie ein Eichhörnchen, wenn ich ihn von außen reibe; wenn ich ihn aber von innen reibe, so will ich meine natürliche große Gestalt wiedererlangen."

Noch einmal überlegte Dott, denn diesmal durfte sie nichts vergessen, weil es ihr letzter Wunsch war. Dann nahm sie den Grashalm behutsam zwischen den Zeigefinger und Daumen der rechten Hand und blies ihn in die Luft. Kaum aber war das Hälmchen vom Wind fortgetragen worden, da lag ein goldenes Becherlein in ihrem Schoß. Das glänzte in der Sonne.

Dott hatte nun schon einige Erfahrungen in Verwandlungen; darum band sie ihren Beutel am Gürtel fest und stand auf, um sich reisefertig zu machen. Als nächstes umfasste sie den Becher mit der linken Hand und rieb mit dem Tüchlein kräftig über seine Außenseite.

Sobald sie ihr Tüchlein vom Becher nahm, schrumpfte sie so schnell zusammen, dass sie zu Boden fiel. Und als sie um sich blickte, schlug das Gras über ihr zusammen wie Schilf; denn sie war tatsächlich nicht größer als ein Eichhörnchen. Schnell verwahrte sie den kostbaren Becher in ihrem Beutel und trat auf den Reiher zu, der nun fünfmal so groß war wie sie selber und der schweigend ihrem Tun zuschaute.

„Lieber Gurian", sagte Dott zaghaft, „ich bin nun so klein, dass ich nicht einmal auf deinen Rücken steigen kann. Willst du mein Reisekamerad sein, bis du des Reisens müde wirst?"

Denn eine plötzliche Traurigkeit sagte ihr, dass dieser große, schöne Vogel eines Tages wieder eine Lebensgefährtin finden würde, dass ein Tag kommen musste, an dem er sie verlassen würde, wie Busso und Uff sie verlassen hatten, und dass sie auch ihm einst nachblicken und einsam zurückbleiben würde.

Der Reiher blickte auf Dott nieder. Sie war nun so klein, dass er sie mit einem einzigen Hieb hätte zerschmettern können. Langsam senkte er seinen langen, geschmeidigen Hals mit dem starken, mit scharfen Zacken versehenen Schnabel, umfasste zart die kleine Gestalt und hob sie auf seinen Rücken.

„Ich wusste immer, dass du Mut hast", sagte er. „Aber ich glaubte nicht, dass du so kühn sein könntest, dich klein und hilflos zu machen. Wir wollen die Reise zusammen machen, Menschenkind."

Die kleine Dott schob ihre Beine zwischen die Federn, um einen Halt auf dem glatten Rücken zu gewinnen. Mit den Händen ergriff sie leicht und locker einige der längeren Federn am Hals. Sie wusste ja durch ihre Fahrt auf Bussos Rücken, dass die Kunst des Reitens vor allem darin bestand, sich anzupassen und das Gleichgewicht zu halten.

Langsam hoben sich ihr zur Seite die mächtigen grauen Schwingen, um den Wind zu greifen. Von ihnen emporgetragen, sprang der Reiher halb schwebend über den Boden. Dann löste er sich von der Erde und stieg in immer größeren Kreisen hinauf, den weißen Wolken entgegen, die wie Schwäne der Sehnsucht in die Ferne zogen.

Die Drei-Mondhörnerstadt

Das Königsgrab

Flug über die Prignitz

Die kleine Dott hatte sich auf dem Rücken des Reihers so fest zurechtgesetzt, wie sie konnte. „Wenn ich die nächtliche Fahrt auf Bussos Rücken überstanden habe, so werde ich wohl auch nicht von Gurians Rücken hinunterfallen“, dachte sie. Als sich aber die großen Flügel zu beiden Seiten hoben und senkten, um den Wind zu fangen, und als sich der Hals Gurians vorstreckte und der Reiher in schwebenden Sprüngen leicht über die Erde hüpfte und sich vom Boden löste, da begann sie hin- und her zu gleiten, als seien die Federn geölt. Sie fiel nach vorn auf den glatten Vogelrücken, und ihre Beine schnellten aus den Federn heraus und standen weit zu beiden Seiten ab.

Brausend und knatternd wie zwei Segel arbeiteten die Flügel neben ihr. Sie biss die Zähne zusammen, stemmte beide Arme auf den Vogelrücken und richtete sich auf. Die Augen hielt sie fest auf den Hals des Reihers gerichtet, der jetzt in weiten Schwung über Gurians Rücken zurückgebogen war. Die Landschaft unter ihr hob und senkte sich wie die Wellen eines Meeres. Sie stieg ihr entgegen und senkte sich zurück in die Tiefe, während Gurian sich emporschraubte in weiten Kreisen, – höher und höher – bis Dott glaubte, die Welt drehe sich um sie herum. Ihr war, als wenn sie in einer Schaukel saß und auf und ab schwang, auf und ab, und sie meinte, sie müsste vor Schwindel gleich zur Erde fallen.

Vorsichtshalber schloss sie die Augen, um nicht die Besinnung zu verlieren, und begann mit sich selbst zu sprechen. „Du weißt ja wohl, wo du bist, Dorothea Kersting vom Kerstinghof“, sagte sie. „Wenn du die Verwandlung durch die Rennefarre und die Johannisnacht am Rambower See ertragen hast, wenn du es ausgehalten hast, unsichtbar durch die ganze Prignitz zu wandern und mit den Tieren und den Unsichtbaren zu sprechen, wenn du den Mut gehabt hast, so klein zu werden, dass du nun auf dem Rücken Gurians reiten kannst, so wirst du ja wohl auch nicht sofort vom Rücken des Reihers hinunterfallen, wo deine Fahrt erst so recht schön werden soll! Das wirst du ganz gewiss nicht tun, Dorothea Kersting!"

Während sie mit sich selber sprach, fühlte sie, wie der Schwindel sie langsam verließ. Sie wusste wieder genau, wo sie sich befand, und als sie die Augen aufschlug, da merkte sie, dass sie pfeilgerade über die Erde dahinstrichen, in einem herrlichen, vollkommen gleichmäßigen Flug.

Ruhig bewegten sich die Schwingen des Reihers, aber so schnell flogen sie dahin, dass der Wind ihr um die Ohren sauste. Über ihr segelten im blauen Himmel die weißen Wolken, und unter ihr lag das Land wie eine gewebte Decke da. Der Grund bestand aus unregelmäßigen schwarzen Flecken und bunten Würfeln. Das Muster war in grünen und grauen Ranken hineingewebt, und die ganze Decke war über und über mit bunten Tupfen besetzt.

Nach einiger Zeit erkannte sie, woraus diese Decke gewoben war. Die dunklen Flecke waren Kiefernwälder, und dazwischen lagen braune Äcker, grüne Wiesen und gelbe Felder mit den unzähligen Tupfen der Dörfer und kleinen Städte. Dott sah auch überall verstreut die braunschwarzen Sümpfe und Luche und Silgen, in denen sich einst die Schmelzwasser der Eiszeit angesammelt hatten und die nun schon mehr oder weniger zugewachsen waren. Das alles erkannte sie gut, denn es lag so klar unter ihr wie auf der Karte der Prignitz in ihrem Atlas. Sie wusste auch, dass die Ranken die grünen Chausseen und die Wege der Eisenbahnen waren. Aber sie konnte nicht begreifen, dass alles aus der Höhe so flach aussah! Die Höhenzüge und Hügel waren aus der Höhe nicht stärker bemerkbar als die Blasen und Krusten auf einem Pfannkuchen.

Eines aber begriff sie ganz und gar nicht: Wie konnte die Landschaft denn so sonderbar vertauscht sein? Das Höhenland musste doch zu ihrer Linken liegen, wenn sie nach Osten flogen, und der bewaldete Dünenstreifen hätte längst zu ihrer Rechten hinter ihnen verschwinden müssen. Aber rechts und links waren vertauscht. In der Ferne sah sie nun eine Stadt auftauchen, und sie erkannte an der Ringmauer, dass dies Wittstock sein musste. Sollten sie wirklich in die Prignitz zurückfliegen? – fragte sie sich besorgt.

Der Reiher flog so niedrig über die Stadt hinweg, dass sie alles deutlich erkennen konnte. Ja, das war Wittstock mit seiner roten Backsteinmauer, den Gräben und den Linden. Es war kein Zweifel möglich. Die

Stadt lag so ordentlich vor ihr, als wären die Häuser aus einer Spielzeugschachtel herausgenommen und in den schnurgeraden Straßen aufgestellt worden. „Viel Platz muss der Erbauer gehabt haben“, dachte Dott und blickte aufmerksam hinunter. Sie wusste, dass die meisten Städte der Mark nicht nach und nach größer geworden waren wie im Westen, dass sie von den Siedlern nach einem bestimmten Plan angelegt worden waren.

Sie versuchte sich vorzustellen, wie der Bauherr damals alles für die Kolonisten eingerichtet hatte. Zuerst hatte er wahrscheinlich an den sichersten Ort die Burg gestellt, mit ihren starken Mauern und mit dem viereckigen Turm, der eine Zuflucht sein sollte, solange die Befestigungen noch nicht fertig waren. Nach der Burg hat er die große Stadtmauer auf den Wällen aufgebaut, überlegte Dott weiter. Sicher hat er dann einen geraden Strich von der Burg zum Torturm am entgegengesetzten Ende der Stadt gezogen, das sollte die Hauptstraße sein, und er hatte auch drei große Plätze abgesteckt, die nicht verbaut werden sollten.

Auf den mittleren Platz stellte er das Rathaus mit dem Gewölbebogen, auf die anderen die beiden Kirchen, dann zog er Linien nach rechts und nach links, aus denen Querstraßen werden sollten. Ganz regelmäßig und ordentlich stellte er die Häuser daran auf und achtete streng darauf, dass kein einziges mit dem Giebel zur Straße stehen durfte. Weil aber die ganze Stadt zuletzt so schlicht und nüchtern aussah, stellte er überall eine Unmenge von breit wipfeligen Kastanien und Linden auf die Wälle, auf die Plätze und in die Straßen.

„Ja, die Stadt ist gut eingerichtet“, dachte die kleine Dott, „aber wo sind denn die Menschen?“ Denn auf diesen breiten Straßen waren nur ganz wenige Menschen zu sehen, still wie Schatten in den leeren Straßen, und die wenigen Automobile und Ackerwagen krochen wie verloren über die Fahrdämme. „Seltsam“, dachte die kleine Dott, „es ist ja, als wenn die Menschen hier im Zauberschlaf lägen!“

Sie wandte sich enttäuscht ab, denn sie glaubte, es hätte sich nicht gelohnt, für so wenige Menschen eine so weiträumige Stadt anzulegen. Sie wusste nicht, dass Wittstock einst eine reiche und geschäftige Stadt war, die Residenzstadt des Bischofs von Havelberg, mit Spitälern und Stiften und Wassermühlen, die Stadt der Tuchweber, Loh- und Weißgerber, reich an Gildenhäusern und mit Gütern, Äckern und Dörfern ausgestattet. Als die kleine Dott wieder hinsah, dachte sie. „Ja, dies ist Wittstock, und wir fliegen wirklich nicht nach Osten zur Großmutter, sondern nach Westen.“ Richtig, da kam auch schon Pritzwalk herangerückt!

Wieder beugte sich die kleine Dott vor, denn sie war doch neugierig, wie Pritzwalk aus der Höhe aussehen würde. Sie blickte angestrengt in die Straßen hinein. Da gab es Menschen genug, sie eilten und fuhren, da gab es rauchende Fabriken und ein Gewirr von Eisenbahnschienen.

Aber wo war auch nur eine Spur von den alten Festungswerken? Dott hatte in der Schule von den stolzen Bürgern von Pritzwalk gehört, die ihre Stadt mit doppelten Feldsteinmauern, ja, an einigen Stellen mit dreifachen Wällen schützten. Sie hatte gehört, dass die Pritzwalker es wagten, die gefangenen Raubritter zu verurteilen und hinzurichten. So reich war die Stadt, dass die schwedischen Dragoner im Dreißigjährigen Krieg die Beute auf hundertundacht Wagen fortschaffen mussten. Dott meinte, dass die Stadt, die es einst gewagt hatte, sogar einem Kurfürsten zu trotzen, nicht so aussehen durfte wie jede andere Industriestadt!

Während ihres Fluges über Pritzwalk hatte die kleine Dott wieder ihre Beunruhigung über den Flug vergessen. Als sie nun aber merkte, wie Gurian immer weiter nach Westen flog, war sie so enttäuscht, dass sie am liebsten geweint hätte. Sie hatte keinen Wunsch nach einem Ziel geäußert, als sie Gurian bat, ihr Reisegefährte zu sein, denn es war für sie ganz selbstverständlich gewesen, dass sie jetzt, nach dem Tod Ruandas und der Jungen, aus der Prignitz fortfliegen würden, in die Mark hinein und vielleicht sogar zur Großmutter im Spreewald. Und nun flog Gurian in die Prignitz zurück! Dott war ganz bestürzt.

„Du fliegst ja falsch, Gurian!“, rief sie. „Wir wollen doch nach Osten!“ Aber unentwegt flog der Reiher weiter, ohne nach rechts oder nach links abzuweichen. Ach, er konnte sie wohl in dem Brausen seiner Flügel nicht verstehen! Sie schrie, sie versuchte mit den Füßen gegen seine Seiten zu trommeln und mit den Händen gegen seinen Rükken zu schlagen, aber sie verlor nur das Gleichgewicht und musste sich schleunigst wieder zurechtsetzen, um nicht in die Tiefe zu gleiten.

So saß sie regungslos auf Gurians Rücken, die Lippen zusammengepresst, die Augen weit geöffnet, während ihr vor Zorn die Tränen über die Wangen liefen. „Die halbe Prignitz liegt schon hinter uns“, dachte sie. „Wenn er so weiterfliegt, landen wir wieder bei meinem Heimatdorf! Ich möchte doch wissen, was er eigentlich im Sinn hat?“

Da merkte sie, dass der Flug des Reihers sich wieder veränderte. Erneut begann er, große Kreise zu ziehen, um sich langsam zur Erde niederzusenken. Dott musste sofort wieder die Augen schließen, und damit die Verwirrung nicht Macht über sie gewinnen sollte, begann sie wieder mit sich selber zu sprechen. „Jetzt hast du ja erreicht, was du dir so sehr gewünscht hast“, sagte sie. „Du bist in die Bruderschaft der Tiere aufgenommen, du hast einen Reisegefährten gefunden, ganz wie du es dir gewünscht hast, aber es scheint, als ob dein Wille nicht allzu viel bei deinen Gefährten gilt, Dorothea Kersting!“ Als sie nun die Augen wieder aufschlug, sah sie, dass sie über einer welligen Ebene rund um einen großen Hügel kreisten. Deutlich erkannte sie die Bäume, die auf der Kuppe des Hügels standen, und einen Ring von mächtigen Steinblöcken, die wie ein Bannkreis den Hügel umgaben.

Hier ließ sich Gurian zur Erde nieder. Nach einigen schwebenden Sprüngen senkten sich die silbergrauen Schwingen, und der Reiher verschwand unter den Buchen und Eichen, welche die Kuppe des Hügels krönten. Die kleine Dott ließ sich vom Hals des Reihers hinabgleiten und sprang zur Erde. Sie war nach dem Ritt in der Luft so steif, dass sie wie eine Figur aus Holz ins Moos fiel. Da blieb sie sitzen und schaute verdutzt zum Reiher auf, der groß und grau über ihr stand.

„Du kannst dir ja denken, dass ich nicht besonders froh bin, wieder in der Prignitz zu landen, selbst wenn du mich auf dem Königshügel von Seddin absetzt“, sagte sie missgestimmt, sobald sie ihre Sprache wiedergefunden hatte. „Die Prignitz habe ich ja nun genügend kennengelernt.“

„Wer glaubt, dass er etwas genügend kennt, der hat es meist noch nicht erkannt, Menschenkind“, sagte ruhig der Reiher. „Aber bleibe nun hier, bis es dunkelt, dann werden wir zu meinem Nistbaum zurückkehren. Denn wir können nicht eher weiterreisen, bis ich weiß, was aus Ruanda und den Jungen geworden ist.“ Beschämt senkte die kleine Dott die Augen. Sie hatte ganz vergessen, welch ein Kummer dem Reiher widerfahren war. Sie hatte überhaupt nicht daran gedacht, dass er zu dem gefährlichen ausgeplünderten Nest zurückkehren könnte, um nachzuforschen, wohin der Mensch die Reiherfamilie geschleppt hatte.

Ja, der Reiher hatte mehr Treue im Herzen als sie, die von den Tieren das Menschenkind genannt wurde! Ihr selbst war bisher noch gar nicht der Gedanke gekommen, nach Hause zurückzukehren, um zu sehen, wie es den Eltern und Geschwistern ergangen war! Sie hatte zuerst nur an ihre eigene Verlassenheit und ihr eigenes Unglück gedacht und sich zuletzt sogar noch über ihre Verwandlung und ihre Reise gefreut! Die kleine Dott errötete und blickte auf, um zu sehen, ob der Reiher ihre Gedanken erraten hatte. Da aber sah sie, dass der Platz vor ihr leer war und sie ganz allein auf dem Hügel unter den Bäumen saß.

Der Hügel von Seddin

Bei Seddin, wo sich die Ablagerungen der Eiszeit an den Ufern der Stepenitz in weiten, flachen Wellen hinziehen, ragt ein mächtiger Erdhügel auf. Er ist achtzig Meter breit und beinahe neun Meter hoch, und rings um den Hügel ist ein Bannkreis von zentnerschweren Steinblöcken gelegt. Seit dreitausend Jahren erzählt sich das Volk von Generation zu Generation, dass hier, in diesem Hügel, ein König begraben sei.

Die Germanen verließen die Prignitz, und die Wenden kamen. Die Wenden wurden besiegt, und die Germanen bewohnten wieder das Land. Jahrtausend nach Jahrtausend zog vorbei, und die Erde wuchs um den Hügel empor; die Steinblöcke des Bannkreises wurden mit Erde, Moos und Sträuchen überdeckt, aber immer wussten die Völker, dass im Herzen dieses Hügels ein König begraben sei. In einem goldenen Sarg ruht er, so berichtet die Sage. Der goldene Sarg steht in einem Sarg aus Silber und dieser in einem kupfernen Sarg. Ein goldenes Schwert liegt an der Seite des Königs, und kostbare Schätze sind neben ihm aufgehäuft.

In drei Jahrtausenden wohnten viele verschiedene Völker zu Füßen des Hügels in Ehrfurcht vor dem Grab eines Königs, denn sie wussten von ihren Vätern, dass er einer der Größten seines Volks war. Die Germanen und nach ihnen die Wenden und nach Jahrhunderten wieder die Germanen erzählten dasselbe von diesem Hügel, was das Beowulf-Lied von dem hoch aufgerichteten Grabhügel seines Helden sang:

„... Das weite Grab
nahm auch Ringe und Schmuck und Rüstungen auf,
den ganzen Schatz, den gierige Krieger
dereinst erbeutet: Die Erde empfing
das rote Gold, dort ruht es noch jetzt.“

So sprachen die Menschen, die zu Füßen des Grabs lebten. Die Gelehrten schrieben diese Erzählungen auf und gaben ihnen die Überschrift:

„Über Sagen, welche an vorgeschichtliche Gräber anknüpfen, und über anderen Aberglauben“

Denn sie glaubten nicht an die Wahrheit dieser Königssage. Nur das Volk ließ sich seinen Glauben an das Heldengrab nicht nehmen.

Erst viele hundert Jahre später geschah es, dass der Hügel verkauft wurde. Der Glaube an die Königssage war erloschen. Der Berg galt nur noch als ein Haufen von Felsblöcken, und Arbeiter verwendeten ihn als Steinbruch. Viele hundert Fuhren Steine wurden verkauft, und ganze Straßen in der Mark wurden mit den Steinen aus dem Königsgrab gepflastert.

Am 15. September 1899 aber stießen Arbeiter auf ein festes Gefüge. Sie hoben einen der oberen Steine heraus und blickten in eine Steinkammer, die in der Form eines Neunecks gebaut war. Sie war zwei Meter breit und zwei Meter hoch. Der Boden bestand aus festgestampftem Lehm. Die Wände waren aus Findlingsblöcken aufgerichtet, und die aufliegenden Steinplatten schoben sich nach oben hin immer weiter nach innen vor, so dass sie eine Kuppel über dem Raum bildeten. Es wurden gelehrte Männer aus Berlin gerufen, die vorsichtig in diese Grabkammer hineindrangen. Die Wände waren von innen mit einer glatten, sandigen Tonschicht ausgekleidet und mit roter und weißer Farbe bemalt.

In diesem Grab aber stand ein großes Tongefäß, das mit einem breiten Deckel verschlossen war, der noch mit gekrümmten Nägeln aus Ton sorgfältig an der Urne befestigt war. In dieser Ton-Urne befand sich eine hohe, schön geformte Bronze-Urne, die mit einem Deckel aus Bronze verschlossen war. Diese Urne enthielt die Asche und die Knochen eines Mannes von dreißig bis vierzig Jahren. Niemand weiß, wessen Hände es waren, die zuerst diese Königs-Urne berührten und den Deckel abhoben, und wessen Blicke nach dreitausend Jahren zum ersten Mal auf die irdischen Reste eines Helden und Königs fielen. Möchten diese Hände den Deckel sanft und mit ehrfürchtigem Zögern abgehoben haben! Möchten sich die Häupter entblößt haben, bevor sie es wagten, sich über die kleine letzte Behausung des großen Toten zu beugen!

Das Grab im Königshügel bei Seddin ist jetzt leer. Die Bronze-Urne des Königs ist in ein Museum überführt worden, und nach der Stille von Jahrtausenden ziehen dort Scharen von Menschen an seinen Resten vorüber. Auch die beiden kleineren Urnen aus Ton, mit der Asche und den Knochen einer Frau von zwanzig bis dreißig Jahren und einer noch jüngeren Frau, stehen im Museum. Und vor diesen drei Urnen liegen alle die Dinge, die den Toten in die Gruft gelegt wurden, das Modell eines Bronzeschwerts und einer Tüllenaxt, Halsringe, Armreifen und Fingerringe, ein Bronzekamm, ein schön verziertes Rasiermesser

aus Bronze, eine Bronzetasse mit einem ringartigen Griff, Knöpfe und eine grobe Nähnadel aus dem damals sehr kostbaren Eisen. All die kleinen Dinge, die den Toten im Leben lieb waren.

Aber wenn der Wanderer in Seddin durch den Schacht aus Feldsteinen tritt und durch ein Gitter in die Totenkammer blickt, so sieht er einen leeren Raum, steinerne Wände und eine Dämmerung, die mit ihrem Schweigen von der Zeit spricht, da ein germanischer Volksstamm in gemeinsamer Arbeit Sand und Felsblöcke zu einem ganzen Berg emporschichtete, zum unvergänglichen Gedächtnis seines Königs.

Heute aber haben die Nachkommen über dem Königshügel, dem größten Hünengrab Deutschlands, Eichen und Buchen gepflanzt, und auf der Höhe steht eine mächtige Kiefer und hält die Ehrenwacht.

In der Gruft des toten Königs

Als die kleine Dott sah, dass sie allein auf dem Hügel zurückgeblieben war, erhob sie sich seufzend aus dem Moos. Sie hatte seit ihrem Frühstück bei dem guten Doktor in Havelberg nicht mehr viel gegessen. Die wunderbaren Ereignisse waren so schnell aufeinandergefolgt, dass sie bis zu diesem Morgen nicht an ihren Hunger gedacht hatte.

Wie sie aber so stand, da sah sie erst, wie verändert alles um sie her erschien, denn sie war ja nun nicht größer als ein Eichhörnchen. Bis zu den Knien war sie im Moos versunken, die Gräser waren so hoch wie Schilf, eine blaue Glockenblume blühte ihr zur Seite so hoch wie eine Sonnenblume, und die Glocken daran waren groß genug, dass sie dieselben als Becher hätte benutzen können. Vor ihr stand ein Steinpilz so hoch wie ein Tisch. Das alles kam der kleinen Dott so lustig vor, dass sie vor lauter Lachen im Moos umherzuspringen begann. Dann schritt sie durch diese Zauberlandschaft, um nach etwas Essbarem zu suchen.

Sie konnte aber nichts anderes als Pilze und einige Eicheln vom vorigen Herbst auftreiben, und deshalb entschloss sie sich zu einer Pilzmahlzeit. Sie schnitt mit ihrem Messer ein weißes Dreieck aus einem harten jungen Steinpilz heraus. Es schmeckte ein wenig nach Nuss und war auch ganz erfrischend, aber sie konnte nicht viel davon essen. Als sie voll Neugier weiterging, hörte sie plötzlich ein scharfes Rascheln an einem Baumstamm. „Ein Eichhörnchen!“, dachte sie erfreut.

„Hallo!“, rief sie hinauf. „Ich bin Dott, die ihr das Menschenkind nennt! Kannst du mir bitte etwas zu essen bringen? Ich bin hungrig.“

Das Eichhörnchen blickte sie mit seinen blanken schwarzen Augen prüfend an. Dann rasselte es um den Baumstamm herum und verschwand in den Baumwipfeln. Nach wenigen Minuten kam es springend und kletternd wieder zurück und legte vor ihre Füße ein bläulichgrünes, mit schwarzen und braunen Tupfen bedecktes Ei, das es vorsichtig zwischen den Zähnen getragen hatte.

„Ich habe es Fringilla, dem Rotkehlchen, aus ihrem Gelege genommen“, sagte das Eichhörnchen. „Es ist ganz frisch.“

Die kleine Dott meinte, sie könne dieses Geschenk ruhig annehmen, denn sicher würde Fringilla so lange Eier legen, bis die Zahl erreicht war, auf der sie brüten wollte.

Darum nickte sie dem Eichhörnchen zu und sagte: „Ich danke dir, Wirrlis Bruder! Und Fringilla wünsche ich viele schöne, kräftige Kinder!“

Damit nahm sie das Ei aus dem Moos; für sie war es so groß wie ein Gänse-Ei. Und da sie hungrig war, schlug sie sogleich mit ihrem Messer ein Loch in die Schale und schlürfte das ganze Ei auf einmal aus.

Nun setzte sie ihre Wanderung fort. Nach wenigen Schritten kam sie an den Rand eines Schachts, zu dem mehrere Steinstufen hinab führten. „Das Königsgrab!“, dachte die kleine Dott und starrte in die dunkle Öffnung hinter dem Eisengitter. Sie wusste, wer hier jahrtausendelang geruht hatte. Im vorigen Jahr hatte sie mit der Schule eine Fahrt hierher gemacht, und der Lehrer hatte ihnen erzählt, wie einst das königliche Grab in diesem Berg gefunden wurde.

„Der arme König!“, dachte Dott. Es machte sie traurig, dass die Urnen und die verbrannten Gebeine des großen Toten in einem Museum in einem gläsernen Kasten zur Schau gestellt waren. „Wenn der König noch heute hier ruhen würde, so könnten wir sein Grab mit Blumen schmücken“, dachte sie. Da kam ihr ein Gedanke. Sie lief unter die Bäume zurück und pflückte einen Strauß wilder Blumen, so groß, dass sie ihn auf der Schulter schleppen musste. Mit diesem Strauß begann sie die Steinstufen zur Grabkammer hinunterzusteigen. Es war ein mühsames Klettern, denn jede Stufe war so hoch, dass sie ihr bis zur Schulter reichte. Zwar hätte sich die kleine Dott durch ihren Wunderbecher sogleich wieder ihre natürliche Gestalt zurückgeben können, aber es war ihr jetzt möglich, zwischen den Stäben der Gittertür hindurchzusteigen, welche die Kammer für jeden großen Besucher abschloss.

Sie ging auf den Fußspitzen über den festgestampften Lehmboden bis in die Mitte der Grabkammer, die sich wie ein Mausoleum um sie wölbte, denn so groß war sie für die kleine Dott. Die Felsplatten, welche die Wände bildeten, strömten selbst an diesem heißen Sommertag Kälte und Feuchtigkeit aus. Dott streute die Blumen über den Boden und hockte sich dabei nieder.

Da hörte sie plötzlich ein Rascheln hinter sich. Sie schauderte in der Kälte zusammen, lief dem Ausgang zu, kroch durch das Gitter und sprang Hals über Kopf ins Freie. Als sie sich mühsam die Stufen wieder emporzog, fühlte sie, wie sie an den Hüften gepackt und hinaufgehoben wurde. Und als sie verwirrt um sich blickte, stand Gurian, der Reiher, vor ihr.

„In alten Gemäuern ist es nicht sicher für dich, kleine Dott!“, sagte er. „Dort hält sich Raubgesindel verborgen – Ratten, Marder und der Iltis können für dich gefährlich werden. Du solltest die Warnzeichen lernen, bevor du die Nähe der friedlichen Tiere verlässt.“ Mit diesen Worten beugte sich der Reiher herab, ergriff sie wieder vorsichtig mit seinem langen Schnabel und schwang sie auf seinen Rücken.

Die Sonne stand bereits tief im Westen, als sie sich in großen Kreisen über die Prignitz erhoben. Bei diesem Aufstieg fühlte Dott keinen Schwindel mehr. Ruhig und sicher saß sie auf dem Rücken Gurians und blickte neugierig in die Tiefe.

Am Stand der Sonne sah sie, dass sie nach Süden flogen, dem Lauf der Stepenitz folgend. Die Dämmerung legte sich grau über die Erde, als sie über Perleberg hinwegflogen. Sie erkannte die Stadt sofort, da sie von den beiden Armen der Stepenitz wie von einem Ring umschlossen wurde. Langsam und ruhig schwebte der riesige Vogel durch den warmen Abend, der immer dunkler wurde. Als die ersten Sterne am Himmel erschienen, erreichten sie Wittenberge. Die erhellten Straßenzüge leuchteten herauf, rötlich zog der Rauch der Fabriken über das Häusergewirr. Durch das dunkle Land krochen die Eisenbahnzüge wie glühende Raupen von drei Seiten auf die Stadt zu.

Hinter Wittenberge floß die Elbe. Wie eine mächtige, silberglänzende Schlange lag der Strom im Licht des Mondes unter ihnen. Ganz tief senkte sich Gurian hinunter, und Dott sah deutlich die roten, grünen und gelben Lichter an den Kähnen der Schleppzüge und Vergnügungsdampfer. Das Rauschen des Wassers klang zu ihr herauf. Sie hörte das Singen und Spielen und Lachen vom Verdeck der Dampfer und aus den hell erleuchteten Kajüten, und eine große Traurigkeit stieg in ihrem Herzen auf, als sie daran dachte, wie einsam und fern von den Menschen sie durch das Land ziehen musste.

Sie war aber fest entschlossen, dass die Traurigkeit nie wieder solche Gewalt über sie gewinnen sollte, wie damals, als die hoffnungslose Suche nach Frau Harke begonnen hatte. „Du hast dir dieses Leben selbst eingebrockt“, dachte sie und presste die Lippen zusammen. „Du kannst dankbar sein, dass es nicht schlimmer gekommen ist!“

Nun aber begann ein neuer Gedanke in ihr aufzusteigen. „Ist es denn wirklich unmöglich, dass ich nach Hause zurückkehre?“, dachte sie. Und sie begann, darüber nachzusinnen.

Während der Reiher und das Mädchen auf seinem Rücken schweigend und in tiefen Gedanken über den Strom dahinsegelten, näherten sie sich der Stelle, wo der Nistbaum Gurians stand. Der Reiher ließ sich auf dem Nest nieder und hob die kleine Dott von seinem Rücken.

Schlimm sah das Nest aus! Als Gurian nach dem Thing bei Frau Harke heimkehrte und sein Nest leer fand, hatte er die Nestfüllung auseinander gerissen und das Unterste zuoberst gekehrt. Dott stand nun in einem Gewirr von Wurzeln und Buschwerk und wusste nicht, wo sie hier ein gutes Plätzchen für die Nacht finden sollte. Sie wagte an diesem Abend nicht, Gurian anzureden, denn jetzt erst, beim Anblick des zerstörten und verödeten Nests, erkannte sie, wie groß sein Verlust war.

Als sich Gurian im Nest zurechtlegte, kauerte sie dicht an seiner Seite nieder. „Jetzt halten wir die Totenwacht“, dachte sie und blickte schweigend zum Sternenhimmel auf. Sie hatte aber in der vorigen Nacht während der wilden Fahrt auf Bussos Rücken keinen Schlaf gefunden, und ohne dass sie es merkte, fielen ihr die Augen zu, und sie schlief fest ein, dicht an die warme Brust Gurians, des Reihers, gelehnt.

Die Opfersteine von Mellen

Der große Dolmen

In dem Zipfel der Mark, der am weitesten nach Westen vorgeschoben ist, liegt der Rudower Blutsee, und nicht weit davonder Rambower See. Beide Seen sind hintereinander ausgestreckt. Wie ein einziger Pfeil liegen sie da, mit dem Kanal als Schaft in der Mitte; die Spitze weist von Osten über die Elbe hinweg in den Westen. Da aber, wo der Pfeil der Seen im Nordosten Mellen und Boberow berührt, liegen die Opfersteine von Mellen.

Wer am nordöstlichen Ausgang des Dorfs Mellen den Hügel am Rambower See hinaufsteigt, sieht hoch über dem See auf einem kahlen Hügel ein Viereck von gewaltigen Felsblöcken. Dieses mächtige Rechteck war einst dicht mit Steinen besetzt, und noch heute stehen achtundfünfzig Blöcke in diesem Steingehege. In der Mitte ist ein riesiger Felsblock zu sehen, der auf mehreren Steinen ruht. Und unter dieser Felsplatte liegt die Grabkammer. Das ist der große Dolmen von Mellen. Die Grabplatte wird heute ‚Blutstein' genannt.

Heute sind alle diese Steine in den Boden eingesunken, und zwischen der Platte des Opfersteins und der Erde kann ein Kind gerade eben noch durchkriechen. Es gab aber eine Zeit, da diese Steine mannshoch emporragten. Vor fünftausend Jahren errichtete ein nordischer Volksstamm diese Opferstätte über dem Grab seines Fürsten, und noch dreitausend Jahre später wurde das Land zwischen Elbe, Havel und Spree „Wiege des Volkes" genannt. Hier lag der heilige Hain, den die Germanen ihrem allein herrschenden Gott geweiht hatten. Noch in den Jahrhunderten danach entsandten die suebischen Stämme aus allen Himmelsrichtungen Abgesandte, um hier, auf ihrer Heimaterde, den einzigen Gott zu verehren. Mächtig und gewaltig muss der Gott gewesen sein, dem diese Recken huldigten, so furchtbar, dass sich die unbeugsamen und todesmutigen Krieger seinem Heiligtum nur gefesselt nahen durften, die Freien, die sich durch niemanden als durch Gott gebunden fühlten.

Niemand weiß genau, wo dieses Heiligtum des germanischen Suebenstammes lag. Manche Gelehrte sagen, dass es auf den Kuppen der Müggelberge inmitten der weiten Sumpf- und Wassergebiete der Spree und Dahme gelegen hatte. Andere meinen, dass der Dammrower Forst am Rambower See der heilige Hain der Semnonen war. Aber gewiss ist, dass unsere Vorfahren auch am großen Dolmen von Mellen inmitten des weitgesteckten Rechtecks Opferfeuer angezündet haben.

Diese Steine waren die Marksteine eines gigantischen Kalenders, und jeder einzelne von ihnen war so gesetzt, dass alle zusammen die Bewegungen der Sonne während des Jahres nachzeichneten. Diese nordländischen Krieger wussten, dass die Sonne ein Gleichnis ist, in dem sich die Geheimnisse Gottes offenbarten. Sie war ihnen darum über alles heilig, denn in dem gewaltigen Schauspiel der sterbenden und auferstehenden Sonne sahen sie das Schicksal der ganzen Menschheit abgebildet.

„Wie der Tag der Nacht folgt, so folgt dem Tod das Leben“, sagten unsere Ahnen. „Wie der Frühling dem Winter folgt, so folgt die Auferstehung dem Todesschlaf.“

Darum bliesen die geschwungenen langen Julhörner über die gefrorenen Wasser am großen Dolmen und verkündeten, dass in der Nacht der Wintersonnenwende der Tod überwunden wird. „Erwache, Leben!“, bliesen die Hörner und Luren. „Nicht ewig ist der Tod! Denn geboren wird uns in der Mitte der Nacht das Licht des Lebens!“

Und während die Hörner über die Eissärge der Seen von Rambow bliesen, brannte am Dolmen bereits das Feuer des ewigen Lebens; da wurde an seinem Brand der Julklotz für den Herd des Hauses entzündet, da rollten die feuerflammenden Räder der Auferstehungshoffnung von den Hügeln herab über die eisigen Flächen der Seen.

Das Zeichen der Sonne

Vor vielen Tausenden von Jahren, als die Steine von Mellen noch verstreut in den Wäldern und Sümpfen des Rambower Sees lagen, wurden die Zeichen der Sonne bereits auf Scherben geritzt und in langer, mühseliger Arbeit in die Felsen eingemeißelt. Das war die Zeit, als die Menschen das Wild in kunstvoll angeordneten Wildgruben fingen, als sie ihre Speerspitzen und Harpunen aus Elchgeweih anfertigten und scharfe Dolche, Äxte und Hämmer aus der Elle des Urstiers.

Ebenso sind diese Zeichen auf den Tongefäßen der darauffolgenden Zeit zu finden, als die Menschen den Stein zu bearbeiten verstanden und wahre Kunstwerke aus ihm schufen. Damals wurden Schweine und Rinder, Schafe, Ziegen und Hunde auch in der Mark domestiziert. Die Menschen wohnten in geräumigen Blockhäusern und errichteten einen Herd in der Mitte des Hauses. Sie waren sesshaft geworden und begannen die Äcker mit dem ersten Pflug aus Stein und Eichenholz umzugraben und Gerste und Hirse zu ernten.

Damals trugen die nordländischen Bewohner der Mark ihre vornehmen Toten unter Dolmen zu Grab und umgaben diese mit Steinsetzungen, welche die Auf- und Untergänge der Sonne nachzeichneten. Und in jener Zeit, um dreitausend vor Christi Geburt, wurden auch die Steine von Mellen über dem Grab eines Fürsten errichtet.

Tausend Jahre später wurde auch im Norden Deutschlands das Kupfer eingeführt. Die Bronzezeit begann. Aber die Zeichen der Sonne blieben die gleichen. In immer strahlenderer Schönheit wurden sie auf den Waffen und Geräten aus Bronze dargestellt. Die Schilder und Schwerter, die Wohnhäuser, der Schmuck und die Gerätschaften wurden mit ihnen verziert. Denn Leben und Tod standen unter dem prophetischen Auferstehungszeichen der Sonne. So geschah es, dass trotz allen Wechseln der Kulturen und bei allen Kämpfen in den folgenden Jahrtausenden sich nie etwas an diesen Zeichen der Sonne änderte.

Die Opfersteine begannen in den Boden einzusinken, und durch das jahrtausendelange Sterben und Neuerstehen der Natur wuchs die Erde an ihnen empor. Aber immer noch waren die Germanen Herren der Mark und aller Gebiete von der Nordsee bis weit in den Osten. So blieben auch die Sonnenzeichen die gleichen, als die Eisenzeit anbrach. Sie blieben auch die gleichen, als der reine Lichtglaube schon lange vergessen war und der Sinn der Zeichen zu verblassen begann.

Tief sind nun die Steine von Mellen in den Boden gesunken, und eine wilde Zeit des Leides und Kampfes und der Verwirrung begann. Als die zweite Hälfte des letzten Jahrtausends vor Christus anbrach, flutete das mächtige Volk der Kelten durch das germanische Land bis nach Kleinasien. Damals war der alte Glaube an den allein herrschenden Gott und den göttlichen Sohn bereits im Bild der Sonne hinter den Göttergestalten Wodans, Baldurs, Thors und der Mutter Erde verborgen. Aber immer noch hielten die germanischen Sueben das Land jenseits der Elbe in ihrem Besitz. Nun begann die Zeit der großen Völkerwanderung. Die germanischen Stämme der Kimbern und Teutonen machten sich auf nach Westen, um am Fuß der Alpen gegen die Kelten vorzudringen und ihnen das Land bis zum Rhein zu entreißen. Aber hinter dem Rhein und der Donau stießen sie auf die eisengepanzerten Phalanxen der Römer.

In all dieser Zeit sanken die Steine von Mellen immer tiefer in die Erde hinein, und der Regen und die Stürme der Jahrtausende durchfurchten ihre Oberfläche mit Rinnen und Narben. Aber immer noch opferten hier die germanischen Semnonen, denn an ihrer Tapferkeit war die Kraft der Römer zerbrochen.

Aber vom Osten her kommt nun ein Volk, zahlreich wie ein Mükkenschwarm! Auf kleinen Pferden reiten sie, wild wie die Wölfe, kühn wie die Wanderfalken! Das Fleisch der Pferde dient ihnen als Nahrung, auch trinken sie deren Milch und Blut, an dem sie sich berauschen. Tod fürchten sie nicht, von dem Frieden eines Heimes halten sie nichts. Wie Raubtiere leben sie im Urwalddickicht. In ihrer wilden Freiheit dulden sie keinen fremden Herrn über sich. Um ihr Gesicht hängt langes Haar, ihre blauen Augen sind schmaler und wilder, aber auch schwermütiger als die Augen der Semnonen.

Dies ist das slawische Volk der Wenden, die sich selber die Wilzen, „Wölfe“, oder Liutizen nennen. Auf ihren Feldzeichen steht die Sichel des Mondes und das Bild des Drachens, den sie in feuriger Glut durch die Luft sausen sehen. In jedem Baum und Strauch und Wassertropfen glauben sie lebensbringende und todverkündende Geister verborgen.

Als die Semnonen im sechsten Jahrhundert nach Christi Geburt den Germanenstämmen auf ihrem Siegeszug nach Westen hin nachdrangen, da wurde der zurückbleibende Rest in einem einzigen Ansturm von den Wenden niedergetreten. Damit begannen die Opfer der Wenden auf dem großen Dolmen bei Mellen. Der Opferstein wurde zum Blutstein in der Zeit der furchtbaren Kämpfe zwischen Ost und West, als der Rudower See der Blutsee genannt wurde.

Hobuki

Mitten in der Nacht erwachte Dott von einem donnerartigen Getöse, und als sie auffuhr, sah sie, dass ein Wetterleuchten über den Himmel zuckte. Die Elbe leuchtete weiß unter den fernen Blitzen.

Die kleine Dott kroch über die aufgehäuften Reisigmassen bis an den Rand des Nestes. Da grollte ein zweiter Donnerschlag über die Elbe. Sie blickte vorsichtig über Reisig und Wurzelwerk hinweg. Der Himmel drüben war weiß von ständigen Blitzen. Hell wie am Tag lag das Ufer jenseits der Elbe vor den Augen der kleinen Dott. Sie konnte deutlich die kleinen Dörfer mit den aufragenden Kirchturmspitzen erkennen und dahinter die wellenförmigen Höhenzüge mit dem dunklen Rabenberg, den die Märker Hobuki nennt, den Berg der hohen Buchen. Wie sie so aufmerksam hinüberblickte, ertönte ein dritter gewaltiger Donnerschlag, der sie in die Knie zwang, und vor ihren Augen barst der Rabenberg auf der anderen Seite der Elbe mitten auseinander.

Aus dem Innern des Berges aber wuchs ein Riese empor. Sein langer weißer Bart flatterte im Sturm, seine blauen Augen blickten drohend über den Strom. Über seinem Kopf schossen Lichtbündel auf, und in seiner Hand reckte er ein Kreuz empor, so wie Thor einst seinen Hammer gegen

seine Feinde schwang. „All min!“, rief er mit furchtbarer Stimme ins Land der Prignitz hinein.

„Kaiser Karl der Große!“, dachte Dott und duckte sich. Denn sie wusste aus den Sagen ihrer Heimat, dass der große Kaiser, der auf Hobuki das erste germanische Kastell gegen die Wenden errichtet hatte, noch heute im Rabenberg die Wacht über das ganze christliche Abendland hält. Plötzlich merkte sie, wie sich hinter ihrem Rücken, im Norden, hinter Mödlich, der Himmel erhellte. Mit furchtbarem Krachen zerbarst der Kiebitzberg bei Moor hinter Sterbitz, dem wendischen Friedhof der heiligen Rosse, und aus dem Innern des Berges schoss ein zweiter Riese hervor, ebenso gewaltig wie die drohende Gestalt jenseits der Elbe.

Sein langes rotes Haar und sein roter Bart waren wirr und verfilzt, und Moosfetzen hingen darin, als sei er soeben aus dem Moor gestiegen. Seine goldene Krone glühte und funkelte beim Aufleuchten der Blitze.

„Der Wendenkönig!“, flüsterte Dott und kroch tiefer in das Reisiggewirr. Ja. Es war alles ganz genau so, wie es in der Sage von Karl dem Großen und dem Wendenkönig beschrieben wurde.

„Nicht dett!“, antwortete der Wende über den Strom und schwang drohend sein Schwert über das Prignitzland.

„Habe ich die Sarazenen über den Ebro zurückgeschmettert und die Dänen über die Eider, so werde ich auch noch mit dir fertig werden!“, grollte der Kaiser. „Habe ich die Hungari und die Sorben besiegt und die Sachsen trotz ihres Bundes mit dir dem christlichen Reich einverleibt, so wirst du mich nicht hindern können, auch das Land jenseits der Elbe dem christlichen Glauben zu gewinnen! Denn höre, du, der du dich Fürst der Wölfe und der Grausamen nennst! Ein gewaltiges abendländisches Reich, vom Ebro bis zum Schwarzen Meer werde ich aufrichten, ein Reich des Friedens mit Bistümern und Kirchen, mit Kastellen, Handelsplätzen und Klöstern, und es wird dir nicht erlaubt sein, mein Werk zu zerstören!“

„Habe ich meine Völker vom Dnjepr hierhergeführt“, warf der Wende dem Kaiser wie im Spott zurück, „habe ich das Wendenreich bis zur Elbe fest und wohl gesichert errichtet, habe ich zweihundert Jahre lang hier im Osten uneingeschränkt geherrscht, so wirst auch du mir nicht einen Fetzen dieses Landes wieder entreißen!“

„Die Macht der Ungläubigen habe ich gebrochen am Ebro und an der Donau“, sprach der Kaiser fest. „Den Sichelmond habe ich zerschmettert in Spanien und hinter der Elbe! Du wirst mich auch nicht hindern, das Kreuz bis ins Herz deiner Länder hineinzutragen!“

„Den Heiligen Krieg der slawischen Stämme werde ich gegen dich und deine Völker aufrufen!“, schrie nun der Wendenkönig auf, und die Wölfe zu seinen Füßen heulten und duckten sich zitternd gegen den Boden. „Die Wilzen und die Liutizen von der Havel, die Obodriten hinter der Elbe, die Polabrier und Kitziner und die mächtigen Rugianer vom Meere, die Circipaner, Tolenser und Redarier, alle slawischen Stämme werde ich gegen deine Grenzen werfen. Die Sorben und die Hungari werde ich zu Hilfe rufen! Denn höre, du, den sie den Großen nennen, du wirst vielleicht deine Zeichen bei uns aufpflanzen, aber zerschmettern, zerschmettern werden wir eure Zeichen!“, schloss er mit grollender Stimme, in der es wie das Klirren von Eisenwaffen klang.

Da wuchs der Kaiser aus dem Berg empor bis hoch in die Wolken. Mit beiden Händen ergriff er das Kreuz und rammte es fest hinein in die flache Kuppe des Rabenberges.

„So pflanze ich denn hier das Zeichen des Lichtes“, sprach er gewaltig und feierlich. „Und wenn ihr es niederreißt und in den Abgrund schleudert, so wisse, von hier aus wird das Licht nach Osten dringen, und der Tag wird kommen, wo ihr niederfallt und es anbetet! In Ewigkeit aber wird diese Stelle hier, wo ich das Kreuz errichte, ‚des märkischen Volkes ältestes Bethaus‘ heißen!“

Wie fernes Donnergrollen verhallten die Worte, und vor den Augen Dotts zerflossen beide Riesengestalten zu Nebelgewoge, das sich breit über die Elbe und über die Wiesen wälzte, und aus dem der Regen niederzurieseln begann. Ganz durchnässt erwachte das Mädchen.

„Sicher ist ein Gewitter vorübergegangen, während ich schlief“, sagte sie. Mit einem Schauder aber erkannte sie in dieser Nacht, welch ein blutiges Ringen gerade hier immer wieder hinüber- und herüberging, seit Kaiser Karl der Große den ersten Versuch gemacht hatte, die Erde östlich der Elbe zu gewinnen.

Auf der Burg

Die lange Nacht von Lenzen

Als es zu regnen begann, breitete der Reiher seinen Flügel über die kleine Dott aus. Der Regen prasselte aber nach dem Gewitter so heftig herab, dass auch das starke Gefieder Gurians kein Schutz war. Von allen Seiten rieselte und platschte es auf die kleine Dott herab, so dass sie vor Kälte zusammenschauerte. Ein übler Gestank stieg aus dem alten Mulm des Nestes auf, das vom Regen durchweicht wurde und Dott

fürchtete, zu ersticken. Vorsichtig kroch sie unter dem Flügel des Reihers hervor, um Luft zu schöpfen.

„Dies ist kein guter Ort für dich, Menschenkind", sagte der Reiher. „Steige auf meinen Rücken, damit ich dich in den alten Turm bringen kann."

Dott stieg auf den Rücken Gurians und er hob sich in schnellen Kreisen empor. Dies aber war keine ruhige Fahrt wie am Tag! Der Sturm schleuderte den Fischreiher nach vorn und zur Seite, er packte ihn wie einen Fetzen und warf ihn nach oben und nach unten. Die kleine Dott musste mit beiden Armen den Gurians Hals umklammern und sich fest gegen seinen Rücken pressen, um nicht hinuntergeschleudert zu werden. Der Regen strömte herab, – wie aus Eimern, schien es der kleinen Dott.

Aber herrlich flog der Reiher! Hin- und hergerissen, aber stetig vorwärts, vorwärts, den Lichtern der Stadt Lenzen entgegen, die nach der ersten wendischen Niederlassung an diesem Ort auch die Drei-Mondhörnerstadt genannt wird. Sie brausten mit der Kraft des Sturms darauf zu. Schon lagen unter ihnen die matt erleuchteten, mondsichelförmigen Straßen und strahlenförmigen Gässchen. Rechts schimmerte die Löcknitz herauf. Schon erkannte Dott auf einem Berg vor der Stadt das langgestreckte Schloss Lenzen, aus dessen Fenstern helles Licht strahlte, da ragte bereits der schwarze runde Turm zu ihnen auf.

Als Gurian sich auf der Plattform des Turms niederließ, hob er die kleine Dott sanft von seinem Rücken. „Hier wirst du vor dem Regen geschützt sein", sagte er. „Ihr Menschen baut euch ja diese steinernen Wohnungen, damit euch der Sturm nicht erreichen kann. Schlaf gut, kleine Dott, denn du hast eine anstrengende Fahrt hinter dir."

Dott seufzte, als sie ihren Freund in der Nacht verschwinden sah. Um sie her klatschte und tropfte es. Wie Bindfäden stand der Regen vor den erleuchteten Fenstern des Schlosses. Die Blätter der pyramidenförmig geschnittenen Bäume im Hof und die runden Pflastersteine glänzten wie lackiert. Auf die Höhe des Turms herauf aber drang nur wenig Licht. Sie sah in der Mitte der Plattform ein rundes kleines Lusthaus, auf das eine Dachhaube aufgesetzt war und das aus seinen hohen Fenstern nach allen Seiten Ausschau zu halten schien.

„Das wäre ein Häuschen für mich", dachte das Mädchen. Als sie rundherum ging und dabei die Eingangstür entdeckte, merkte sie jedoch, dass sie viel zu klein war, um die Klinke erreichen zu können.

Sogleich nahm sie den goldenen Wunderbecher und fing an, ihn kräftig mit ihrem Taschentuch von innen zu reiben, und sofort begann sie emporzuwachsen. In wenigen Augenblicken hatte sie ihre natürliche Größe erreicht. Sorgfältig verwahrte sie den Becher wieder im Beutel und drückte die Klinke herunter. Die Tür war nicht verschlossen!

Dott konnte auch in der Dunkelheit die Gegenstände gut erkennen, denn ihre Augen waren durch die Rennefarre geschärft. Sie sah, dass in dem Lusthäuschen, das der Besitzer des Schlosses auf den mächtigen

alten Turm aufgesetzt hatte, alles wunderschön eingerichtet war. Es gab einen Tisch darin und Sessel mit Kissen, und an den Wänden hingen Bilder. Weil sie so nass und müde war, legte sie ihren Beutel auf den Tisch, schob zwei Sessel zu einem Bett zusammen und streckte sich darauf aus. Und da sie zu frieren begann, deckte sie sich auch noch mit einigen Kissen zu. „Nun schlafe ich in der Burg Lenzen!“, dachte sie stolz. „Jetzt fehlt nur noch, dass ich all das erlebe, was hier vorgefallen ist!“, setzte sie lächelnd hinzu, während ihr die Augen zufielen.

Der Feldmarschall
Im 18. Jahrhundert

Kaum aber hatte Dott diesen Wunsch geäußert, als sie plötzlich glaubte, die Stimme des Doktors neben ihrem Ohr zu hören.

„Und nun, Freunde“, flüsterte er, „wollen wir dieses Kind bitten, auf seiner Wanderschaft auch die Stätten unserer Vergangenheit aufzusuchen und sich nicht zu fürchten, damit das Wunder der Rennefarre an ihr wirksam werden kann.“ Sie sah wieder, wie er sein Glas hob und ihr zulächelte. „Es kann ja nichts schaden, wenn ich wirklich in das Schloss hineingehe“, dachte das Mädchen. „Ich habe ja die Rennefarre im Schuh und bin für jeden lebenden Menschen unsichtbar.“

Seufzend erhob sie sich von ihrem weichen Lager, denn sie war sehr müde und hätte lieber durchgeschlafen. So seufzte sie noch einmal, tastete nach einer Tür, die in das Innere des Turms führte, und stieg die Treppe hinunter. Im obersten Stockwerk entdeckte sie wieder eine Tür. Sie öffnete sie und betrat einen langen, dunklen Flur, der in das Schloss führte. Leise schloss sie die Tür hinter sich und schlich auf den Zehenspitzen vorwärts. Plötzlich hörte sie, wie ein schwerer Schlüssel im Schloss herumgedreht wurde und wie es im selben Augenblick hinter ihr vom Turm her rauschte und tief unten im Berg zu klopfen begann.

Die Kerzen an den Wandleuchtern im Flur brannten ganz von selber an, und leichte Füße kamen die Treppe im Treppenhaus heraufgetrippelt.

Dott duckte sich hinter einen Sessel. Als sie hervorlugte, sah sie eine zierliche alte Frau heraufkommen. Die trug auf ihren silberweißen Lokken ein schwarzes Spitzenhäubchen mit einer weißen Spitzenkrause und hatte ein schweres Schlüsselbund über der blütenweißen Schürze hängen. Ihr Gesicht erschien dem Mädchen bekannt und sonderbar vertraut. Aber sie konnte sich nicht erinnern, wo sie es gesehen hatte.

Als die alte Gutsverwalterin zu dem Sessel kam, hinter dem Dott hockte, da geschah etwas, was die am wenigsten erwartet hatte. Die Alte blieb vor dem Sessel stehen und schaute sie an. Und sie schaute sie so an, als könnte sie die kleine Dott sehen.

„Entweder ist meine Verwandlung vorbei, oder aber diese alte Dame ist kein lebender Mensch", dachte das Mädchen erschrocken. „Denn kein Mensch kann den sehen, der die Rennefarre im Schuh trägt."

Die Alte schien sich gar nicht über ihre Gegenwart zu wundern. Sie nahm Dott bei der Hand und trippelte mit ihr den Flur entlang. Als Dott im Vorübergehen in den hohen Spiegel an der Wand blickte, sah sie neben der Alten ein kleines Mädchen laufen, das ein Spitzenhäubchen auf den Locken hatte, ein langes, weißes Spitzenkleidchen trug und über der Brust eine breite, hellblaue Seidenschärpe. Wie eine Prinzessin sah das Mädchen aus. Dott versuchte, an dem geblümten, weiten Rock der Verwalterin vorbeizublicken, um sich das Mädchen anzuschauen. Als sie sich vorbeugte, glitt ihr Blick an ihrem Kleid hinunter, und sie entdeckte, dass sie selber das Spitzenkleidchen trug, das sie im Spiegel gesehen hatte, und dass eine lange blonde Locke über ihre Schulter fiel.

Sie hatte sich noch nicht von ihrem Erstaunen erholt, als zwei Diener mit gepuderten Perücken auf den Köpfen an ihnen vorübereilten und die Tür zum Turm am Ende des Ganges mit einem Ruck aufrissen. „Du musst einen tiefen Knicks machen", flüsterte die Alte. „Der Feldmarschall von Möllendorf kommt auf sein Schloss." Da kam auch schon der alte Feldmarschall durch die Turmtür hereingeschritten.

Eins, zwei, eins, zwei, ging er vorüber, ganz so wie zur Zeit der Schlacht bei Kaiserslautern. Wie Sturmwehen ging es um das Schloss, von der Gartenrampe bis zur Zugbrücke. Und plötzlich erscholl im Innern des Berges ein Schreiten und Stampfen wie von schweren Soldatenstiefeln.

Die Alte umklammerte noch fester die Hand der kleinen Dott und ging mit ihr tiefer und tiefer hinab, bis sie in einen von einer Laterne schwach erleuchteten Keller kamen. Dort blieben sie vor einer uralten wurmstichigen Eichentür stehen, die nur angelehnt war. Ein Durcheinander von Stimmen, Säbelgerassel, Gläserklingen und Stiefelscharren erklang hinter der Tür, und beide beugten sich vor, um durch den Spalt zu blicken, die Alte oben, die kleine Dott unten.

Im Kellergewölbe sahen sie die Zecher auf eichenen Hockern rund um den Schlossherrn sitzen, vor dickbauchigen Weinfässern, halb unter Moos verborgen. Die Fässer waren so alt, dass das Holzwerk vollkommen abgefault war. Aber wozu bedurfte es eines Holzwerks? Der Wein hatte sich in all diesen Jahrhunderten selber ein Gehäuse aus Weinstein gebildet.

„Ungehoben liegt hier der köstlichste Wein, der mehr als tausend Jahre alt ist und dick wie flüssiges Gold", flüsterte die Alte. „Ein einziger Schluck würde jedem Heutigen die Geheimnisse der alten Zeiten enthüllen und ungeahnte Herrlichkeiten zeigen! Aber der Wein liegt verborgen und niemand kann ihn heben als der alte Feldmarschall von Möllendorf. Einmal im Jahr verlässt er seine Gruft, um mit seinen Kriegskameraden in diesem Keller zusammenzukommen wie zur Zeit ihres Lebens. Heute ist der Tag ihrer Zusammenkunft. Und jetzt beuge dich vor," raunte sie mit geheimnisvoller Stimme. „Vielleicht gelingt es dir, ein wenig von dem Duft des Weines zu verkosten."

Die Alte öffnete sachte die Tür, und nun sah die kleine Dott, wie der Wein wirklich wie flüssiges

Gold aus den Fässern in die bereitgehaltenen Gläser rann. Und plötzlich spürte sie einen Duft, so lockend und süß, dass sie ihn tief in sich hineinatmen musste.

Leise schloss die Alte die Tür, dann packte sie das Mädchen fest am Arm, während sie sich umwandte, um mit ihr wieder in das Schloss hinaufzusteigen. Der kleinen Dott aber war, als wallte es um sie von Nebeln. Ein Raunen erhob sich dicht neben ihr, und rund herum knackte und raschelte es wie von heimlichem Kommen und Gehen. Ihr war, als atme sie noch immer den süßen, betäubenden Duft des Weines, und plötzlich stieg ein mächtiges Verlangen in ihr auf. „Ach, wenn sich doch die Geheimnisse dieser alten Burg wirklich vor mir enthüllen wollten“, dachte sie. „Wenn doch die Rennefarre in meinem Schuh mir die Herrlichkeiten zeigen wollte, von denen die alte Frau gesprochen hat!“

Der Admiral
Im 17. Jahrhundert

Noch während Dott das dachte, verschwanden die blumendurchwirkten Teppiche. Die hohen Spiegel in den Bronzerahmen wurden von den Wänden geschluckt und auch die zierliche Alte neben ihr veränderte sich sonderbar. Neben ihr ging nun mit schweren, großen Schritten eine breite, starke Frau. Sie trug einen weiten, eng gefalteten Rock aus schwarzem Tuch. Ihr Haar war straff aus der Stirn gestrichen, eine weiße Haube öffnete sich über ihren Ohren in zwei steifen kleinen Flügeln.

„Was das für eine unbequeme Haube ist!“, dachte die kleine Dott. Da hatte sie auch schon selber auf ihrem straffen Haar ein winziges Häubchen sitzen! Ihr Hals wurde durch einen gestärkten Kragen eingeengt, und in einem weit gebauschten Rock aus schwerem grauem Samt ging sie mit langen Schritten neben der Gutsverwalterin her.

Die Alte schob sie durch eine schwarz gestrichene Tür hinter einen schweren Vorhang. Als die Frau mit ihrer großen weißen Hand den Vorhang in die Höhe hob, sah Dott in ein saalartiges Zimmer, das durch Kerzen nur schwach erhellt wurde und dessen niedrige Fenster mit den kleinen bleigefassten Scheiben durch Teppiche halb verhängt waren.

„Der Admiral!“, entfuhr es der kleinen Dott, „Gysel van der Lyer!“ An einem großen Eichentisch saß ein Mann mit einem scharfgeschnittenen Gesicht. Ein kurzer weißer Bart bedeckte sein Kinn, sein Hals war von einer breiten gefalteten Spitzenkrause umschlossen. Sein Wams war aus schwarzem Brokat, Puffärmel bauschten sich über seinen Armen. Dott hatte ihn nach jener Sturmnacht am Deich sofort wiedererkannt.

„Vor Admiral Gysel van der Lyer musst du einen tiefen Knicks machen“, sagte die Alte und drückte das Mädchen zu einer Verbeugung hinunter, obgleich er sie von seinem Platz aus gar nicht sehen konnte. „Dieser Amtsmann des Großen Kurfürsten hat wie der Kurfürst Friedrich Wilhelm selber keinen anderen Gedanken, als die Menschen besser und glücklicher zu machen.“

Vor dem Admiral standen die Vertreter der Städte und Dörfer aus der Umgebung von Lenzen. Sie waren wunderlich gekleidet. Einige trugen zerlumpte Tuchanzüge mit Schärpen, die ihnen beinahe unter den Schultern saßen. Andere hatten zerrissene Spitzenjacken an. Da waren einige, die ihre platten Mützen tief in die Stirn gezogen hatten, sie trugen so ausgefranste Lumpen, dass Dott sich wunderte, wie sie überhaupt am Körper hängen bleiben konnten. Das Mädchen musste die Alte am Kleid zupfen, so neugierig war sie.

Die Verwalterin beugte sich zu ihr herab. „Nach dem Dreißigjährigen Krieg kannst du im einfachen Volk keine schönere Kleidung erwarten als diese“, flüsterte sie.

Der Admiral fuhr in seiner Rede fort, die er vor ihrem Eintritt begonnen hatte. „Ich verfüge, dass vom heutigen Tag an keinerlei Hexenprozesse mehr stattfinden!“, sagte er. „Wenn ihr eine Unglückliche oder Wahnsinnige findet, die glaubt, mit Teufelsspuk Milch und Butter hexen zu können, so bringt selbige zu mir auf mein Schloss, damit ich mit ihr rede und sie mit Gottes Hilfe zur Vernunft bringe.“ Er blickte sich im Kreis um. Die Augen der Leute waren finster auf ihn gerichtet und die Lippen spöttisch verzogen. Die meisten hatten die Arme trotzig untergeschlagen und standen breitspurig und regungslos im Zimmer.

Dott zupfte wieder an dem schweren Tuchrock der Alten, und die beugte sich zu ihr nieder und flüsterte: „Nach dem Dreißigjährigen Krieg kannst du nicht erwarten, dass das Volk in der Mark zu irgendjemandem Vertrauen hat. Dreißig Jahre lang haben sie nur gesehen, wie die deutschen Fürsten gegeneinander Krieg führten und wie sie fremde Fürsten zum Morden und Plündern zu Hilfe riefen. Sie glauben nun, dass die Großen nur daran denken, was sie für sich selber gewinnen können. Nach dem Friedensschluss hat der Große Kurfürst den Admiral aus Holland gerufen. Der hat wieder Spinnstuben eingerichtet und die Hausweberei eingeführt. Er hat Lehrer aus Holland für Tuchfärberei in die Lenzer Wische berufen, er hat Tabak und die Kartoffel eingeführt und die Leute gelehrt, Flachs zu bauen. Aber die denken bloß, welchen Nutzen wohl der Admiral von allen diesen Neuerungen haben mag.“

„Die Obrigkeit der Städte und Dörfer hat dafür zu sorgen, dass Morast und Schmutz von den Straßen abgefahren werden, damit die Wagen in selbigem nicht stecken bleiben, und der üble Gestank verschwindet“, fuhr der Admiral fort. „Die Kehrichthaufen und das krepierte Viehzeug sind vor den Häusern der Stadt zu entfernen und die verstopften Kanäle und verschlammten Brunnen wieder zu reinigen. Die Ställe sind hinter die Häuser in die Höfe zu verlegen, und das Rüsselvieh ist von den Straßen zu treiben. Vor jedem dritten Haus der Stadt hat ein Licht in einer Laterne zu brennen. Wer vor seinem Haus nicht fegt, dem wird der Gassenmeister den Schmutz ins Haus werfen. Das geschieht aber nicht, um euch neue Lasten aufzubürden, sondern damit Sauberkeit und Ord-

nung herrscht und wir mit unserer schwachen Menschenkraft alles tun, damit keinerlei Krankheit mehr unter dem armen Volk entsteht." Wieder hielt der Admiral inne und schaute prüfend in die Gesichter. Unter dem filzigen Haar blickten die Augen ihn an wie die von Raubtieren unter dem Buschwerk.

Der Admiral fuhr mit ruhiger Stimme fort: „Das Wolfsjagdlaufen muss wieder eingeführt werden, damit die Dörfer nicht mehr im Winter von Wölfen blockiert werden. Männer wie Frauen müssen sich drei bis vier Tage im Jahr zum Hofjagdamt begeben, zur Anlage von Wolfsgruben und Wolfsgärten und zum Aufscheuchen des Raubzeugs, damit der Mensch und nicht das Tier der Herr im Lande sei." Der Admiral legte das Manuskript mit den neuen Gesetzen auf den Tisch und schaute schweigend auf die regungslose Mauer der Leute vor ihm, deren Augen nun so finster unter den zusammengezogenen Brauen blickten, dass Dott wieder heftig am

Rock der Verwalterin zupfte. Die ergriff sie fest an der Hand. „Nach dem Dreißigjährigen Krieg kannst du nichts anderes erwarten, als dass die Leute tückisch und böse geworden sind wie die wilden Tiere", sagte sie ernst. „Erinnere dich immer daran, dass nur der dem Unglücklichen helfen darf, der stark genug ist, für Liebe Hass zu ernten."

„Nun weiß ich, wie es in der Prignitz nach dem Dreißigjährigen Krieg ausgesehen hat", dachte Dott und schritt nachdenklich neben der holländischen Frau den Flur entlang. „Wenn es jetzt schon so aussieht, wie mag es dann erst vorher hier gewesen sein", fügte sie besorgt hinzu.

Die dreizehn Raben
Im 14. Jahrhundert

Noch als Dott den Gedanken aussprach, begann es ringsum zu knakken und zu rieseln; Wände und Fußboden wurden ausgetauscht wie die Kulissen in einem Theater. Eine dunkle Eichentäfelung senkte sich herab, und breite Eichendielen schoben sich unter ihre Füße, so schnell, dass es sie überhaupt nicht im Gehen störte. „Ich bin neugierig, wer nun neben mir geht", dachte die kleine Dott und blickte auf.

Da sah sie eine schöne, große Magd neben sich, die eine Laterne in der Hand und einen Korb am Arm trug. Neben ihnen schritt eine Burgfrau, so wie Dott sie oft auf den Grabsteinen der Kirchen abgebildet gesehen hatte. Sie trug eine große weiße Haube; ein weißes Tuch aus Leinen bedeckte Schultern und Brust. Eilig stiegen die beiden Frauen mit dem Mädchen die Wendeltreppe zum Turm hinauf und traten mit ihr auf die Plattform. Da war alles verändert. Das Lusthäuschen war verschwunden, und ein Wächter schritt im Mondlicht auf und ab.

„Kommen sie schon, Kaspar?", fragte die Burgfrau leise, und das Mädchen sah beim Licht der Laterne, dass ihr Gesicht von kummervollen Falten durchzogen war.

„Nein, Frau, aber ich höre schon das Brausen, das ihrem Kommen vorausgeht", antwortete der Wächter.

Die Burgfrau trat an die Rampe. Da fuhr ein Windstoß daher, dass ihr blauer, mit schwarzen Samtbändern verzierter Rock weit auseinander-

gebauscht wurde und ihre Schürze wie eine Fahne knatterte. „Ich möchte doch wissen, von wo jemand kommen soll!“, dachte die kleine Dott und blickte über die Rampe.

Da lag Lenzen im Mondschein. Die Dächer der Häuser waren eng um die große Kirche geschart, die in der Mitte der Stadt lag wie eine Henne über ihren Küchlein. Die ganze Stadt lag in den Burgmauern wie in einem Nest, um welches das silberglänzende Band der Löcknitz geschlungen war. Aber die Stadt ruhte in tiefem Schlaf, und sicher würde nichts von dort in dieser Stunde heraufsteigen. Da lief Dott auf die andere Seite des Turms und blickte nach Süden über die Wische und Elbe hinweg in das Reich hinein. Aber auch hier lag alles still, so dass die kleine Dott sich auch nicht denken konnte, dass von dieser Seite etwas herangezogen kommen sollte. So eilte sie auf die Seite, die dem Norden und Osten zugewandt war, und spähte über Seen und Wälder und Sümpfe hinweg in die Prignitz.

Da aber blies ihr der Wind mit solcher Macht ins Gesicht, dass er ihr den Atem verschlug. „Ja", dachte sie, „von dort kann schon was kommen. Der Wind sieht ganz danach aus, als könnte er etwas mit sich bringen."

Die Burgfrau kam zu ihr. Auch der Knecht trat heran und zeigte nach Nordosten. „Seht, Frau, da kommen sie!", sagte er, und als alle aufmerksam in diese Richtung schauten, sahen sie viele große Vögel näher kommen, die im Wind schwankten wie Herbstblätter. Sie umkreisten mit wilden Schreien den Turm, ohne sich niederzulassen. Mit schwerem Flügelschlag flatterten sie auf und nieder, zwischen der Dunkelheit der Tiefe und dem Licht des Himmels. Die Burgfrau öffnete seufzend den Korb, den die Magd neben sie hingestellt hatte. Sie begann den Raben Fleischbrocken zuzuwerfen, die von den Vögeln im Flug aufgeschnappt wurden.

„Wie viele sind es heute, Kaspar?", fragte die Frau.

„Dreizehn, wie immer", erwiderte der Knecht.

„Ich kann es manchmal gar nicht glauben, dass es immer nur dreizehn sind", sagte leise die Frau. „Siehst du, Kaspar, bei diesen Dreizehn scheint es mir, als könnte ich sie erkennen. Der Große da, mit der weißen Feder, das ist der alte Köckeritz, und der Kleine, der da so hastig auf die Bissen niederstößt, das ist Flotow, der immer so schmuck gekleidet war. Die drei da hinten, die sich immer zusammenhalten, das müssen die Brüder Bredow sein. Ach, Kaspar, das Herz ist mir so schwer, wenn ich sie hier so wiedersehen muss, wie sie immer wieder an den Ort ihres furchtbaren Todes zurückkehren müssen und keine Ruhe finden können. Ich sehe die Unglücklichen dauernd vor mir, wie sie an den Zinnen hingen, den Kopf nach unten." Sie wischte sich die Tränen aus den Augen. „Ich hatte ihre Schreie gehört, Kaspar", flüsterte sie, „aber ich wusste damals nicht, was hier geschah, ich habe es wirklich nicht gewusst, sonst hätte ich meinen Gemahl um Gnade angefleht!"

„,Sie sind gleich Raben', hat Euer Gemahl gesagt", erwiderte leise der Knecht, „und Raben können diesen Turm wohl umflattern, aber nicht zerhacken!" Ihr wisst, edle Frau, dass der Prignitzer Adel den Ritter arg bedrängt hat und dass sie das Land schlimm zerstört haben mit ihren Raubzügen. ‚Düngt nun den Boden, den ihr verwüstet habt!', sagte der Ritter, als er diese von den Zinnen stieß."

„Das ist es, was mir keine Ruhe lässt, Kaspar", sagte die Frau. „Darum muss ich immer auf den Turm steigen, um diesen Unglücklichen nahe zu sein. Mein Gatte trägt ein reines Schwert, den Schutzlosen ist er ein Hort, ein Hüter des Rechts, dafür danke ich Gott! Aber er ist ein Quitzow und trägt durch seine Verwandtschaft das Blut des ganzen Adels der Prignitz in sich. Und darum scheint es mir, dass es nicht nur dreizehn Raben sein dürften, die diesen Turm umflattern. Ich meine, dass alle Quitzows, die ihren Schild durch Entrechtung der freien Bauern befleckten, durch Raub und Mord und Gewalt, dass alle nach ihrem Tod den Turm gleich ihnen umkreisen müssten, damit auch sie das Unrecht sühnen, das in unserer Familie begangen wurde, damit die Strafe auf uns falle und nicht auf dieses unglückliche Land!"

In diesem Augenblick trat die Magd, die neben der kleinen Dott die Treppe heraufgestiegen war, an die Brüstung. Es schien dem Mädchen, als wenn die Magd in der Dunkelheit mächtig emporwuchs, und als seien ihre Züge wieder sonderbar bekannt und vertraut. Sie beugte sich über die Tiefe, indem sie einige Worte vor sich hinflüsterte. Und plötzlich stieg ein Schwarm von Raben aus der Tiefe.

„Siehst du, Kaspar", rief die Burgfrau, „diese vier gehören nicht zu jenen dreizehn, nein, das sind nicht mehr dreizehn Raben! Sieh doch nur! Immer mehr steigen herauf, sieh, wie sie flattern und hacken, du musst mir helfen, Kaspar, dass ich die Bissen schneller auswerfe!"

Immer dichter umkreisten die Raben den Turm. Klirrend schlugen ihre Flügel zusammen, wie Schwerthiebe sausten ihre Schnäbel auf die Brocken nieder. Alle drei, die Burgfrau, der Knecht und die kleine Dott, warfen wie im Fieber mit beiden Händen die Fleischstücke mitten hinein in den Vogelschwarm. Von der Löcknitz, von Osten und Norden, von Putlitz und von der Eldenburg her kamen sie gesaust, Zwanzig, Dreißig, eine wirbelnde Wolke, die sie rauschend und schreiend umkreiste und über ihnen zusammenschlug. Immer schneller warfen sie die Bissen aus, bis sie auf den Grund des Korbs kamen. Da schlug der Knecht den Deckel mit einem Knall zu und bekreuzigte sich. „Der Herr sei ihrer Seele gnädig“, sagte die Burgfrau, „der Herr lasse sie ruhen in Frieden!“

„Amen!“, schloss der Knecht ernst.

Die Wolke der schwarzen Vögel erhob sich hoch über den Turm und brauste mit donnernden Flügelschlägen gen Norden. Aber auch die Magd war verschwunden. „Nun weiß ich, wie es hier zur Raubritterzeit zugegangen ist“, sagte die kleine Dott schaudernd. „Aber wenn die Leute hier für ihre toten Feinde beten, so fürchte ich mich nicht, noch weiter in die Vergangenheit zurückzusteigen“, setzte sie hinzu. Da sah sie, dass auch die Burgfrau und der Knecht neben ihr verschwunden waren.

Die schwarze Königskutsche
Im Jahr 1223

Als Dott sich umblickte, stand hinter ihr eine magere, große Frau. Um ihr strenges, langes Gesicht war ein weißes Linnen geschlungen, das auch Brust und Schultern bedeckte und vom Wind hin- und hergerissen wurde. Der Mond lag nun hinter den Wolken. Vom Süden her zog ein gewaltiges Gewitter herauf, die Blitze tauchten die Elbe, die Löcknitz und das Wasser des Burggrabens in schwefelgelbes Licht.

Die Frau schaute nach Westen, als erwarte sie, dass von dort etwas Besonderes eintreffen müsste. Plötzlich hörten sie in der Stille zwischen den Donnerschlägen lautes Räderrollen und ein Platschen und Spritzen, als rase ein Wagen durch die Sümpfe der Löcknitz hindurch.

Da ergriff die Frau die kleine Dott fest an der Hand und eilte mit ihr die Treppe hinunter, durch das Schloss bis in die Halle im Erdgeschoss.

Draußen stürzte der Regen herab, und in dem Sausen des Windes und dem Klatschen des Regens hörten sie bereits das Stampfen der Pferde und das Rasseln der Räder im Schlosshof.

„Die schwarze Kutsche von Lenzen!“, erinnerte sich das Mädchen und fuhr zusammen. Drei kurze, schwere Schläge dröhnten gegen das Tor,

das der Torwart öffnete. Vor dem Tor sah Dott eine schwarze Kutsche stehen, aus der zwei schwarz vermummte Männer sprangen, die einen dritten aus dem Wagen zogen. Dessen Kopf war unter einem Tuch verhüllt, seine Arme waren auf dem Rükken gefesselt. „Du musst vor dem Gefangenen einen Knicks machen", flüsterte die Frau, als die drei Männer sich dem Tor näherten, „nicht, weil er der König des großen dänischen Reiches ist, sondern weil er ein unglücklicher Mann sein wird."

„Wohin führen sie denn den König", fragte das Mädchen. Aber die Frau antwortete ihr nicht. Unbeweglich stand sie neben dem Tor und lauschte nach oben, wohin die Männer verschwunden waren. Plötzlich kamen eilige Schritte den Flur entlang und die Treppe herunter. Ohne einen Blick auf die Frau und das Kind zu werfen, verließen die beiden Vermummten die Burg. Dott hörte, wie die Kutsche über den Schlosshof rollte und donnernd über die Zugbrücke auf die Sumpfwiesen der Löcknitz zufuhr. „Wohin haben sie den König gebracht?", fragte Dott wieder und blickte zornig in das Gesicht der Frau. Da sah sie, dass diese jetzt in wunderbarer Hoheit vor ihr stand.

„In dieser Stunde vollzieht sich das Gericht an dem König", sagte sie, während ihre Augen in die Ferne schauten.

„Aber wo haben sie denn den König hingebracht?", fragte die kleine Dott zum dritten Mal voll Ungeduld.

Da führte die Frau sie die Treppe hinauf und an zwei Wachtposten vorbei in das Obergeschoss des Turms. An der Tür zum Turm winkte sie eine alte Dienerin herbei, die in einer Ecke stand.

„Es ist mir nicht erlaubt, hier hineinzugehen“, sagte die stolze Frau, die sie bis hierher geführt hatte, und berührte mit ihren Fingerspitzen leicht die Augen der kleinen Dott. „Du musst von nun an denen folgen, die um dich sein werden. Aber achte auf deine Wünsche, kleine Dott, denn sie werden dich durch die Zeiten hindurchtragen.“ Dott blickte voll Staunen zu der Frau auf, und ihr war, als sei bei allen Veränderungen ihr Gesicht immer dasselbe geblieben. „Die Magd im Turm, die Gutsverwalterin beim Admiral und die Alte bei dem Feldmarschall, sie alle waren diese Frau!“, dachte sie erschrocken. Und nun wusste sie, wer vor ihr stand und wer sie durch die Jahrhunderte geführt hatte!

„Frau Harke!“, rief sie. Im selben Augenblick war die Frau verschwunden, und die alte Magd ergriff ihre Hand und führte sie an den Wachtposten vorbei in das Innere des Turms hinauf. Hier brannten keine Fackeln an den Wänden. Die Dunkelheit wurde nur durch das rötliche Licht einer Ewigen Lampe erhellt, die über dem Altar hing. „Wo sind wir?“, fragte Dott leise.

„Im Turm“, sagte die Alte. „Hier liegt die St. Georgskapelle der Besatzungstruppen.“ Sie bekreuzigte sich und beugte ihr Knie vor dem Altar. Dann zog sie Dott in den Hintergrund der Kapelle, wo sie im matten Schein der Ampel ein Haspelloch erkannte, durch das die Kette zum Burgverlies hinuntergelassen werden konnte.

Sie schaute erstaunt auf die Kette und auf das schwarze Loch, in dem die Kette verschwand, und sie fragte sich, warum Frau Harke sie hierher geschickt hatte. Da hörte sie plötzlich ein Stöhnen in der Tiefe, und als sie sich über das Loch beugte, schlugen ihr Moderduft und Grabeskälte entgegen. „Dies ist der Ort, wohin sie den König von Dänemark gebracht haben", sagte die alte Schließerin. „Hier wird Waldemar II. von Dänemark, den sie den Sieger nennen, gefangen gehalten, so lange, bis er seine Ansprüche auf deutsches Land abgeschworen hat. Und kein Kaiser und kein Fürst kann ihn aus diesem Gefängnis befreien, denn niemand im ganzen Reich kennt seinen Aufenthalt."

„Wer ist es denn, der den König gefangen hält, wenn es nicht der Kaiser des Reiches ist?", flüsterte das Mädchen.

„Der Herr dieser Burg hält den König gefangen", erwiderte leise die Alte. „Graf Heinrich von Schwerin, mein Herr, der es wagte, den König bei einem Jagdausflug auf der Insel Lyö zu überraschen und gefesselt hierher zu führen, um den Norden Deutschlands zu retten."

Dott blickte verwirrt in die schauerliche Tiefe des Turms, in welcher der König saß, der den deutschen Norden vom Reich hatte reißen wollen. Als das Stöhnen aus der Dunkelheit zu ihr heraufdrang, presste sie die Hände gegen die Ohren, und die Tränen traten ihr in die Augen.

Die Alte berührte ihre Schulter und führte sie durch die Kapelle. „Du darfst nicht glauben, mein Kind, dass Gerechtigkeit leicht ist", sagte sie, als hätte sie ihre Gedanken erraten. „Oft fordert sie das größte Opfer von uns, – Härte! Aber du weißt auch, dass uns ein Trost geblieben ist, und dass über allem das Gebot der Liebe steht", fügte sie hinzu. „Vergiss nie, dass wir auch für die Seele des Feindes beten können!"

Bei diesen Worten kniete sie auf den Stufen des Altares nieder und zog auch Dott auf die Knie. Mit fester und lauter Stimme begann sie zu beten: „Herr, erbarme dich seiner Seele!" Da aber war es ihr, als wenn sich die Dunkelheit des Kerkers über ihre eigene Seele legte, und sie erkannte plötzlich, was für eine gefährliche Sache es war, für die Seele eines Unglücklichen zu beten, der in unserer Gewalt ist, und wie sie auf sich selber achthaben musste, damit dieses Gebet nicht zum Spott wird.

„Herr, erbarme dich seiner", fügte sie leise und demütig hinzu.

Und ohne dass sie wusste, wie es geschah, flüsterte sie zum dritten Male: „Herr, erbarme dich unser aller!"

Albrecht, der Bär

Anno Domini 1134 – 1170

Kaum hatte sie diesen Gedanken zu Ende gedacht, als hinter ihr ein lieblicher Gesang ertönte. Die Worte, soweit sie die verstand, lauteten:

„Jubelt dem Herrn, Sonne und Mond,
ihr Sterne am Himmel, lobet den Herrn!“

Die Kapelle war dicht mit Andächtigen gefüllt, und die Luft war von Hitze und Ausdünstungen schwer. Die kleine Dott war so fest zwischen den anderen Menschen eingepresst, dass ihr die Schweißtropfen auf die Stirn traten. Aber es war, als wenn die Enge und die erstickende Luft nur dazu da wären, damit sich der Jubel des Liedes um so glanzvoller über alles Dumpfe erheben und sich mit dem Strahlen der Kerzen und den Weihrauchwolken vereinen konnte.

„Jubelt dem Herrn, Eis und Schnee,
ihr Nächte und Tage, jubelt dem Herrn!
Jubelt dem Herrn, ihr Berge und Hügel,
alles, was grünt auf Erden, juble dem Herrn!“

sangen die Chorknaben über die Andächtigen hinweg.

„Jubelt dem Herrn, ihr Tiere alle,
ihr Menschenkinder, jubelt dem Herrn!
Jubelt dem Herrn, ihr Priester alle,
ihr Diener Gottes, jubelt dem Herrn!
Jubeln möge dem Herrn die Erde,
sie lobe und preise ihn ewiglich!“

Ach, Dott hätte immer weiter lauschen mögen, aber eine junge Frau ergriff ihre Hand, und sie erhob sich mit ihr und allen anderen Gläubigen von den Knien, um den Zug der Priester und Ministranten vorbeizulassen, die mit dem heiligen Kelch vom Altar zur Tür schritten.

Als die Ritter nach den Geistlichen die Kapelle verlassen hatten, zog die Fremde das Mädchen eilig durch die Menge der Beter zum Ausgang der Kapelle und durch den engen Flur der Burg, der durch brennende Kienspäne nur matt erleuchtet war. „Spure dich", flüsterte sie ihr zu und raffte ihr langes Kleid auf, um schneller laufen zu können. „Denn wenn wir nicht vor den anderen im Saal sind, werden wir nichts zu sehen bekommen. Ach, welch ein Tag!", stieß sie hervor. Dott lief neben ihr her und fragte sich, was für ein großer Tag das wohl sein mochte!

Kaum hatte die junge Frau sie in einen Saal gezogen und sich mit ihr in eine Ecke gesetzt, als auch schon durch alle drei Türen Menschen hereinströmten, Ritter, schwertumgürtet, stolze Bauern, reich gekleidete Bürger. Der Raum war bald so voll, dass sie nichts mehr hätten sehen können, wenn die junge Frau nicht mit ihr auf eine Art Podium gestiegen wäre. „Gib acht!", flüsterte sie Dott zu, „den Mann, der jetzt hereinkommen wird, darfst du nie in deinem Leben vergessen!"

„Was ist denn das für ein Mann, den ich nie vergessen soll?", fragte Dott neugierig; aber während sie noch sprach, war ein Ritter mit seinem Gefolge rasch durch den Saal bis zu seinem Sessel am Ende eines Eichentisches geschritten. „Markgraf Albrecht, der Bär", entfuhr es dem Mädchen. Denn obgleich dieser Ritter jünger war und mächtig und stark von Gestalt, so erkannte sie doch sofort in ihm den greisen Fürsten, der an der Spitze des Zuges der Ritter und Frauen den Dom von Havelberg am Tag der Weihe betreten hatte.

Die junge Frau hielt ihre Augen fest auf ihn gerichtet, während sie mit unterdrücktem Jubel sprach: „Das ist der Mann, der die Wenden der Prignitz zum Frieden gezwungen hat und der in das arme, verwüstete Land mutige Männer aus Sachsen und Franken und Friesland gebracht hat, um aus dieser Sand- und Wasserwüste eine Wohnstätte der Menschen zu schaffen. Und nun sieh dahin!", sagte sie und wandte den Kopf des Mädchens zur Tür. „Da sind die, denen er dieses Land übergibt, damit sie einen Garten Gottes aus ihm machen!"

Die kleine Dott blickte gespannt zur Tür, durch die nun ein Geistlicher mit einem großen Kreuz auf der Brust eintrat. Er schritt inmitten der niedersächsischen Mönche, die sie ebenfalls bereits im Havelberger Dom gesehen hatte, gefolgt von Priestern und von den Schwestern und Brüdern des Beginen- und Begarden-Ordens, die aus Belgien kamen. Alle setzten sich an den Tisch des Markgrafen, auf dem eine große Karte der Prignitz und einige Pergamentrollen lagen.

Dott konnte sehen, wie die Hand des Bischofs erklärend auf die Orte der Karte wies und wie der Markgraf sich dicht neben dem hageren Gesicht des Bischofs über den Plan beugte. Währenddessen trat einer der Mönche an ein Lesepult und begann, ein Dokument zu verlesen. „Damit die Kirche zu den Leuten komme", fing er an, „mit Messe und Unterricht, Seelsorge und Hilfe für Gesunde und Kranke, sind dem Erzpriester der Santa Katharinakirche in Lenzen sieben Diakone für das Land ringsum beigeordnet. Sieben sind es, weil sieben die Zahl der Wege ist, die zu dem heidnischen Berg der Wenden führten. So sollen nun statt der sieben Wege zu frevelhaftem Menschenopfer sieben Wege zum Frieden und zur Ordnung, zur Liebe und zur Wahrheit führen. Das aber sind die sieben Sprengel, welche jeder Diakon betreuen wird: Der erste Sprengel ist die Lenzer Niederwische." Der Mönch machte eine Pause, um das Zeichen des Bischofs zum Weiterlesen zu erwarten.

„Dort wohnen die Friesen und Sachsen", flüsterte die junge Frau, während der Bischof dem Markgrafen die Orte auf der Karte zeigte. „Sieh dir die blonden Hünen gleich neben der Tür an, das sind einige von ihnen. Ihr Leben ist ein unausgesetzter Kampf gegen die unbändigen Ströme, welche die Wische in jedem Jahr überfluten."

„Zu dem zweiten Sprengel gehören die Siedlungen Moor und Bochen", fuhr der Mönch fort, als der Bischof aufblickte.

„Die Bauern dieser Grenzdörfer werden sich gegen die Polaber im Westen verteidigen müssen", erklärte die junge Frau, „denn du musst wissen, Kleine, dass hier alle Siedler kämpfen werden müssen."

„Der dritte Priester wird Deibow betreuen", las der Mönch.

„Das Grenzdorf, das den Norden gegen die Polaber sichern muss", flüsterte die junge Frau. „Die Ritter in den Grenzburgen sind zwar die Anführer, aber die Bauern sind das Heer in diesen schlimmen Zeiten."

„Der vierte Priester wird die Messe in der Wehrkirche zu Mellen und Boberow lesen", fuhr der Mönch fort.

„Du musst dir vorstellen, dass noch vor wenigen Jahren dort die großen Siegesfeste der Wendenstämme gefeiert wurden, und dass sie auf dem Opferstein von Mellen ihre Gefangenen opferten", sagte die Frau und beugte sich zu der kleinen Dott hinunter.

Die schob die Lippen vor. Bis jetzt hatte sie alles geglaubt, was die junge Frau erzählte. Jetzt aber sprach sie von den Dörfern ihrer Heimat, und da wusste sie, dass kein Wende einen Menschen auf dem großen Dolmen von Mellen opfern konnte, weder der gute Vater Gnilica noch der Fischer Majewski oder all die anderen, die wendischer Abstammung waren. Sie glaubte auch nicht, dass irgendeiner ihrer eigenen wendischen Vorfahren zu solchen Gräueltaten fähig war.

„Sargleben gehört zum fünften Sprengel“, las der Mönch wieder.

„Das Land, reich an Disteln und Dornen“, lachte die junge Frau.

„Lanz, Ferbitz, und die Umgebung von Dammerow wird der Seelsorge des sechsten Priesters übergeben“, fuhr der Mönch fort.

„Im Dammrower Eichenwald sind meine beiden jungen Brüder geopfert worden“, flüsterte die junge Frau, und Tränen stiegen ihr in die Augen. „Auf ihre entblößte Brust haben die Wendenkrieger im Mondlicht neun Pfeile abgeschossen. Als ihr Sachsenblut hoch aufspritzte, war es den Wenden ein Zeichen, dass ihr nächster Krieg siegreich sein würde.“

Dott verzog wieder ihre Lippen. Sie konnte es nicht leiden, dass diese Frau so schlecht von den Wenden sprach. Am liebsten wollte sie gar nichts mehr hören. Ihre eigene liebe Großmutter war eine wendische Frau aus dem Spreewald, und Dott wusste, wie gut und fromm sie war!

„Neuhaus-Wustrow, nahe Kublank, wird der siebente Sprengel sein“, las der Mönch weiter vor.

„Dort werden auch jetzt noch die schwarzen Geisterrosse der Wenden gesehen“, flüsterte die junge Frau ihr zu.

„Für die Kriegsleute des markgraflichen Vogtes auf der Burg Lenzen verbleibt die alte St. Georgskapelle im Turm“, las der Mönch. „Außer der Santa Katharinakirche am Markt werden für die Bürger der Stadt noch an den drei Toren drei Betkapellen erbaut.“

„Auf dem Marktplatz von Lenzen wurde vor kaum hundert Jahren Fürst Godeskalk von seinen eigenen Männern, den Wilzen erschlagen.“, sagte die Frau. „Und sein Priester Eppo wurde von ihnen auf dem Altar in Lenzen geopfert.“ Es war Godeskalk, der Fürst des wendischen Stamms des Obodriten, der auch Gottschalk der Wende genannt wurde, der das Christentum zu den Slawen bringen wollte.

„Ordensbrüder und Schwestern aus Belgien werden die Armen- und Krankenpflege übernehmen. Vor dem Heidtore in Lenzen wird das Hospital der Heiligen Gertrud für kranke Frauen stehen und vor dem Seetore das St. Johannis-Spital für gebrechliche Männer.“

„Ich habe die Badestuben für die Armen der Stadt in diesen Siechhäusern und bei der Pfarrkirche gesehen“, flüsterte die Frau. „Du kannst dir denken, wie nötig diese Badestuben und die Krankenpflege sind. Das ganze Land ist nach diesen Kriegen voll von Elenden und Krüppeln, von Waisen und Witwen der Wenden und der Kolonisten."

„In der Nordecke wird der Einsiedlerposten der Begardenbrüder liegen, für Werke der Barmherzigkeit", endete der Mönch.

„Für diese Kapelle wird ein silbernes Glöckchen gestiftet werden", flüsterte die junge Frau, „das wird die Gebetsstunde bis weit über die Grenze über alles Land ringsum verkünden."

„Woher weißt du eigentlich so viel über das Land, da du doch sagst, dass du aus Niedersachsen kommst?", fragte die kleine Dott misstrauisch.

„Mein Vater ist Markgraf Vogt auf Lenzen", sagte die junge Frau. „Du kannst froh sein, dass du nicht weißt, wie es hier noch vor wenigen Jahren gewesen ist, als die Wilzen ihren eigenen Fürsten Godeskalk erschlugen, nur weil er ein Freund des Reiches und ein Christ war."

„Oh, ich möchte schon wissen, wie es hier vorher war", erwiderte das Mädchen, denn ihr Herz war nicht weniger mutig als das der Vorfahren ihres Vaters, der von fränkischen Bauern abstammt und selber vor Jahrhunderten in die Prignitz eingewandert waren. Trotz war in ihr aufgestiegen, da sie in dieser einzigen Stunde so viel Schlechtes über die wendischen Ahnen ihrer Mutter gehört hatte, wie in ihrem ganzen Leben nicht. „Ich möchte wissen, wie man hier lebte, bevor die Ritter und Bürger und Bauern aus dem Reich in dieses Land gekommen waren."

Fürst Godeskalk
Im Jahr 1068

Bis jetzt hatte Dott nie vergessen, dass Frau Harke sie in die Vergangenheit zurückgeführt hatte und dass sie von Jahrhundert zu Jahrhundert gewandert war, wie ein Schauspieler von einer Szene zur anderen. Sie wusste, dass sie nur den Wunsch zu äußern brauchte, und schon verschoben sich die Zeiten vor ihr, wie die Stunden unter deiner Hand sich auf dem Zifferblatt deiner Uhr verschieben lassen.

Als sie aber soeben den Wunsch ausgesprochen hatte, noch weiter in die Zeit zurückzusteigen, war plötzlich der Saal von Rauch und Glut erfüllt, und ihre Gedanken verwirrten sich, so dass sie Vergangenheit und Gegenwart nicht mehr zu unterscheiden vermochte. Zum ersten Mal auf ihrer Wanderung durch die Zeiten war das Mädchen allein und tastete halb erstickt an den Wänden nach einem Ausgang.

Aber da, wo noch soeben die Türen in den Flur führten, berührte sie nichts als Balken und Teppiche und Felle.

„Jetzt muss ich sicher sterben", dachte sie, denn der beizende Rauch machte es ihr unmöglich, auch nur die nächsten Gegenstände zu erkennen, und sie fühlte, wie ihr der Atem versagte. In dieser Gefahr lief sie geradewegs auf das brennende Fenster zu und sprang ohne Besinnen durch die Flammen hindurch ins Freie.

„Nur fort", dachte sie, als sie sich halbbetäubt aufraffte, und ohne darüber nachzudenken, ob sie sich verletzt hatte, rannte sie den Abhang hinunter und in die Wiesen hinein, bis sie fühlte, dass ihre Füße in dem Sumpfufer der Löcknitz einsanken.

Da blieb sie zitternd stehen und blickte zurück. Vor ihr lag auf dem Hügel ein großes Gebäude, das wie eine Fackel brannte.

In einiger Entfernung stand der Turm. Unversehrt und düster ragte er im roten Schein des Feuers zum Himmel. Am Fuß des Hügels lag die Stadt Lenzen, aus der die Flammen emporschlugen.

„Was ist denn geschehen?", dachte die kleine Dott mit Entsetzen. „Was ist denn nur geschehen!" Da hörte sie Stimmen hinter sich.

„Ich habe nicht gesagt, dass ich dir nicht glaube", sagte eine tiefe Frauenstimme in wendischer Sprache. Dott verstand jedes Wort, denn sie war oft zu Besuch bei der Großmutter im Spreewald gewesen, wo die alte wendische Sprache noch gesprochen wurde.

„Warum sitzt du dann da und schweigst, als wenn nichts geschehen wäre? Soll ich etwa das Volk der Wilzen nicht verfluchen, bloß weil ich ihm selbst entstamme? Sie nennen sich selber die Wölfe, aber sie sind furchtbarer als diese wilden Tiere!“

Dott schlich näher, weil es sie in dieser unheimlichen

Nacht in die Nähe der Menschen zog. Im Schein des Feuers erkannte sie eine alte Frau, die unbeweglich dasaß und in die Flammen blickte. Neben ihr hockte eine junge Frau von großer Schönheit. Ihr Haar war aufgelöst und ihr Kleid zerrissen. Die letzten Worte hatte sie der alten Frau wie in großer Verzweiflung zugeworfen. „Ja, furchtbarer als die wilden Tiere“, wiederholte sie.

„Vielleicht kannst du sagen – unglücklicher“, erwiderte die alte Frau.

„Du glaubst also wirklich, dass du sie entschuldigen darfst, weil sie Grausamkeit auf Grausamkeit und Hass auf Hass häufen, anstatt dass sie die Hand des Feindes ergreifen und dem Volk Frieden schenken?“, stieß die junge Frau erregt hervor. „Du meinst wohl, weil einst die Sachsen unseren Wendenfürsten Mistewoy einen Hund genannt haben, als er um die Hand der sächsischen Herzogstochter anhielt, deshalb sollte nun ewiger Hass zwischen den Wenden und den Sachsen herrschen? Du denkst vielleicht, weil ein wahnsinniger Sachse auf dem Reichstag zu Werben Mistewoys Sohn Udo ermordet hat, darum dürfen nun die Wenden den Enkel von Mistewoys erschlagen, nur weil er ein Christ war und zu den Sachsen hielt? Ich sage dir, dieser Enkel Mistewoys, Godeskalk, unser edler Fürst, der den Frieden mit den Sachsen gesucht hat und der jetzt ermordet auf dem Marktplatz von Lenzen liegt, war größer als die, welche über ihn siegten!“

Die alte Frau antwortete nicht. Sie saß aufrecht und unbeweglich da, und der rötliche Schein der Flammen beleuchtete ihr Gesicht. Es schien aber, als wenn ihre Ruhe die junge Frau in immer größere Erregung versetzte und als wenn ihr die ganze Bitterkeit des Bruderkrieges unter den Wenden durch die Ruhe dieser alten Frau erst bewusst wurde.

„Wenn ich nur wüsste, dass alle Getreuen Godeskalks sich erheben und ihn rächen würden!“, rief sie voll Hass. „Aber wenn ich dich anschaue, wie du so kalt und teilnahmslos dasitzt, nach allem, was geschehen ist, da meine ich, dass alles verloren ist und dass nun alle Wenden unter die Gewalt dieser furchtbaren Wilzen fallen werden. Wieder werden die Blutopfer beginnen und Fluch auf Fluch sich auf unserem unglückseligen Volk häufen!“, rief die junge Frau und schlug die Hände vor das Gesicht.

„So sehr liebst du dein Volk“, sagte die Alte mit sanfter Stimme.

„Ich hasse es, weil es sich selbst zerstört!“, erwiderte die junge Frau hart und richtete sich auf. „Du kannst nichts von dem wissen, was unsere Jugend mit Hoffnung erfüllte, du weißt nichts von dem Leid von uns, den Slawen, sonst könntest du nicht so ruhig sein und das noch entschuldigen. Ist es dir nichts, dass nun das ganze, mächtige Obodritenreich Godeskalks zerschlagen ist? Ihm gehorchten alle slawischen Stämme von Hamburg bis zur Peene, von der Elbe bis zum Meer. Seit Jahrhunderten waren sie zum ersten Mal in Frieden vereint, in Freundschaft mit den Sachsen verbunden, frei zu allem Guten und sie wurden von Godeskalk wie von einem Vater regiert. Weißt denn du als einzige nicht, wie er selber sein armes, unwissendes Volk gelehrt hat, in Frieden zu säen und zu ernten und zu beten? Hast du nie davon gehört, wie er durch das Land gereist ist und Kirchen und Klöster bauen ließ? Du hast natürlich auch nie gehört, wie er selber uns erklärte, was uns in der Predigt unverständlich blieb, so dass wir erkannten, was gut für uns war!

Und das alles ist nun zerstört in einer einzigen Nacht durch den Wahnsinn und die Dummheit dieses Volkes selbst! Und du sitzt vor den Trümmern und hast nicht eine einzige Träne für das furchtbare Schicksal deiner Brüder! Oh, ich wünschte, ich wäre mit jenen zugrunde gegangen, deren Blut nun in den Straßen von Lenzen fließt, statt dass ich mich hier vor meinem eigenen Volk verkrieche, zusammen mit einer Frau, die kein Herz besitzt!“

Da wandte die alte Frau der jungen ihr Gesicht zu und schaute sie an, und die kleine Dott meinte, dass sie noch niemals Augen gesehen hatte, die so voll Leid und voll strahlender Güte waren.

„Und glaubst du nicht, mein Kind, dass es besser ist, für das verirrte Volk zu leben, das der Fürst so liebte, als für sich selbst zu sterben?“, fragte sie mild.

„Wer bist du?“, flüsterte die junge Frau und blickte sie voll Scheu und Ehrfurcht an.

„Weil ich gesehen habe, wie sehr du dein Volk liebst, mein armes Kind, will ich dir sagen, wer ich bin“, sagte die alte Frau. „Mistewoys Sohn war mein Gatte, Udo, der Obodritenfürst, der auf dem Reichstag in Werben von einem Sachsen ermordet wurde. Ich bin die Mutter des slawischen Fürsten Godeskalk, den sein unglückliches Volk in dieser Nacht erschlagen hat.“

Markgraf Gero
Im Jahr 964

In der großen Halle der Pfalzburg Lunkin, die einmal Lenzen genannt werden sollte, schritt ein Mann auf und ab. Er hatte seine Arme über der Brust verschränkt, als müsste er sich gewaltsam zurückhalten. Seine Brauen waren in schmerzlichem Nachdenken zusammengezogen, die Augen zu Boden gesenkt.

In demselben Raum saß auch eine Frau am Kaminfeuer und arbeitete an einer Goldstickerei. Sie folgte mit ihren Augen der hoch gewachsenen Gestalt des Mannes, der

rastlos die Halle durchwanderte. In einer Ecke der Halle spielten zwei Kinder, ein Junge von zwölf Jahren und ein Mädchen gleichen Alters.

„Du hörst nicht zu", sagte der Junge ungeduldig, als die kleine Dott ihr ernstes, schmales Gesicht erhob, um erstaunt den Raum zu betrachten und dem Mann mit ihren Blicken auf seiner Wanderung zu folgen.

„Oh doch", erwiderte Dott bereitwillig, „ich wollte nur sehen, ob diese schönen geschnitzten und bemalten Holzsäulen wirklich nicht in dem schrecklichen Feuer abgebrannt sind."

„Ich weiß nicht, wovon du redest", sagte der Junge. „Noch nie habe ich gehört, dass diese Burg gebrannt hat. Aber nun höre weiter!"

Der Junge hatte ein Stück Kreide in der Hand und entwarf eine Zeichnung auf den Steinfliesen des Bodens. Er versuchte eifrig, dem Mädchen die Bedeutung der Linien zu erklären.

„Das hier ist die Albis", sagte er und machte einen schrägen Strich. Dann zog er parallel zu diesem links davon einen zweiten Strich. „Das ist die Wisera", erklärte er weiter. „Beide Flüsse münden in das Mare Germanicum, die Albis bei der Feste Hammaborg."

Dott blickte ratlos auf die Zeichnung. Sie konnte gar nicht verstehen, was diese Namen sagen sollten.

„Und das hier hinter Holsatia und Wagrien ist das große Meer Ostrasalt, und dahinter liegt das Barbarische Meer, an dem überhaupt nur Slawen wohnen", erklärte der Junge. Dann machte er einen dicken Punkt direkt zwischen den beiden Flüssen. „Das ist Gernrode, dicht bei Halberstadt", sagte er.

Kaum aber hatte er für Halberstadt einen zweiten Punkt nördlich von Gernrode gemacht, da erkannte Dott, was die ganze Zeichnung zu bedeuten hatte. „Du hättest mir gleich sagen sollen, dass diese beiden Flüsse Weser und Elbe sind, statt ihnen so sonderbare Namen zu geben", sagte sie.

„Du kannst sie ja nennen, wie du willst", erwiderte der Junge. „Pater Meinulf nennt sie Wisera und Albis, und ich habe auch nie gehört, dass sie anders heißen. Hier liegt der Besitz meiner Familie", fuhr er fort. „Und nun sieh, was alles zum Grenzland meines Vaters gehört."

Einen Kreis zeichnete er nördlich von Halberstadt und nannte ihn die Nordmark, einem sehr viel größeren Kreis über die Elbe hinweg gab er den Namen Ostmark, südlich davon zeichnete er über das Erzgebirge und das Fichtelgebirge ein Viereck, das er Osterland nannte, und östlich davon die Mark Meißen. Dann zog er einen ganz großen Kreis nördlich der Ostmark und Nordmark. „Das ist das Land, wo sich die Wenden Wilzen nennen, das bedeutet ‚Wölfe'", sagte er. „Aber Vater hat auch diese dazu gebracht, dem Kaiser den Frieden zu schwören."

Dott hatte ihren Blick von der Zeichnung abgewandt. Sie musste wieder den Mann betrachten, der so ruhelos hin und her wanderte.

„Ja, aber du sitzt ja schon wieder da und hörst nicht zu", rief der Junge ärgerlich. „Dann wirst du natürlich nie begreifen, in was für einer Zeit wir leben, und hättest gar nicht erst zu fragen brauchen."

Die kleine Dott versuchte sich schon gar nicht mehr zu entschuldigen „Sage mir nur, warum dein Vater so voll Sorge ist und ob er vielleicht der Wendenfürst Godeskalk ist, denn dann müsst ihr sogleich fliehen und euch vor den Wilzen retten!", sagte sie unruhig, denn sie konnte Vergangenheit und Gegenwart nicht mehr unterscheiden.

„Jetzt weiß ich wirklich nicht, was ich sagen soll!", fuhr der Junge auf. „Ich versuche dir die ganze Zeit zu erklären, wo die Grenzmarken liegen, über die der große Kaiser Otto meinen Vater als Grenzwacht über die Slawen eingesetzt hat, und du fragst mich, ob mein Vater ein Slawenfürst ist? Woher kommst du denn eigentlich, dass du nicht weißt, welcher Reichsfürst Hüter des Ostens ist? Markgraf Gero ist mein Vater", fügte der Junge hinzu, „des Kaisers Getreuer und ein Sachse, den das Volk den ‚Mehrer des Reiches' nennt."

Der Markgraf hatte seine Wanderung unterbrochen, als der Junge seinen Namen nannte. Er war neben den Kindern stehen geblieben und betrachtete die Zeichnung des Jungen.

„Was soll das denn?", fragte er die Kinder.

„Das sind die Marken, die du dem Kaiser gewonnen hast", sagte der Junge mit fester Stimme und leuchtenden Augen. „Und ich wünschte nur, ich hätte die Karte in die Fliesen eingemeißelt, statt sie mit Kreide zu zeichnen, damit die Steine in aller Zukunft davon sprechen sollten!"

Der Markgraf nahm die Kreide aus der Hand des Jungen und schrieb mit großen Buchstaben unter die Zeichnung:

„To Lunkin erster Först was ik,
drittig wendisch Herrn töt ik!"

Er gab die Kreide zurück und legte seine Hand auf die Schulter des Kindes. „Das werden diese Steine sprechen, wenn ich nicht mehr bin", sagte er hart und begann seine Wanderung von Neuem. Der Junge schaute dem Vater fragend nach. Dann beugte er sich wieder über seinen Plan und zeichnete Wälder und Seen hinein. Die Kinder begannen nun, das Land mit Straßen zu durchziehen und mit Burgen und Klöstern und Ortschaften auszustatten, sie bildeten sich ein, dass sie die Markgrafen seien. Aber so eifrig sie in das Spiel vertieft war, so musste Dott doch immer wieder in die Halle hinter sich hineinhorchen.

„Ich denke gerade daran, in welchem Zustand du die Mark übernehmen musstest“, sagte die Frau am Kaminfeuer mit leiser Stimme. Sie ahnte, was ihren Gemahl so rastlos umherwandern ließ. „Ich überlege, was du nach diesen fünfundzwanzig Jahren dem Kaiser übergeben hast“, fuhr sie vorsichtig fort, denn ganz sicher war sie noch nicht. „Kaiser Heinrich hat mit seinen schweren und opferreichen Siegen doch nur die Grenzen sichern können. Sein Sohn aber, unser Kaiser und Herr, ist durch dich Lehnsherr der Slawenstämme bis zur Oder geworden. Es ist Großes in diesen wenigen Jahren geschehen, das weißt du selbst.“

„Oh ja, es ist manches in diesen Jahren geschehen“, erwiderte der Mann, ohne seine Wanderung zu unterbrechen.

„Ich denke daran, wie die Wenden nach dem Tod des ersten Markgrafen die Tributzahlungen verweigert haben“, fuhr die Frau fort und ließ ihre Arbeit sinken, denn sie wollte den Blick nicht mehr vom Gesicht ihres Mannes abwenden. „Ich weiß noch, wie sie über die Grenze brachen und mordeten und Frauen und Kinder fortschleppten. Und ich denke daran, wie es dir gelungen ist, die Wilzen bis zur Oder zu unterwerfen, als du den Wendenfürsten Tugimar für dich gewonnen hattest.“

„Das ist es, woran auch ich denke“, erwiderte der Mann und beschleunigte seinen Schritt. „Das ist es, woran ich nun Tag und Nacht denke, seit ich diese Halle wieder betrat.“

Er blieb so unvermittelt vor der Frau stehen, dass sie zusammenfuhr. „Wenn du schon die Taten meines Lebens aufsteigen lässt“, sagte er rau, „so bringe auch diese ans Licht. Sprich es aus, was hier, in dieser Halle geschah, wenn du es wagst, denn ohne diese Tat ist mein Leben Lüge.“

„Ich werde es aussprechen“, sagte die Frau ruhig und entschlossen. Sie stand auf und legte ihre Hände auf seine Schultern.

„Gott möge uns Allen unsere Schuld vergeben“, sagte sie leise, „was aber damals geschah, das will ich heute und an diesem Ort aussprechen, denn wir sind eines, du und ich! Kaiser Heinrichs Markgraf Bernhard, der Sieger von Lunkin, war tot, und das Wendenvolk erhob sich. Die Seen und Moore der Prignitz waren noch rot vom Blut der Hunderttausende von gefallenen Wenden, und ein Rachezug der Slawen stand bevor, wie ihn das unglückliche sächsische Grenzland in diesen Jahrhunderten des Kampfes noch nicht gesehen hatte.

Da sprachst du: ‚Es ist besser, dass dreißig sterben, als ebenso viele

Tausende', und du entbotest dreißig der höchsten Wendenfürsten zur Beratung hierher in die Grenzfeste Lunkin. Sie kamen –", die Frau schwieg. Sie glaubte, dass sie die Kraft nicht mehr bis zum Ende haben würde. Als sie aber wieder in die Augen des Gatten blickte, die in dem stolzen Gesicht so wild auf sie niederschauten, fuhr sie mit fester Stimme fort: „Du hast diese Führer der Wendenstämme in dieser Halle erschlagen lassen, damit der Aufstand in sich zusammenfiele und das Volk geschont würde."

„Ja, ich habe sie ermorden lassen", sagte der Markgraf. Er nahm ihre Hände von seinen Schultern und begann seine Wanderung von Neuem. „Und diese Tat ist noch nicht gesühnt." Damit blieb er wieder vor der Frau stehen und sagte: „Weißt du nicht, was der Priester in der Messe an den Tagen der hohen Feste betet:

„Setz eine Wache Herr, vor meinen Mund, ein festes Tor vor meine Lippen, damit mein Herz sich nie zu bösen Worten neige, um meine Sünden zu entschuldigen."

Und er schritt von neuem durch den Saal.

„Ist es denn nichts, dass die Slawen seitdem jahrzehntelang in Ruhe neben uns leben?", fragte die Frau kummervoll, „ist es nichts, dass Havelberg und Brandenburg durch deine Stärke und Klugheit Bistümer werden konnten! Hast du vergessen, wie die Stiftungsurkunde und das Sendschreiben Kaiser Ottos lauteten?" Sie war an die Seite ihres Mannes getreten und als er stehen blieb, sagte sie leise: „So schrieb der Kaiser: ‚Die Bischöfe sollen fromme und ehrwürdige Männer sein, die durch Milde und Weisheit und eifriges Gebet die rohen Gemüter besänftigen und alle mit Ehrfurcht vor dem unsichtbaren Gott erfüllen sollen'. Du weißt", fuhr sie eilig fort, als sie sah, wie er sich wieder von ihr abwenden wollte, „dass der Kaiser dich in der Stiftungsurkunde, ‚unsern geliebten Markgrafen' nannte. Du weißt, wie er dich ermächtigte, in der Burg Havelberg einen bischöflichen Sitz zu gründen und den frommen Oberpriester Udo als Bischof dort einzuführen, damit er den Slawen das Evangelium der Liebe predigen möge. Hast denn nicht auch du immer so gehandelt, wie der Kaiser in der Urkunde schrieb: ‚Dass wir immer den vor Augen haben, welcher kein gutes Werk unvergolten lässt'!"

Der Markgraf hatte sich in den schweren Holzsessel vor den Kamin gesetzt und blickte in die Glut. „Dass nicht ein gutes Werk durch eine schlechte Tat verdorben werde – ich sehe, wie Blut um Blut fließen wird, Gewalt erhebt sich gegen Gewalt, und Misstrauen gegen Verrat! Ich sehe nichts mehr vor mir als verbrannte Kirchen, erschlagene Priester und Hass und Blut ohne Ende!"

„Ich sehe ein Land vor mir!", sagte leise die Frau und setzte sich auf einen Schemel neben den Sessel des Markgrafen. „Die Wälder sind gerodet, die furchtbaren Sümpfe entwässert, Städte und Klöster und Dörfer liegen zwischen fruchtbaren Feldern und heiteren Seen. Und wohin du blickst, siehst du arbeitsame Menschen in Frieden das Land bestellen und dem Herrn lobsingen."

Der Mann hatte seinen Kopf in die Hand gestützt. Die Frau ergriff die rechte Hand ihres Gatten und sprach weiter: „Ich sehe eine herrliche Kirche am Nordrand des Harzes liegen, aus wuchtigen Quadern festgefügt, zu Ehren des allmächtigen Gottes von meinem Gemahl errichtet. Ich sehe ein Grab zu Füßen des geweihten Altars, in dem mein Gatte nach einem arbeitsharten und schmerzensreichen Leben ruhen wird, den Tag des Gerichts in Demut erwartend. Die beiden starken Türme der Kirche sehe ich. Gen Osten zum Himmel erhoben, flehen sie über deinem Herzen durch Jahrhunderte, dass alle Schuld dereinst getilgt werden möge, damit dein Werk gesegnet wird und endlich der Friede Gottes zwischen den Völkern herrscht!"

Lunkin, die Wendenburg
Im Jahr 929

Mit einem Mal stand Dott in der feuchten Nachtluft hinter einer mehrere Meter hohen Erdmauer neben einem Tor. Das Tor zog sich wie eine Halle durch den vier Meter breiten Burgwall hindurch und war mit dikken Eichenbohlen überdacht und in der Mitte durch Träger gestützt.

Da im Innern des Burgrings mehrere Holzfeuer brannten, erkannte sie bei ihrem Schein, wie wendische Männer und Frauen mit ihrer Habe und ihrem Vieh eilig durch das Tor in die Burg hineindrängten. Einige schleppten Hausrat auf Holzstücken, die sie mit Weidenruten zusammengebunden hatten, so dass sie wie Schlitten über die Erde glitten. Andere hatten ihre Säcke und Ballen neben die Kinder und Greise auf den Rükken der Kühe und Pferde gebunden, von denen einige bis zum Bauch mit Schlamm bedeckt waren. Es gab auch Flüchtlinge, die auf Pferden saßen, denen der Schlamm sogar über den Rücken lief.

„Das ist ja beinahe, als wenn dieses Volk in den Sümpfen gehaust hätte und mitten aus dem Morast heraufgestiegen kommt!“, dachte Dott.

Die Kinder lachten und schrien vor Freude über den abenteuerlichen nächtlichen Ritt; die Männer und Frauen luden schweigend und eilig ihre Habe ab und trugen sie in die Häuser und Schuppen, die im Innern des Walles im Kreis aufgestellt waren.

„Es sieht nicht so aus, als ob diese Menschen sehr reich sind“, dachte Dott, denn sie konnte unter den geretteten Dingen wenig anderes entdecken als Lebensmittel, Töpfe und Backtröge und irdene und hölzerne Schüsseln

und Ballen mit Fellen und Kleidungsstücken. Auch gingen die meisten barfuß. Sobald die Frauen ihren Besitz abgeladen hatten, begannen sie sogleich zu wirtschaften, als wenn sie zu Hause wären.

Eine junge Frau stemmte drei zugespitzte Stäbe in die Erde und band sie oben zusammen. Zwischen die Stäbe hängte sie ein Tuch, in das sie ihr jüngstes Kind legte. „Du kannst die Bombaschka schaukeln“, sagte sie zu Dott. „Ich muss die Vorräte ins Haus bringen. Pass gut auf die Kinder auf,

dann bekommst du ein schönes Kuchlein am Abend, schöne, heiße Käsekuchlein und saure Milch", und bevor Dott noch antworten konnte, war die junge Frau im Gewühl verschwunden.

Das Mädchen begann gehorsam die Bombaschka mit dem Baby darin zu schaukeln und blickte auf die kleinen, halbnackten Kinder, die neben ihr spielten. Diese wendischen Kinder fühlten sich ebenso zu Hause hier wie die Erwachsenen, so, als hätten sie ihr halbes Leben im Kriegslager zugebracht. Sie riefen einige Kameraden herbei und begannen ein Reigenspiel, das Dott merkwürdig vertraut erschien.

„Wilde Gänschen, fliegt nach Haus!", rief der älteste Junge und klatschte in die Hände.

„Wir dürfen nicht!", riefen die jüngeren zurück.

„Weswegen?" – „Des Wolfes wegen!"

Die Fragen und Antworten gingen hin und her. „Wo ist der Wolf?"

„Oben, hinterm Busch."

„Was macht er da?"

„Alte Käse klatscht er."

„Wie viel hat er ausgeklatscht?"

„Dreiunddreißig."

„Fliegt, Gänschen, fliegt!", rief zuletzt der Junge, und in wilder Jagd stürmten die Kinder an ihm vorbei und um Dott herum, so dass sogar die mageren, hochbeinigen Schweine auffuhren und auseinanderstoben.

„Das Lied haben wir ja im Spreewald bei der Großmutter gesungen!", dachte Dott. Aber sie wusste gar nicht, wohin sie zuerst blicken sollte, so fremdartig war alles.

In ihrer Nähe saßen zwei alte Frauen, die in einem Sieb aus Buchenrinde Erbsen schüttelten, um sie von den Hülsen zu befreien. „Lange kann es dauern, bis wir ausgehungert werden, lange, Domulic", sagte die eine von ihnen. „Braucht jeder nicht mehr zu essen, als er vertragen kann; man muss nicht essen wie ein Schwein."

„Ach, mögen sie immer essen", antwortete die andere. „Mögen sie immer essen. Es ist doch alles, wie es ist, und wird nicht anders."

„Es werden viele Lichter am Himmel auslöschen in wenigen Tagen", murmelte die erste und blickte zum Sternenhimmel. „Viele Seelen werden hinab in die Dunkelheit fliegen, und viele unserer Weiber werden in blauen Trauerkleidern gehen", setzte sie ruhig hinzu.

„Malas Kleinste war so müde, als wir aufbrachen“, sagte nach einer Pause die andere. „Das Köpfchen wollte nicht vom Kissen weg.“

„Ja, flink muss man sein bei allen Sachen, langes Fragen taugt nichts.“ So sprachen die beiden Frauen bedächtig und schüttelten das Sieb.

Hinter Dott saßen einige Wendenkrieger der Burg Lunkin im Kreis um ein Feuer. Sie tranken Honigbier aus hölzernen Krügen. Einer von ihnen trug ein eisernes Schuppenhemd unter einem Wolfsfell. Sein Gürtel war mit Silberplatten besetzt, der Kopf mit einer spitzen Pelzmütze bedeckt. Seine Augen blickten schmal und finster, und ein roter Schnurrbart hing zu beiden Seiten des Mundes bis auf die Brust. Nicht einer der Männer sprach. Sie tranken Bier und schauten aufmerksam zum Himmel, an dem der Vollmond langsam emporstieg. Auf einmal drehte der Knese – so heißt der Fürst der Wenden – seinen Krug um und warf ihn in die Glut. „Es ist soweit“, sagte er und stand auf.

Kaum hatte er sich erhoben, als sich das Bild mit einem Schlag änderte. Alle Krieger warfen ihre Krüge um. Die Männer, die die Pferde und das Vieh versorgten, ließen alle stehen, wo sie gerade standen, und drängten dem Knesen nach aus dem Tor hinaus vor die Burg. Der Greis, der eben noch das Korn zwischen den Mahlsteinen zerrieben hatte, sprang auf und eilte ihnen nach. Die beiden alten Frauen setzten ihr Erbsensieb zu Boden, und alle Frauen und Kinder kletterten in großer Eile den Wall hinauf und blickten über die aus Reisig geflochtene Brustwehr hinüber.

Dott wusste nicht, ob sie die Bombaschka verlassen durfte; da sie aber nicht gern ganz allein zurückbleiben wollte und ihre Neugier zu groß wurde, ergriff sie das Kind und rannte mit dem Kleinen im Arm hinter den anderen her auf den Wall hinauf. Als sie dort über die Brustwehr hinüberblickte, sah sie unter sich die ganze Landschaft im Mondlicht ausgebreitet liegen. Inmitten der Sümpfe und Brüche der Löcknitz zu Füßen des Burghügels, wo sie noch vor kurzem die Stadt Lenzen gesehen hatte, lag Lunkin, eine wendische Ansiedlung mit Häusern aus schwerem Balkenwerk, die alle in einem flach gebogenen Halbkreis angeordnet waren wie die Sichel des Mondes.

Vollkommen menschenleer und schauerlich schweigend lag das Land da. Und in lautloser Stille lauschten die Wenden in die Nacht hinein.

Plötzlich hörten sie ein leichtes Pferdegetrappel, und sie sahen, wie von Süden her ein schwarzes Ross durch die Wiesen daherstürmte. Mit dumpfem Hufschlag raste es über die Holzbohlen der Straße der Drei-Mondhörnerstadt. Und als es in fliegender Eile an der Burg vorbei zum Kestenberg jagte, da drückten die Mütter die Kinder an sich und duckten sich mit verhüllten Augen hinter die Brustwehr des Ringwalles. Von Sterbitz her aber eilte weiß schimmernd ein zweites Ross, aus dem Reich der Polaber kommend, zwischen den Seen hindurch an der Burg vorbei zum Kestenberg. Noch einmal schimmerte es im Mondenstrahl auf und verschwand hinter dem schwarzen Ross unter den dichten Bäumen.

„Was sind denn das für Rosse?", wagte Dott endlich die junge Mutter zu fragen, die ihr das Kind aus dem Arm genommen hatte und zitternd neben ihr stand.

Die blickte sie voll Schrecken an. „Das darfst du nicht zu laut fragen", sagte sie drohend und führte Dott rasch zur Seite. „Denn daran erkenne ich, dass du nicht zu uns gehörst, und du musst wissen, dass bei uns alle Fremdlinge sofort mit der Keule erschlagen und den Göttern geopfert werden, wenn ein Krieg bevorsteht."

Als sie aber in die Augen des Mädchens blickte, die ernst und ohne Furcht auf sie gerichtet waren, beugte sie sich wie in Mitleid und in einem Gefühl mütterlicher Zärtlichkeit nieder und strich freundlich über ihr Haar. „Weil du aber allein bist und mein Kind gehütet hast", sagte sie schnell, „so will ich dich nicht verraten; und ich will dir auch sagen, was hier geschieht."

Sie wandte sich nach Nordosten, dem Kestenberg im Dammrower Forst zu. „Dort drüben liegt unser Heiligtum", flüsterte sie, „in dem die Priester auf die Ankunft der Rosse warten, die von Westen aus dem Polaberland und von Süden von den Wilzen abgesandt werden. Zwei Speere liegen kreuzweise am Eingang zum Allerheiligsten. Und wenn die Rosse die Speere zuerst mit ihrem rechten Vorderfuß überschreiten, so bedeutet das für unsern nächsten Kriegszug den Sieg. Hunderttausende von Wendenkriegern stehen in dieser Stunde an allen Grenzen gerüstet und erwarten den Schicksalsspruch, denn das Heer des furchtbaren Sachsenkaisers Heinrich rückt heran, und der Kampf ist unvermeidlich. Aber nun schweige und halte mich nicht länger auf, denn ich sehe, dass unser Bote vom Kestenberg zurückkehrt."

Dott beugte sich über die Schutzwehr und blickte dem Reiter entgegen, der langsam und mit gesenktem Kopf über die Ebene ritt. Als er den Kopf auch nicht hob, während er zur Burg hinaufritt, ging es wie ein Seufzen durch die dicht gedrängte Menschenmauer auf dem Wall.

„Sieg für Kaiser Heinrich!“, erkannte die kleine Dott, und es ging ihr wie ein Schauer durchs Herz. Sie wusste ja, dass sie durch ihre Vorfahren nicht nur zu den Germanen, sondern auch zu den Slawen gehörte. Und nun konnte sie gar nicht mehr entscheiden, was sie empfinden sollte, Freude über den Sieg oder Traurigkeit über die Niederlage. „Ach, wenn ich doch von hier fortgelangen könnte!“, dachte sie. „Wenn ich doch nur nicht das Elend dieser Frauen und Kinder erleben müsste!“ Und sie blickte ganz verzweifelt auf die junge Frau mit ihrem Baby.

Der Berg aus Holz

Nur eine Sekunde, nachdem Dott diesen Wunsch ausgesprochen hatte, war mit einem Schlag alles um sie her verwandelt. Verschwunden waren die Erdwälle und die Menschen darauf, und im Schein der Morgendämmerung erkannte sie, dass sie auf dem Schlosshof der Burg Lenzen stand. Sie hatte gar keine Zeit, sich umzusehen, denn dicht vor ihr waren Arbeiter damit beschäftigt, mit Spitzhacke und Spaten die Erde auszuheben. Sie hatten noch nicht lange gearbeitet, als der eine von ihnen innehielt. „Das ist ja merkwürdig!“, sagte er. „Das geht hier nicht weiter! Ich stoße auf Holz.“ Bald richtete sich auch der zweite auf.

„Ja, da kann man wirklich nicht weiterkommen. Hier liegt auch ein Balken eingegraben.“ In diesem Augenblick trat der Bauunternehmer heran. Er stieg in das ausgehobene Erdloch hinein und stach mit dem Spaten zwischen den Balken hindurch in die Erde.

„Ja, – da ist ohne Zweifel Balkenwerk in größerer Tiefe“, sagte er. „Man muss zuerst die Erde zwischen den Stämmen herausheben, soweit es geht“, und er entfernte sich, um den Schlossherrn zu holen.

Während die Arbeiter die Balken freilegten und sich immer tiefer zwischen ihnen hindurcharbeiteten, war die kleine Dott an die Grube herangetreten. Da sah sie, dass der Schacht durch sauber geschichtetes Holzwerk führte, das immer dichter gelagert war, je weiter die Arbeiter in die Tiefe des Berges vorstießen. Zuletzt lag Stamm neben Stamm, bald längs, bald quer, mit nur kleinen Zwischenräumen. „Das ist ja ein sonderbarer Berg, der ganz aus Holz besteht!“, dachte Dott. Da trat der Schlossherr mit dem Bauleiter an die Grubenöffnung heran.

„Ich habe mir schon immer gedacht, dass dieser Bergkegel mitten in der flachen Sumpfebene nicht durch die Natur entstanden sein kann“, sagte der Schlossherr und lächelte. „So ist es also wirklich wahr, dass dieser ganze Berg von Menschenhand errichtet worden ist!“

Und er schaute schweigend und voll Bewunderung in die Tiefe. Die Arbeiter waren nun an eine Schicht herangekommen, wo die Baumstämme ganz dicht nebeneinander lagen, Holz neben Holz.

„Das wird so weitergehen bis zum Wasserspiegel der Löcknitz durch dreißig Meter hindurch, und der Brunnenschacht müsste mitten durch das Balkenwerk hindurch vorgestoßen werden“, sagte der Bauleiter.

Aber es war, als wenn der Schlossherr gar nicht zuhörte.

„Ich überlege mir gerade, wer diesen Hügel wohl aufgebaut haben mag“, sagte er. „Es muss ein Volk gewesen sein, das sich seiner Kraft und seines Besitzes sicher war, denn ein solcher Hügel wird nicht für eine vorübergehende Verteidigung und Zuflucht aufgerichtet; dazu hätten schnell aufgeworfene Schutzwälle genügt, mit Balken und Brettern festgestampft, die Schutzwehr aus Zaunwerk geflochten und mit Lehm bestrichen, und rundherum Sumpf und Moor.“

Er blickte wieder schweigend in den Schacht hinunter. „Ich möchte wissen, wer diesen Berg hier an der Elbe aufgebaut hat“, murmelte er nach einer Pause, „ein Bollwerk nach Westen und Osten!“

„Ja, – das möchte ich wirklich auch gern wissen“, dachte das Mädchen und blickte ebenfalls in die Tiefe. „Das ist ja beinahe so, als hätten Riesen diesen Berg hier aufgebaut“, überlegte sie weiter. In dem Moment fiel ihr ein anderer Berg ein, der ganz nahe bei ihrem Heimatdorf gelegen war und auf dem mehr als achtundfünfzig mächtige Felsblöcke in einen Kreis zusammengeschleppt worden waren, und auf dem ein Altar aufgebaut war von so riesigen Steinen, dass es kaum zu glauben war, dass Menschenhände sie emporgehoben und zu einem Dolmen aufgerichtet hatten.

„Sollte es vielleicht dasselbe Volk gewesen sein, das die Opfersteine von Mellen errichtet hat?“, fiel ihr ein, während sie auf das Sägen und die Axthiebe in der Tiefe lauschte.

Der Abschied

Der Morgen

Immer lauter wurde das Hämmern, und es schien Dott, als wenn etwas mit lautem Lachen und Singen aus dem Schacht heraufgepoltert kam.

Sie richtete sich verwundert auf und schaute umher. Da sah sie, dass sie im hellen Sonnenschein im Turmstübchen in zwei Sesseln zwischen den Kissen lag, so, wie sie sich am Abend zuvor dort zum Schlaf niedergelegt hatte, und sie verstand, dass die eiligen Schritte und das Lachen die Treppe heraufkamen.

Mit einem Satz sprang sie aus den Sesseln und hinter den Tisch. Da öffnete sich auch schon die Tür, und zwei junge Mädchen von vierzehn und fünfzehn Jahren sprangen herein.

„Wie sieht es denn hier aus?", rief die Größere und blieb stehen.

„Brrr! Und wie das nach Fisch riecht!", fiel die Kleinere ein und schüttelte sich, dass das lange Lockenhaar ihr um die Schultern flog.

„Und sieh nur hier! – da hat jemand in den Sesseln geschlafen! Alles ist zerwühlt! Und mit den schmutzigen, nassen Stiefeln hat er auf den schönen Kissen gelegen!"

„Und hier liegt sein Beutel!", rief die Kleinere und hob Dotts Proviantsack mit spitzen Fingern vom Tisch. „Daher also der Fischgeruch! Guck doch bloß mal rein, was für ein Gerümpel darin ist! Draht, eine alte Blechdose, altes Schwarzbrot, und hier, etwas in ein schmutziges Taschentuch gewickelt! Pfui! Wie scheußlich!" Sie schüttelte sich wieder. „Ich werde das alles sogleich in die Tiefe pfeffern!", und sie trug alles mit weit von sich gestreckten Händen zur Tür.

Die kleine Dott beobachtete mit zusammengepressten Lippen ihre Bewegungen. Sie war zu allem entschlossen, denn eingewickelt im Taschentuch lag der goldene Becher. „Lass das, Ursula", sagte die Größere nun, und hielt die Schwester zurück. „Vielleicht ist es ein armer Mann, und du würdest seine letzten Vorräte wegwerfen."

„Aber ich werde gleich den Ruprecht rufen, damit er sieht, was er angerichtet hat. Du sollst sehen, Gisela, er hat sicher wieder die Tür zum Turm aufgelassen!“

„Ach, warte doch etwas“, sagte die, welche als Gisela angeredet wurde. „Vielleicht hat der Arme lange nicht mehr eine so gute Nacht gehabt wie diese. Wir wollen schnell selber alles in Ordnung bringen“, und sie begann, alles an seinen Platz zu stellen und die Kissen auszuklopfen. „Weißt du, was mir einfällt?“, fuhr sie fort. „Ich werde ihm meine Börse in den Sack stecken, damit er sich über etwas freuen kann.“ Und sie wickelte ein hübsches kleines Portemonnaie aus hellgrauem Leder in ihr Taschentüchlein und legte es in den Sack.

„Du hast ja merkwürdige Einfälle“, meinte Ursula und lachte spöttisch. „Aber ich möchte wissen, wo er eigentlich steckt! Vielleicht hat er sich im Turm verkrochen! Komm nur schnell fort, Gisela, mir wird Angst! Dieser Mensch könnte ja jeden Augenblick zurückkommen!“ Und sie packte die Schwester an der Hand und zog sie mit sich fort und holterdipolter mit unterdrücktem Schreien und Lachen die Treppe hinunter.

Sobald der „arme Mann“ sicher sein konnte, dass sie verschwunden waren, packte „er“ seine Sachen und sprang hinter ihnen her und zur Tür hinaus. „Das ist noch gut gegangen!“, dachte die kleine Dott. „Gute Gisela! Ich danke dir!“

Dann lief sie an den Gebäuden entlang, um ein stilles Fleckchen aufzufinden. Denn sie war noch nicht ganz zur Besinnung gekommen nach den Erlebnissen dieser Nacht.

Hinter dem Haus aber blieb sie vor Überraschung stehen.

Da, wo sie in der Nacht aus dem Fenster gesprungen und durch Gestrüpp und Gras bis in das Moor und Bruchland der Löcknitz geflohen war, lag ein Garten von wunderbarer Lieblichkeit vor ihr, der sich in Terrassen bis zu einer Obstpflanzung und dahinter bis zu einem breiten, ruhigen Wassergraben hinunterzog, hinter dem sie Wiesen und Felder und in der Ferne die Dächer eines Dorfs sah.

Die Morgensonne und der Jubelgesang der Vögel entzückten sie nach den großen und erschütternden Erlebnissen der Nacht so sehr, dass sie ein tiefes und dankbares Glück empfand. „Ich sehe ein Land vor mir“, klangen die Worte der Gemahlin des Markgrafen Gero in ihr nach, „die furchtbaren Sümpfe sind entwässert, Dörfer und Burgen liegen zwischen fruchtbaren Feldern und heiteren Seen."

Sie lief von dem blühenden Jasmin zu den Rosen und von da zu den Levkojen und den leuchtenden Beeten voll Rittersporn und Margeriten, dann hüpfte sie quer über den Rasenabhang bis zu einer weißen Bank, die durch eine blühende Hecke vor dem Herrenhaus verborgen war. Liebevoll nahm sie das feine Taschentüchlein von Gisela aus dem Beutel, faltete es auseinander und hüllte den goldenen Becher hinein. Dann öffnete sie das Geldtäschchen und schaute hinein. Es enthielt zwei blanke Markstücke und dreißig Pfennige.

„Wer weiß, wozu ich das Geld brauchen werde", sagte sie nachdenklich zu sich selber, denn sie wusste noch immer nicht, ob sie schon heimkehren durfte oder ob sie noch weiter wandern musste. „Lebe wohl, Gisela", flüsterte sie. „Ich wünschte, dass wir uns wiedersehen!"

„Aber meinen Beutel werde ich waschen müssen", fügte sie hinzu und betrachtete ihn missbilligend. Er roch wirklich nach Fisch.

Zwei ungewöhnliche Freunde

Die kleine Dott lag lang ausgestreckt auf einer der sonnenbeschienenen Stufen, die vom Garten des Schlosses Lenzen zur Obstwiese und zum Graben hinunterführten. Sie hatte sich durch ihren Wunderbecher wieder zur Größe eines Eichhörnchens zurückverwandelt, und streckte und dehnte sich in der warmen Sonne, die nach dem Gewitter strahlend über der erfrischten Erde stand, und blickte zu Gurian auf, der an ihrer Seite stand.

„Hast du gegessen?", fragte der Reiher.

„Nein", erwiderte Dott. „Aber für ein so kleines Wesen, wie ich es bin, wird es wohl nicht schwer sein, etwas Essbares zu finden!"

Ohne ein Wort zu verlieren, packte der Reiher die kleine Dott um die Hüften, flog mit ihr davon, indem er sie behutsam im Schnabel trug, und setzte sie im Gemüsegarten des Schlosses Lenzen ab.

Etwas atemlos zupfte sie ihre Kleider zurecht. „Du machst ja keine großen Umstände mit mir!", sagte sie lachend.

Der Reiher hatte sie vor einem Erdbeerbeet niedergesetzt, und als Dott zwischen den Erdbeerbüschen hindurchging, die für sie so hoch waren wie Pfirsichbüsche, und als sie die süßen Früchte groß wie Melonen und betäubend duftend über sich hängen sah, da musste sie wieder vor Begeisterung hochspringen.

Dann begann sie mit ihrem Messerchen eine der riesigen Beeren in Scheiben zu zerteilen. Sie machte sich keine Vorwürfe, dass sie nun von fremdem Gut aß. „Ich bin ja jetzt so klein, dass es gewiss niemandem schadet, wenn ich mich vom Überfluss miternähre!“, dachte sie.

Als sie ihr Frühstück beendet hatte, stand sie auf und trat vor den Reiher hin. „Gurian“, sagte sie und strich mit ihrer kleinen Hand über seinen seidenweichen Flügel, „würdest du mich wohl in die Nähe meines Heimatdorfs tragen? Ich muss die Eltern und Geschwister wiedersehen. Ich weiß nicht, Gurian, ob ich heimkehren muss oder ob ich weiterreisen werde.“ Sie blickte bekümmert zu ihm auf und seufzte.

Der Reiher hob sie auf seinen Rücken und stieg mit ihr in die Lüfte. In ruhigem, gleichmäßigem Flug segelte er in unerreichbarer Höhe über die Löcknitz hinweg, hinweg über die grünen Weiden der Wische, über die weit gestreckte Mauer des Deiches und das Vorland bis zu einer knorrigen Eiche, die breitwipfelig mitten auf einer Pferdekoppel stand. Im Wipfel dieser Eiche aber saß Cornix, der Knese, und blickte aus halbgeschlossenen Augen dem Reiher entgegen.

„Was verschafft dem Krähenhäuptling die Ehre eines so vornehmen Besuches?“, fragte er spöttisch, als der Reiher sich vor ihm in die Zweige der Eiche einschwang.

„Du sagtest mir am Abend des Gerichts bei Frau Harke, dass du Zeuge warst, als der Mensch Ruanda und die Jungen vom Nest schoss“, sagte der Reiher ruhig. „Willst du mir helfen, den Ort aufzusuchen, wo er sie hingetragen hat, damit ich erkenne, was aus ihnen geworden ist!“

Cornix konnte sich wohl denken, dass der Reiher mit dem Menschenkind auf seinem Rücken allein dazu imstande war, die Spur der Seinen zu finden, er wusste auch, dass ein Starker einem anderen keine größere Ehre erweisen kann als das Vertrauen. Der Knese hegte darum keinen Zweifel, dass der Reiher ihm heute durch sein Vertrauen seinen Dank erweisen wollte; aber er kannte die Art der königlichen Vögel zu gut, als dass er seine Freude darüber hätte zeigen dürfen. „Oh, warum nicht", antwortete er daher langsam. „Du weißt ja, dass jetzt für uns Krähen die stille Zeit ist und dass ich nichts zu versäumen habe. Wo willst du, dass ich suche?"

„Nimm das Ufer am großen Strom, während ich mit dem Menschenkind an die Seen fliege", sagte der Reiher.

„Das bedeutet also, dass er mir die Suche allein anvertraut", überlegte Cornix und duckte sich noch mehr auf den Zweig nieder. Laut aber fragte der Knese: „Und wo treffen wir uns?"

„Am Rambower See bei den Runensteinen, wenn die Sonne morgen am höchsten steht", erwiderte der Reiher und schwang sich mit der kleinen Dott in die Lüfte.

Als Gurian ganz in der Ferne verschwunden war, reckte sich der Krähenhäuptling auf. „Eine größere Ehre ist dir noch nicht erwiesen worden", sagte er zu sich selbst. „Auf, Cornix! Auf und hinab in die Höfe der Menschen!"

Auf dem Kerstinghof

Als Gurian noch im Wipfel der alten Hängeweide schlief, die im Feld des Kerstingbauern stand, kroch die kleine Dott vorsichtig unter seinem Flügel hervor und lief über die dicken Äste des Baums bis dahin, wo sie die langen, biegsamen Zweige der Weide erreichen konnte, an denen sie sich zur Erde gleiten ließ. Es war noch sehr früh am Morgen, als sie den Feldweg zum Dorf hinunterlief, und niemand begegnete ihr. Sie war sehr aufgeregt, denn sie wusste nicht, wie das alles ausgehen würde.

Am Tag vorher war sie noch im Zweifel, wohin eigentlich ihre Wünsche gingen. Die Heimkehr zu den Eltern und Geschwistern und der Ritt auf Gurians Rücken in die unbekannte Ferne standen gleich verlockend vor ihr! Als sie aber die Nacht auf dem Weidenbaum im Feld ihres Vaters verbracht hatte, so nahe ihrem Elternhaus, da war das Heimweh wieder mit aller Gewalt über sie hereingebrochen, und sie meinte, dass sie es nicht mehr würde ertragen können, wenn sie nun von Neuem wieder in die Fremde hinausgestoßen werden sollte!

Mit all diesem Nachdenken brauchte Dott trotz ihrer normalen Größe für den Weg zum Dorf so viel Zeit, dass die ersten Bauern bereits auf ihre Äcker hinausfuhren, als die Häuser vor ihr auftauchten.

Neben einem der Feldwagen mit Ackergeräten, die ihr begegneten, ging ihr Vater. Dott duckte sich tief ins Gras am Weg, als die beiden Pferde klirrend und stampfend an ihr vorüberzogen. Ihr Herz klopfte ihr bis zum Hals, als ihr Vater hart an ihr vorüberschritt, breitschultrig und stark kam er daher, den Kopf etwas vorgeschoben, wie es seine Art war, den schmalen Mund fest geschlossen, die Augen unter den zusammengezogenen Brauen geradeaus gerichtet.

„Nein“, sagte die kleine Dott zu sich selber, „es wird für den Vater ganz gewiss keine Freude sein, wenn ich so verzaubert zu ihm heimkehre!“ Noch nie war ihr der Vater so stark und stolz vorgekommen, und sie meinte, dass es viel besser war, wenn er sie für tot hielt, als dass er sie vor den Menschen verborgen halten müsste, um sich ihrer nicht zu schämen.

Schon wollte sie traurig umkehren, ohne das Dorf zu betreten, als sie daran dachte, dass sie doch wenigstens erfahren musste, wie es der Mutter und den Geschwistern ergangen war. „Wenn ich die Mutter

wenigstens sehen könnte, dann wäre sicher alles leichter!", dachte sie und wischte die Tränen fort, die nun unaufhaltsam zu strömen begannen. So lief sie wieder eilig dem Dorf zu, an dessen Rand der Kerstinghof lag.

Vorsichtig schritt sie über den Hof. Nichts schien verändert. Die Hühner spazierten umher und scharrten auf dem Misthaufen. Aus dem Stall hörte sie das dumpfe Muhen der Kühe und das Klirren ihrer Ketten. In der Ecke vor dem Pferdestall stand wie immer die Hundehütte, und Greif, der Kettenhund, kam ihr rasselnd entgegengefahren.

Die kleine Dott sprang auf ihn zu und umarmte ihn unter Tränen. „Oh, Greif!", rief sie. „Wie froh bin ich, dass ich dich wiedersehe!"

Greif sah sie prüfend aus seinen dunklen Augen an. Noch nie zuvor hatte die kleine Dott so liebevoll mit ihm gesprochen. Er legte ihr die Pfoten auf die Schultern und schaute sie freundlich an. „Also ist es wahr, du sprichst wirklich unsere Sprache", sagte er. „Alle Tiere singen ja Loblieder über dich."

Dott musste lachen. „Ja, bei den Tieren habe ich mehr Glück als bei den Menschen", meinte sie. „Wo ist meine Mutter?"

„Im Garten mit Vater Gnilica", antwortete Greif.

„Und wie geht es meinen Geschwistern?"

Greif streckte sich. „Gerd ist in der Schule", gähnte er. „Geh nur in den Garten." Dott stieg zögernd die Stufen zum Haus hinauf. Die Haustür war nur angelehnt. Leise huschte sie durch den Eren und die Küche hindurch und durch die offene Küchentür in den Garten hinaus.

Da sah sie die Mutter neben Vater Gnilica auf der Bank sitzen. In den Armen hielt sie das Mummele. Das hatte ein spitzes Gesichtchen bekommen, und das Köpfchen lag müde an der Brust der Mutter. Der kleinen Dott stürzten wieder die Tränen aus den Augen. Es war, als sähe sie heute das Schwesterchen zum ersten Mal und als könnte sie erst jetzt erkennen, wie viel es schon in diesem zarten Alter zu leiden hatte.

„Lege ihr die kokotowe mloko auf", sagte der Schäfer und beugte sich über die kranke Kleine. „Das ist das Schellkraut, das überall an den Mauern wächst", erklärte er der Mutter. „Du musst die Blätter zwischen den Händen zerreiben und frisch auf die Füße des Kindes legen. Dein Kind kann noch gesund werden, Mala, aber hüte dich, dass du die Kleine nie draußen lässt, sobald die Sonne sich zum Untergehen neigt, denn der Nebelgeist hat sie berührt."

Das Mädchen erschrak. „Vielleicht bin ich schuld daran, dass es dem Mummele nun so schlecht geht, weil Gerd sie in der Johannisnacht durch die Nebelwiese getragen hat!", dachte sie. Noch nie war ihr während der ganzen Reise dieser Gedanke gekommen, so sehr hatte sie sich nur mit ihren eigenen Erlebnissen beschäftigt!

„Du meinst es gut, Vater Gnilica", hörte sie nun die Mutter müde antworten. „Aber ich glaube, dass schon ein Wunder geschehen müsste, wenn mein Kind wirklich noch gesund werden soll."

Als die kleine Dott die Mutter so traurig sprechen hörte, da meinte sie, dass sie bereit wäre, das größte Opfer zu bringen, wenn sie nur das Schwesterchen gesund und die Mutter wieder froh machen könnte! Ach, wenn sie doch nur wüsste, was sie tun sollte, um alles wieder gutzumachen! Und in dem Moment fiel ihr etwas ein. „Ein Wunder müsste geschehen!", wiederholte sie die Worte der Mutter.

„Ich lebe ja selbst in einem Wunder!", dachte sie. „Sollte ich vielleicht darum verzaubert sein, um dem Schwesterchen helfen zu können?"

„Ja, ich werde meine Reise fortsetzen", sagte die kleine Dott zu sich selbst. Ihre Augen leuchteten, und sie richtete sich gerade auf. „Und ich werde keine Mühe und Gefahr scheuen, bis ich das Mittel gefunden habe, das die Schwester gesund machen kann!" Und leise schlich sie ins Haus zurück und lief über den Hof dem Tor zu.

Der Aufbruch

Es war am Mittag desselben Tages, als Cornix sich vor dem Reiher und der nun wieder kleinen Dott auf dem Runenfeld niederließ.

Der kleinen Dott war es schwer ums Herz, denn von Cornix' Worten würde es abhängen, ob Gurian ihr Reisegefährte sein konnte. Sie hatte ihn zu lieb gewonnen, als dass sie ihm nicht wünschte, er möchte die Seinen wiederfinden. Aber es machte sie doch recht traurig, dass sie nun vielleicht allein weiterreisen sollte.

„Das Geschick der Deinen war nicht schwer zu erkunden", begann Cornix seinen Bericht. „Für einen, der es nicht verachtet, mit den Haustieren zu verkehren, ist es leicht, über das Treiben der Menschen etwas zu erfahren. Und alle Höfe sind voll von dem Gerücht über das Schicksal Ruandas und ihrer Nachkommen."

Gurian schlug ein wenig ungeduldig mit den Flügeln. Cornix aber beeilte sich nicht im Geringsten. Er wusste, was er zu sagen hatte und wie er die Nachricht dem stolzen Vogel übermitteln musste.

„Ruanda ist nicht mehr", sagt er ruhig. „Ihre Spur ist von der Erde genommen. Alle deine Jungen sind nicht mehr, bis auf Ardea, der Älteste. Der aber ist mit zerschossenem Flügel das Spielzeug der Menschenjungen geworden. Er wird es so gut haben, dass du dir um seinetwillen keine Sorge mehr zu machen brauchst. Wen die Menschen aus dem Tierreich bei sich aufnehmen, den pflegen sie gut zu füttern."

Gurian warf ihm einen scharfen Blick zu, dem Cornix ohne zu blinzeln standhielt. „Sei bedankt!", sagte der Reiher kurz. Er wusste, dass er dem Jungen keinen besseren Hüter zurücklassen konnte als Cornix, den Knesen der Nebelkrähen. Es bedurfte dazu keiner Worte. Auge in Auge standen sich die beiden gegenüber. Wenn das Junge je die Kraft seiner Flügel und die Freiheit erlangen würde, so wäre Cornix an seiner Seite.

„Leb wohl!", sagte Gurian und hob die kleine Dott auf seinen Rükken. „Mein Weg geht zu den Brüdern meines Stammes, von den Seen des Havellandes bis zum schwimmenden Wald, den die Menschen den Spreewald nennen. Im Herbst aber versammeln wir uns im großen Reich der Tiere in der Schorfheide am Werbellin."

„Lebe wohl!", rief Dott dem Knesen zu, als er, auf einem Stein hokkend, unter ihnen verschwand. „Lebt wohl!", rief sie und schwenkte ihr Tüchlein in der Richtung ihres Heimatdorfs, als sie über den Dammrower Forst dahinflogen.

„Lebt wohl!", rief sie, als die Städte und Dörfer an der großen Landstraße hinter ihnen zurückblieben, die sie vor einigen Tagen so mühsam entlanggewandert war. Als vor ihnen die dunklen Wäldermassen vor der Grenze der Prignitz im Osten auftauchten und weiter in der Ferne die blanken Spiegel der Seen, da wandte sie sich noch einmal und schaute in die Prignitz zurück.

Dann aber richtete sie sich gerade auf und blickte mit weit geöffneten Augen hinein in die große Mark Brandenburg, der unbekannten, lockenden Ferne entgegen.

Sargleben
Garlin
Seetz
Deibow
Grosser Dolmen
Mellen
Stavenower Forst
Bochin
Rambow
Rambower See
Moor
Sterbitz
Eldenburg
Rudower See
Dammrover Forst
Lenzen
Burg Lenzen
Bäkern
Elde
Breetz
Seedorf
Ferbitz
Mödlich
Deich
Lenzer Wische
Lanz
Kietz
Vorland
ELBE
Lenzen
Zerblin
Stettin
Wittenberge
Prenzlau
Rheinsberg
Schorfheide
Arnswald
NeuRuppin
Oranienburg
Ratenow
Landsberg
Potsdam
Spandau
BERLIN
Oder
Brandenburg
Magdeburg
Frankfurt
MARK
Brandenburg
Elbe
Finsterwalde
Guben
Cottbus
Senftenberg
Oder
Dresden
Liegnitz
TAMARA RAMSAY
Wunderbare Fahrten und Abenteuer der kleinen Dott
1. Band

Fahrten und Wanderwege der kleinen Dott

DURCH DIE WESTPRIGNITZ

Tamara Ramsay und Alfred Seidel Eine Freundschaft in Stuttgart

Von Matthias Seidel

„Besuchen Sie Tamara Ramsay, die Schriftstellerin!" Immer öfter hörte der Maler Alfred Georg Seidel diese Aufforderung, immer drängender werdend. Es ist das Jahr 1946 in Stuttgart. Der Krieg ist vorüber. Er hat überlebt. Aber der Preis war hoch. Was kann schlimmer sein als der Verlust eines Auges, da in der Malerei das räumliche Sehen unbedingt notwendig ist? Dennoch, Seidels Künstlerberufung war stärker als das unbarmherzige Schicksal. Er sprühte vor Kreativität und glühte vor Begeisterungsfähigkeit. Gotteszuversicht, Selbstvertrauen und dazu eine Faszination für Literatur begleiteten ihn Zeit seines Lebens. Und nun stand die Begegnung mit der bekannten Schriftstellerin bevor. Sie, wie er, als Flüchtling in Stuttgart lebend. Würde sich ein Fenster auftun?

Tamara Ramsay wurde 1895 in Kiew geboren. Ihr Vater Karl Johann Ramsay, Verwaltungsdirektor der Kiewer Walzwerke, entstammte einem alten schottischen Clan, einige ihrer Vorfahren waren Erzbischöfe in Canterbury und London. Die Vorfahren ihrer Mutter Elisabeth kamen aus Schleswig-Holstein, Dänemark und Russland, der Großvater war Brückenbauer in St. Petersburg. Als sie sechs Jahre alt war, starb der Vater. Nun zog die Mutter mit den Kindern Nina, Tamara und Waldemar nach St. Petersburg. Ein paar Jahre später eskalierte in Russland die Gewalt, das Haus des Großvaters wurde niedergebrannt. 1905, am Beginn der Revolution, floh die Mutter mit den Kindern zu Verwandten nach Hamburg. Nun mittellos, ernährte sie die Familie durch Klavier- und Sprachunterricht und als Dolmetscherin im Hamburger Senat.

Tamara Ramsay erhielt eine musische, literarische und künstlerische

Ausbildung, studierte Pädagogik und lernte Klavierspielen. In den zwanziger Jahren zog sie mit der Mutter nach Berlin. Sie wechselte vom orthodoxen Glauben zum Katholizismus und begann zu schreiben.

Ihr erstes Buch war die Erzählsammlung *Die Goldene Kugel*, gefolgt vom Eiszeitbuch *Eliwagar*. 1938 erschien die erste Ausgabe der *Kleinen Dott*. Ramsay hatte sich von Selma Lagerlöfs *Die wunderbare Reise des kleinen Nils Holgersson mit den Wildgänsen* inspirieren lassen. Sie wollte ein Kind durch die Mark Brandenburg bis in den Osten reisen lassen. Ein zwölfjähriges Mädchen erlebt die Mythen und Geschichten der Mark Brandenburg, die viele Jahrhunderte zurückgehen, und sie lernt, Tieren und Menschen zu helfen. „Ich habe dieses Buch geschrieben, um Rassenwahn und Völkerhass entgegen zu wirken“, sagte sie, als die Nachkriegsauflage erschienen war. Dotts Vater war ein Bauer aus dem Westen, dessen Vorfahren über die Elbe eingewandert waren; die Mutter war eine slawisch-wendische Frau aus dem Spreewald im Osten der Mark. *Die kleine Dott* ist aber auch ein Porträt von Ramsay selbst.

Der Erfolg der *Kleinen Dott* war beachtlich. Tamara Ramsay konnte nun als freie Schriftstellerin leben. Aber 1943 wurde ihre Wohnung in Berlin ausgebombt, Tamara floh mit ihrer Mutter ins österreichische Vorarlberg. Nun machte sie für die katholische Kirche Jugendarbeit und setzte sich dafür ein, dass Maria-Regina, ein Vergewaltigungsopfer, selig gesprochen wurde. Dadurch lernte sie Franziska Schmid kennen, die Frau eines Arbeiters und Mutter von fünf Kindern, und anders als Ramsay für praktische Dinge begabt. Die unterschiedlichen Frauen, verbunden durch die Liebe zur Literatur und das Interesse an geistig-religiösen Fragen, wurden Freundinnen. Tamara übernahm die Patenschaft von Franziska Schmids Kindern. Als die Mutter 1945 starb, zog Ramsay in die Nähe von Stuttgart, wo der Sitz des Union-Verlags war, später zu ihrem verwitweten Bruder nach Stuttgart. Zuletzt lebte sie in Illingen bei Stuttgart bei der Familie von Franziska Schmid.

Alfred Seidel wurde am 1. November 1913 in Breslau geboren. Sein Vater war im Ersten Weltkrieg gefallen, das machte ihn zum Pazifisten und zum Gegner des Nationalsozialismus. Er empfand, dass der verhasste Krieg ihm den Vater – den er nie gekannt hatte – geraubt hatte. Seidel wuchs in Oberschlesien auf, in einem katholischen Landstrich, der mal Preußen, mal Österreich, mal Polen und mal Deutschland war.

Seine Mutter Maria konnte in der Großstadt als Witwe nicht mehr leben. Sie zog mit Alfred und seiner älteren Schwester Helene zu ihrer Schwester Elsa Schwider. Die lebte mit beider Schwester Trude in der Bergbaustadt Deutsch Piekar, im schlesischen Kohlenrevier. Sie betrieb eine Schneiderei, welche von nun an die ganze Familie ernährte. Der junge Alfred wuchs vorwiegend in der Nähstube auf. Er litt als Kleinkind an Rachitis. Er konnte nicht richtig aufstehen, seine Beine trugen ihn nicht. Auch deshalb zeigten später viele seiner Zeichnungen Gestalten aus der Perspektive eines auf dem Boden sitzenden Kindes, hoch aufgerichtet und mit langgezogenen Schatten.

Kurz vor dem Abitur wurde er Theatermaler am oberschlesischen Landestheater in Beuthen. 1938 wurde er als Theatermaler und Atelierleiter am Stadttheater Salzburg angestellt. Im Zweiten Weltkrieg wurde er eingezogen und schwer verwundet; erst im August 1945 endete die amerikanischen Kriegsgefangenschaft. Er und seine junge Frau Elisabeth fanden in Stuttgart-Sillenbuch eine neue Heimat. Sie hatten sich zwei Jahre zuvor im Krieg kennengelernt, als er im Lazarett eine Kriegsverwundung ausheilte. Nun zeichnete der Einäugige Gläubige in dachlosen Kirchen, Trümmerfrauen, die aufgerissenen Bombenschächte in Stuttgart. 1946 aber kam Susanne, das erste Kind zur Welt, und nun brauchte er richtige, bezahlte Aufträge!

Deshalb freute er sich sehr darauf, Tamara Ramsay kennenzulernen. Das erste Treffen fand bei ihr zu Hause in Illingen statt. Die Gastgeberin, so erinnert er sich später, war eine stattliche Dame mit leuchtendgroßen Augen, das Haar über der Stirn wellig zurückgekämmt. Ein lächelnder Mund, akzentfreies Hochdeutsch. Eine Großfürstin. Die Wände voller Bücher, Ikonen, Kerzen. Der Samowar auf dem Teewagen. Natürlich russischer Tee. Seidel hatte Herzklopfen. Hatte sie *Die goldene Kugel* nicht selber illustriert? Und auch *Die kleine Dott*? War sie eine Kollegin? Aber was hatte er zu verlieren? Federzeichnungen, Rötelarbeiten, Grafiken, alles war vorbereitet. Das Glasauge unauffällig. Oder ahnte sie etwas?

Die Begegnung war ein Erfolg. Bald darauf bekam Seidel eine Einladung des Union Verlages in Stuttgart. Er solle die Illustrationen einer Neuauflage von *Gullivers Reisen* anfertigen. Es folgten Aufträge für *Rübezahl*, die *Große Wilhelm Hauff Märchenausgabe* und *Märchen aus Tausend und eine Nacht.* Hatte Tamara Ramsay ihn vorgeschlagen? Sie wollte, dass der Verlag *Die kleine Dott* neu auflegte, mit seinen Zeichnungen.

Die Figur des Mädchens Dott, mit der hohen Stirn, den wachen Augen und den schlanken Händen gestaltete Seidel gemeinsam mit Ramsay. Oft trafen sie sich in seiner Dachkammer, an seinem großen Tisch, und prüften Entwürfe. 93 Federzeichnungen und eine Landkarte entstanden für den ersten Band, der 1951 erschien. Die Auflage erreichte 38 000 Stück. Genauso erfolgreich wurden der zweite Band von 1953 und der dritte Band von 1954, wieder mit Federzeichnungen und einer Landkarte. Ende der fünfziger Jahre setzte sich der Kinderbuchautor Otfried Preußler für eine Neuauflage ein; es erschien aber letztendlich nur eine stark gekürzte Edition. Die beiden Künstler schlossen eine herzliche Freundschaft. Währenddessen nahm ein letztes gemeinsames Projekt Gestalt an. Ramsay hatte die Märchen von Hans-Christian Andersen aus dem Dänischen übersetzt und wünschte sich eine Ausgabe, wieder mit Seidels Bildern. Das schöne Märchenbuch mit den fantasiereichen Bildern erschien 1955.

Als sich bei den Seidels das dritte Kind ankündigte, zog die Familie nach Schorndorf, der Heimatstadt von Elisabeth. Für den Künstler begann ein neues Leben als Mitgestalter von über achtzig Kirchen, darunter die Reliefs am Turm der katholischen Heilig-Geist-Kirche in Schorndorf. 1981 erhielt er das Bundesverdienstkreuz am Bande der Bundesrepublik Deutschland. Er starb am 20. November 2001 in Schorndorf.

Ramsay wurde Mitglied der deutsch-jüdischen Vereinigung in Stuttgart, sie suchte die Versöhnung nicht nur mit Polen, sondern auch mit den Juden. Mit ihren deutschen, dänischen, russischen und schottischen Vorfahren war sie Europäerin im besten Sinne. 1969, schon im hohen Alter, ging sie für drei Monate nach Paris, um die französische Aufklärung zu studieren. Damals hatte sie sich bereits aus der Öffentlichkeit zurückgezogen. Ihre Patentochter Monika Schmid-Welter begleitete sie bis zu ihrem Tod. Tamara Ramsay starb am 7. März 1985 in Mühlacker bei Stuttgart.

Wunderbare Fahrten und Abenteuer der kleinen Dott: Im zweiten Band reist Dott von der Prignitz nach Potsdam – wo sie den Alten Fritz trifft –, in den Spreewald zur Großmutter und wird nach Dresden, Leipzig und ins Erzgebirge entführt. In Berlin lernt sie Klaus kennen, einen jungen Geigenspieler, der vom Nix verzaubert wurde. Um ihm und dem kranken Schwesterchen zu helfen, bricht sie zu neuen Abenteuern auf.

WUNDERBARE FAHRTEN UND ABENTEUER DER KLEINEN DOTT: Im dritten Band reist Dott mit Cornix und seiner Krähenschar nach Osten. Sie lernt Rübezahl kennen, den Herrn des Riesengebirges. In Breslau führt der Nix sie durch die Jahrhunderte; sie trifft Friedrich den Großen wieder und die Heilige Hedwig. Und endlich finden Dott und die Krähen den verzauberten Klaus inmitten einer gewaltigen Oderflut.

Wunderbare Fahrten und Abenteuer der kleinen Dott, Band III
Gebunden; 272 Seiten; 15,2 x 22,4 cm
ISBN: 978-3-96026-038-7; Ladenpreis: 16,00 €